U0135333

NEOCOGITO

阅读即行动

文学批评的革命者

五位改变我们
阅读方式的批评家

**TERRY
EAGLETON**

Critical
Revolutionaries

Five Critics Who Changed
the Way We Read

上海文艺出版社
Shanghai Literature & Art Publishing House

[英]特里·伊格尔顿 著　　唐建清 译

图书在版编目(CIP)数据

文学批评的革命者：五位改变我们阅读方式的批评
家/(英)特里·伊格尔顿著；唐建清译. — 上海：
上海文艺出版社，2023

ISBN 978 - 7 - 5321 - 8791 - 1

Ⅰ. ①文… Ⅱ. ①特… ②唐… Ⅲ. ①文学评论—研
究 Ⅳ. ①I06

中国国家版本馆 CIP 数据核字(2023)第 119006 号

著作权合同登记图字：09-2023-0580

文学批评的革命者：五位改变我们阅读方式的批评家
[英]特里·伊格尔顿 著 唐建清 译

发 行 人：毕 胜
出版统筹：杨全强 杨芳州
责任编辑：肖海鸥
特约编辑：金子淇
封面设计：彭振威
出 版：上海世纪出版集团 上海文艺出版社
地 址：上海闵行区号景路 159 弄 A 座 2 楼 201101
发 行：上海文艺出版社发行中心
上海闵行区号景路 159 弄 A 座 2 楼 201101
印 刷：苏州市越洋印刷有限公司
开 本：1092×787 1/32
印 张：10.625
插 页：2
字 数：186,000
版 次：2023 年 7 月第 1 版 2023 年 7 月第 1 次印刷
I S B N：978 - 7 - 5321 - 8791 - 1/I.6933
定 价：72.00 元

告读者：如发现本书有质量问题请与印刷厂质量科联系(T：0512-68180628)

献给托尼·平克尼

目录

导言

　　写作本书是因为我坚信，文学批评的一个重要传统正面临被忽视的危险。某种程度上，在学术界，甚至更广泛的文学界也是如此。如果说今天很多学文学的学生不太熟悉 I. A. 理查兹（I. A. Richards）①或雷蒙德·威廉斯（Raymond Williams）等人的作品，那么他们的一些老师可能对这些批评家也很陌生。然而，本书讨论的五位批评家都是现代最具独创性和影响力的批评家，这也是我选择他们的原因。

　　他们还代表了一种特殊的知识形态，这是 20 世纪英国最显著的知识形态之一。除一人之外，其他人都在剑桥大学任教。T. S. 艾略特（T. S. Eliot）是个例外，但艾略特与剑桥大学关系密切，尤其是通过他的朋友 I. A. 理查兹，作为一名非正式顾问，他对剑桥大学英语学科的形成产生了重大影响。这些人是这场被誉为

---

① 旧译 I. A. 瑞恰兹。（本书原有注释为尾注，脚注均为译注）

批评的革命(critical revolution)的一部分,这场革命改变了文学的学术研究,并使其在英国和其他国家获得了新的重要地位。然而,具有讽刺意味的是,人们可能称之为剑桥英语(Cambridge English)的东西从来都不是剑桥英语系(Cambridge English Faculty)的正统信条。相反,尽管它的好斗和福音派①的使命感有时使它的存在与它的规模不成比例,但它始终是一个边缘的、少数人的事务。尽管如此,理查兹、燕卜荪、利维斯和威廉斯的职业生涯之所以得以实现,部分原因是早在 1917 年,剑桥大学对英语课程进行了彻底的改革,将盎格鲁-撒克逊语(Anglo-Saxon)和语文学(philology)边缘化,转而学习一系列以现代、批评和文学(而不是语言学)为导向的课程。

剑桥大学的这一系列新课程名为"英国文学:生活和思想"——最后两个术语是一对荒谬的抽象概念,但这表明文学应该在其社会和知识背景下进行研究。这一系列课程还有一个世界性的维度:期末考试的"悲剧"部分包括了像索福克勒斯、拉辛和莎士比亚这样的剧作家,而"英国伦理学"部分包括了像柏拉图、圣保罗和奥古斯丁这样的荣誉英国人,以及许多其他非本土思想家。

剑桥大学有着深厚的科学底蕴和对创新的开放态度,它成为批评革命的源头并非完全偶然。还有其他因素也在起作用。就

---

① 福音派(evangelical),基督教新教的一个派别。

像整个英国社会一样，第一次世界大战深刻地动摇了大学文化，这似乎预示着与过去的决裂和一个新时代的开始。学生群体中有退伍军人，而领取国家或大学奖学金的中产阶级学生在这个传统上由私立学校和上层阶级主导的体制中也已崭露头角。本书描述的批评家中，只有威廉·燕卜荪（William Empson）拥有优越的成长环境，他是约克郡（Yorkshire）乡绅的儿子，曾就读于温彻斯特学院（Winchester College）。老一辈上流社会的人文学者高雅的业余精神受到了一种新的、严格分析文学作品的方法的挑战，I. A. 理查兹的"实用批评"（practical criticism）方法就是其中的典型。这包括匿名选取散文或诗歌的段落，对它们进行细致的审读，并对其质量做出判断。价值不再仅仅是品味的问题；相反，它必须得到有力的论证。在英语期末考试中，有份试卷专门考查这种做法，其中包括所谓的"日期"，即为一组匿名文学段落指定一个大致的日期。今天的学生可能会惊讶地发现，在短时间内连续确定几个日期曾经是剑桥英语专业学生的必修课。

传统的文学研究很大程度上是与整个社会隔绝的，而像理查兹、F. R. 利维斯（F. R. Leavis）和他的伴侣 Q. D. 利维斯（Q. D. Leavis）这样的年轻批评家，他们的背景不那么受待见，他们对一般文化更有兴趣，也更忧虑文学研究在其中的地位。利维斯是一个店主的儿子，他经历了第一次世界大战的创伤。在这场冲突之后的社会和政治动荡时期，英语学科要么承受社会变革的压力，要么被边缘化。学科开放就涉及将其置于其他学科的背景下，而

4 　其中一些先驱者对这些学科已有所把握。理查兹从精神和道德科学转向英语,F. R. 利维斯从历史系转向英语,威廉·燕卜荪从数学系转向英语。利维斯对心理学和人类学有着浓厚的兴趣。几十年后,雷蒙德·威廉斯从文学批评转向文化研究,这是他帮助创立的一个学科。

　　进行改革的英语系早期恰逢文学现代主义的全盛时期,这种大胆和勇敢的实验是其精神的一部分。例如,理查兹和利维斯的剑桥,也是马尔科姆·劳瑞(Malcolm Lowry)的剑桥,他的小说《火山下》(*Under the Volcano*)是英国现代主义晚期的杰作。当时,世界一流的英语文学作品正在诞生,这与英语系以现代为中心的态度相吻合,而令人肃然起敬的艾略特则起到了连接现代主义和文学批评的纽带作用。这两种潮流还有许多其他的共同特征:两者都意志坚强,少有人情味,拒绝虚情假意,概念上雄心勃勃,对语言敏感。他们也共享某种精英主义,我们稍后会在批评的例子中看到。现代主义是历史危机的产物,剑桥正在进行的全新的批评工作也是如此。其核心是相信,对文学文本的细读是一种深刻的道德活动,这切中了现代文明的核心。定义和评价语言的质量就是定义和评价整个生活方式的质量。正如 I. A. 理查兹

5 　所说:“我们对语言的敏感程度和辨析能力下降,随之而来的必然是我们生活质量的下降。”[1] 我们可以将这句话当作剑桥英语系的系训。专注于书上的文字可能听起来像是试图排除更大的关注,但更大的关注已经隐含在其中。

这种说法有个问题。语言能力和道德敏感性在多大程度上是紧密相连的？如果两者真的像理查兹所说的那样交织在一起，这是否意味着缺乏语言灵活性的男性和女性在日常生活中就表现得习焉不察、麻木不仁呢？只有雄辩的人才具有勇气和同情心吗？显然不是。那些能够对拉迪亚德·吉卜林（Rudyard Kipling）或安吉拉·卡特（Angela Carter）发表精彩评论的人，在日常生活中并不一定比普通人更敏锐、更有洞察力。事实上，情况有时恰恰相反——饱学之士们在深埋于人文学科的同时，也放弃了那些在日常事务中十分有效的感受与考虑方式。陀思妥耶夫斯基（Fyodor Dostoevsky）《死屋手记》（*The House of the Dead*）的叙述者说："教育有时与野蛮、犬儒主义共存，使人感到厌恶。"相反，那些词汇量不及莎士比亚的人在道德上可能比能言善辩的人更令人钦佩。

剑桥大学哲学家路德维希·维特根斯坦（Ludwig Wittgenstein）写道，想象一种语言就是想象一种生活方式。英语研究涉及语言的特性，因此与广播、广告、政治宣传、官僚术语和公共话语的性质等问题有直接的关系。如此，也为它所认为的全然不同的错误提供了另一种选择。人们可以走形式主义的道路，将文学当作一个自足的客体，关注它的语言策略和手段；或者，人们可以从更广阔的视角来看待一部作品，将其视为对人类状况的探索或对文明的评论。通过用文学作品的语言来测量特定文明的道德温度，就有可能超越这两种有限的方法。批评家需要对所谓"书

6

页上的文字"保持警惕,放弃早期美学上的废话,而要对语气、节奏、音调、氛围、韵律、语法、句法、质地等进行严格细致的分析。对其他学科来说,被认为是理所当然的探究媒介的东西,对批评来说,本身就是探究的对象。然而,在审视这些词语的过程中,批评家也在探索这些词语根植于其中的道德和历史语境。只有仔细考察书页上的文字,才能将它们理解为文明的病态或活力的症状,而这种文明正是它们的源头。

总的来说,剑桥英语代表了对商业化、功利主义文明中生活和语言贫瘠的一种反应,这种文明日益受到电影、广播、大众报刊、广告和通俗小说的影响。同样,现代主义也感到自己面临着语言资源的急剧枯竭。文学批评是诊断这些社会弊病的一种方式,但它也可以提出某种解决方案。它的任务是研究一种完全不同的话语形式的运作原理,这种话语形式将语言从一个粗俗的技术社会所利用的纯粹工具性目的中解放出来。这种话语被称为文学,它指向一种不同的生活方式——在这种生活方式中,语言、人、价值观和关系本身都将被视为目的。

因此,文学批评家承担着与牧师、先知或政治家同样严肃的责任。他或她不仅是学者,而且是现代精神健康的监督者。批评具有重要的道德和社会功能,正因为如此,它的文本分析需要十分谨慎。就此而言,剑桥英语专业的两个特定主题——实用批评和对文学的社会及知识背景的关注——是同一个问题的不同侧面。这绝不是对社会责任的逃避,揭示一个隐喻或关注语气的转变实际上是对社会责任的演练。这究竟是一种荒谬的自我膨胀，还是对那些被科学技术束缚的人的文学研究的有力辩护，仍存在着激烈的争论。人们可能会注意到，这并不是威廉·燕卜荪特别感兴趣的一个问题，他不愿意将书页上的文字视为一种急需修复的生活方式的征兆。然而，作为最强调细读的人，他是这个部落中真正的成员。

理查兹尤其认为有必要使一个似乎缺乏所有知识规范的学科专业化。正如我们将看到的，他甚至试图将英语研究建立在科学的基础上。印象派的闲谈将被逐出研讨会教室。然而，新批评的力量在于将技术专长与深刻的道德人文主义相结合，后者在利维斯的作品中表现得最为明显。因此，剑桥英语系可以利用其强硬的新兴专业主义来对抗老派守旧风格的温文尔雅的业余主义，同时从对普通文化的人文关怀的立场来谴责陈腐的文学研究。在面对文学作品时，它的注意力高度集中，但又准备对整个文化的道德品质发表意见，它承诺会收获这两个世界的精华。

大多数文学批评家和大多数学者一样，都来自中产阶级；但本书讨论的五个人物中，只有一个，I. A. 理查兹，符合这一描述。他父亲来自威尔士的高尔半岛（Gower peninsula），他在英格兰北部的工业地区长大，但就连他一开始也是英国都市文化的局外人。艾略特来自美国密苏里州，用美国人的话说，他更像是上流社会人士而不是中产阶级。威廉·燕卜荪出身于英国贵族。利维斯是一个地方商店老板的儿子，属于中下阶层，而雷蒙德·威廉斯在威尔士长大,父亲是一名铁路工人。这些人不是社会上典型的知识分子,这肯定与他们(除了艾略特,其他人都是如此)渴望创新和蔑视正统有关。其中三人(艾略特、理查兹和燕卜荪)还对东方思想产生了浓厚的兴趣,这是他们对西方文明持批判态度的标志之一。

　　这也与剑桥英语和当时文学之间的联系有关,除了一个人以外,所有这些人物都是创造性作家。艾略特和燕卜荪是重要的诗人,理查兹是个较为平庸的诗人,而雷蒙德·威廉斯出版了几部小说,并写过电视剧。对他来说,写小说至少和文学评论一样重要,在他职业生涯的后期更是如此。事实上,他曾经说自己"是个作家,同时又是教授"[2]。只有利维斯坚持从事批评,尽管他也考虑写一部小说。[3]有人可能会补充说,所有这些人,除了相当理性的燕卜荪,都有强烈的写作冲动——涉及呼吸、内脏、神经系统等——这可能是批评家本身就是作家的标志。

　　他们也是公共知识分子,而不是与世隔绝的学者,尽管这对燕卜荪来说不太适用。与此同时,虽然燕卜荪不像其他人那样是个公众人物,但他很难被描述为与世隔绝。他们与学术界的关系都很暧昧。艾略特虽然在学术界广受赞誉,但他自己却从未参与其中。相反,他曾是一名压力很大的自由职业记者,也做过教师和银行家,后来进入了当时相对轻松的出版业。理查兹是个心有不甘的人,他很快就开始涉足更有野心的领域;燕卜荪喜欢用他活泼的散文和反传统的判断来激怒传统的学者;正如我们将要看到的,利维斯特别将学术界视为敌人;雷蒙德·威廉斯最初的教学生涯是在成人教育领域度过的,当他回到自己曾就读的剑桥大学担任讲师时,他感到与剑桥之间存在着深深的疏离感。在这五人中,只有利维斯的整个职业生涯都在一所英国大学教书。

　　在这些作者的文体中,言说与写作之间的关系值得略加评述。燕卜荪的写作风格与众不同,对话式的,甚至是饶舌的,而艾略特的写作风格则像是在一座特别能引起共鸣的大教堂里布道。理查兹轻快而平淡的散文与说话的方式截然不同;但这种声音的节奏,强调的模式和不规则的停顿和开始,在 F. R. 里维斯曲折的句法中发出回响,这位作家经常在句子中插入疑问、子句、括号、重复、补充和限定语来打断自己。和燕卜荪一样,利维斯似乎有意避免学术散文的繁文缛节。雷蒙德·威廉斯的抽象、沉重的写作风格似乎与活生生的声音相去甚远,但认识他的人可以证明,他说话的方式和写作的方式几乎一样。利维斯写作时就像在说话,而威廉斯说话时就像在写作。

　　正如读者即将发现的那样,本书并不是在向英雄们致敬。事实上,有时对这些人物的批评如此严厉,以至于读者很可能会怀疑这些人是否配得上被赋予的地位。找到答案的唯一方式就是阅读他们的作品。请允许我以个人的经历结束这篇导言:我自己从未见过艾略特,但我认识几个见过他的人,其中一些人讲述他是如何长篇大论而令人不快,他讲的不是关于但丁或波德莱尔,而是关于伦敦公共汽车的各种路线,他似乎学识渊博。在剑桥的一次露天招待会上,我以学生的身份敬畏地注视着理查兹的修长身材;在一次英语系会议上,利维斯谴责在教学大纲中引入一篇关于小说的论文的想法,理由是阅读《安娜·卡列尼娜》(*Anna Karenina*)需要一个学期。在此之前,我听过他的一些讲座,尽管他当时临近退休,声音很微弱,有时会变成一种听不清的嗡嗡声,但他带有鼻音的剑桥口音仍然隐约可闻。然而,时不时地,奇怪的词语会从他的喃喃声中浮现出来,就像用手在指指戳戳:"BBC"、"《新政治家》"(*New Statesman*)、"C. P. 斯诺"(C. P. Snow)、"英国文化协会"(British Council)等等。面对这些精心设计的提示,坐在演讲厅前排,训练有素的利维斯的信徒们会以巴甫洛夫式①的可预见性发出一阵嘲笑和轻蔑,而我们其他人只是盯着自己的鞋子,等着喧哗声停下来。燕卜苏早就离开了剑桥,但几年后,我听到他用极其别扭的上流社会的腔调演讲,一次也没有从讲台上摔下来,这是他特别容易发生的不幸。雷蒙德·威廉斯是我的老师、朋友和政治上的同道。在本书中,我回顾了过去六十年里帮助我成长的一个批评的环境,以及我希望能有所贡献的之后的历史。

---

① 巴甫洛夫(I. P. Pavlov,1849—1936),俄国科学家,条件反射理论的倡导者。

1 T.S.艾略特

在 20 世纪的大部分时间里,英国文学批评中最受尊敬、最有影响的人物无疑是 T. S. 艾略特。他是诗人、批评家、剧作家、散文家、编辑、评论家、出版商和公共知识分子;尽管他在某些领域有对手,在另一些领域有劲敌,但整体上没有一个能与他的权威相匹敌。在那个年代,人们习惯给在世的人的名字加上一个头衔(Dr,Mrs,Mr 等),艾略特经常被称为"艾略特先生"(Mr Eliot),而不是"T. S. 艾略特先生"(Mr T. S. Eliot),似乎没有人会蠢到怀疑艾略特是指哪一个人。那时,出于礼貌,头衔偶尔也会用到已故者身上:我在剑桥的一位老师曾称《傲慢与偏见》(*Pride and Prejudice*)的作者为"奥斯汀小姐"(Miss Austen),但他并没有坚持称《坎特伯雷故事集》的作者为"乔叟先生"(Mr Chaucer)。考虑到他早期作为诗人的作品曾受到众人嘲笑,艾略特作为英国文学的大祭司就格外引人注目。用作为他第一批拥护者之一的 F. R. 利维斯的话来说,他曾被视为一个"文学布尔什维克"(literary

Bolshevik),大胆前卫,晦涩难懂;但到1930年代初,他被誉为同时代杰出的文学大师。1927年,他公开宣布皈依保皇主义、保守主义和英国国教(Anglo-Catholicism),这无疑对他的地位转变起到了一定作用。他越是被教堂的熏香所吸引,他的名声就越是被这种熏香的气味所笼罩。

正如我们所看到的,托马斯·斯特恩斯·艾略特(Thomas Stearns Eliot)和20世纪英国的许多著名作家和知识分子一样,实际上并不是英国人。他于1888年出生在美国密苏里州的圣路易斯市(St Louis),来自一个贵族家庭,他们拒绝使用OK这个词,他们在美国居住的时间可以追溯到两百多年前。虽然艾略特的父亲是一名商人,但艾略特家族在城里的知识分子贵族中却很有名。他的祖父创办了当地的大学,并倡导公共服务的理想,艾略特深受其影响。我们将看到,忍让——为了更高的目标牺牲渺小的自我——的主题贯穿于他的全部作品。与圣路易斯精英有关的基督教思潮是上帝一位论(Unitarianism),这是一种温和、高雅的宗教信仰形式,与清教徒中产阶级粗犷的福音派激情格格不入。

然而,随着庸俗的中产阶级掌权,艾略特家族所属的文明、有社会责任感的阶层在城市中逐渐被工商业势力所取代。艾略特家族和他们的同僚的文化领导能力急剧下降,因为圣路易斯日益受到资产者的侵害和腐蚀。艾略特后来尖刻地谈到“金融专政”,他发现自己在成长的地方成了一个内部流亡分子,但很快就会成

为现实中的流亡者。(但丁是他最崇拜的诗人,成长于佛罗伦萨 14
富有的市民阶层,却对这个城市日益强大的富豪阶层进行反抗,
最终被流放。)在艾略特的童年时期,各种不同的价值形式之间的
冲突为他后来的思想奠定了基础:对传统的信任相对于对进步的
盲目信仰;信奉集体主义而不是个人主义;文化相对于实用性;以
秩序反对混乱,以对自我的臣服反对不受约束的表达。在他的祖
国,他所反对的部分是一种过于强烈的认同感:清教徒式的、自我
塑造的、自主的自我,这些支撑了国家工业资本主义。事实上,可
以说,艾略特自始至终都反对这种个人主义,因为在这种个人主
义中,自我不承认对更高的社会或精神秩序的忠诚。他认为,如
果不忠于自身之外的东西,人就无法健康成长。那些对特定机构
没有这种忠诚的人可能会像一些浪漫主义诗人一样,最终认同宇
宙;但"只要一个人还有其他东西可以与之结合,他就不会与宇宙
结合"[1](SE, p. 131)。

从哈佛大学毕业后,艾略特离开家乡前往法国巴黎和英国牛
津,并被他的朋友、导师和同胞埃兹拉·庞德(Ezra Pound)劝说
留在英国。像其他许多移民作家(王尔德、康拉德、亨利·詹姆
斯、V. S. 奈保尔、汤姆·斯托帕德)一样,他通过寻求在英国权威
人士的游戏规则中超越他们来弥补自己作为局外人的地位。他
曾在伦敦的一家银行工作,后来又在著名的费伯出版社(Faber & 15

Faber)工作,并和布卢姆斯伯里团体(Bloomsbury Group)①有联系。1927 年,他皈依了英国国教,并宣称自己是文学上的古典主义者、政治上的保皇派、宗教上的英国国教教徒。君权神授在他眼里是一种"崇高的信仰"。他坚持认为,真正的成长意味着扎根于一个地方。他说,"作为人类,就属于地球上的一个特定区域"(OPP, p. 251)。地方和地区事务优先于国家和国际事务,这是众所周知的保守主义信条。"总的来说,"这个从圣路易斯到伦敦的流亡者公然宣称,"大多数人应该继续生活在他们出生的地方,这似乎是最好的结果"(NDC, p. 52)。

然而,如果说他是一个像王尔德或詹姆斯那样的纨绔英国人的滑稽模仿,那么在英国首都,他仍然觉得自己是一个外国人。事实上,前者一定程度上是后者的结果。就像他在《小吉丁》②中说的那样,他某种程度上仍然是个"不安分的游手好闲的"幽灵(即游荡者);在他早期的作品中,除了当时随意而普遍的反犹主义之外,他对犹太人怀有敌意的一个原因可能是,他在典型的犹太弃儿和流浪者身上看到了自己的可怕形象。他曾经使用笔名

---

① 布卢姆斯伯里是伦敦的一个地名,20 世纪上半叶,英国一些作家、艺术家和知名人士在此形成了一个知识分子的小团体,其成员有经济学家凯恩斯、数学家罗素、小说家弗吉尼亚·伍尔夫等。

② 《小吉丁》(Little Gidding),艾略特诗作《四个四重奏》(Four Quartets)中的第四部分。

"Metoikos"，在希腊语中是"外籍居民"的意思。它与 mètèques
（外邦人）一词有关，这个词是法国右翼思想家夏尔·莫拉斯
（Charles Maurras）①用来形容犹太人的，他的作品对艾略特产生
了很大影响。

　　然而，生活在欧洲边缘的一个小岛上是有些好处的，这个小
岛形式上属于欧洲，但像美国一样，是盎格鲁-撒克逊民族。他的
同胞亨利·詹姆斯，艾略特写道（毫无疑问他也想到了自己），以
只有非欧洲人才能有的方式成为欧洲人。他的意思大概是，外来
者比那些在当地长大的人更有可能意识到一个地方的精神和文
化整体，而本地人往往认为这是理所当然的，缺乏对它的整体看
法。因此，不是土生土长的欧洲人，也不是在英国本土长大，也是
有好处的。艾略特可能是伦敦的一个西装革履的出版商：他被戏
称为"罗素广场的教皇"，他工作的费伯出版社就坐落于此；但就
像许多现代主义艺术家一样，他是一个见多识广的人，在《荒原》
（The Waste Land）中自由地漫游，跨越了整个文明，挪用其中的
一部分，以便拼凑出一个符合他自己精神需求的综合体。他是资
产阶级的古板和文学破坏者的不稳定复合体，游走于上流社会的
梅菲尔区（Mayfair）和波西米亚的索霍区（Soho）之间。

　　艾略特很好地利用了他精神上和实际上的流亡所带来的不
稳定的自我。这意味着他可以更容易地将自己"融入"到文学传

---

① 　夏尔·莫拉斯（Charles Maurras，1868—1952），法国作家、政治家。

统、英国国教、企业文化、集体神话的资源以及他乐于称之为欧洲思想的东西中去。就像他的朋友詹姆斯·乔伊斯（James Joyce）一样，他发现那些在家乡是陌生人的人在任何地方或多或少都有归属感。和许多现代主义者一样，他的艺术受到这样一个事实的滋养：他既置身于他所处的文明之中，又置身于它所处的文明之外。也许他早年在性方面的模棱两可（他在朋友中散布了他的一些同性恋情诗）强化了这种二元性。在某些方面，异乡人比本地人能看得更多：拉迪亚德·吉卜林早年曾在印度生活过一段时间，艾略特对吉卜林的评价是，他在另一个国家的经历使他对英国有更好的了解，而英国人自己也应该加以注意。像艾略特那样选择一种文化忠诚，意味着比一般的局内人有更深的忠诚；但与此同时，局内人比你更有优势，因为——他们的血液里流淌着同样的文化和传统——他们不需要把它当作一个有意识的问题。

这在英国尤其重要，在那里，人们传统上认为血统比智力更深厚，习俗比意识更受重视。局内人的问题是狭隘，局外人的问题是无根的生活方式。艾略特解决了这个难题，他坚持认为只有居住在欧洲文化的某个特定区域，才能接触到整个欧洲文化。此外，移民作家能够挖掘特定文化和遗产的资源；但由于他们也是部分的局外人，他们可以从那种生活形式的束缚中解脱出来，可以更自由地漫游、颠覆和实验。乔伊斯认为，他的革命性艺术的源泉在于他不是英国人，他的拥护者 T. S. 艾略特也有类似的情况。

对于今天大多数开明的读者来说，艾略特的社会观念从令人反感到令人讨厌都有。在《基督教社会的理念》(*The Idea of a Christian Society*，1939)和《关于文化定义的札记》(*Notes Towards the Definition of Culture*，1948)中，他描绘了他理想中的社会秩序，看起来更像农村而不是城市。将会有一种共同的价值观和信仰文化；但是，尽管社会将因此构成一个有机的整体，它也将严格地分层。统治精英将会出现，包括传统的英国乡绅阶级以及与艾略特完全不同的知识分子小圈子。他认为，伊丽莎白时代的戏剧是这样一种共同文化的产物，它的特色在于"种族的基本同质性、幽默感和是非感"，包括剧作家和观众(UPUC，p. 52)。像所有真实的戏剧一样，它是"表达一个民族意识的器官"(OPP，p. 307)——艾略特认为民族是一个整体。

精英的任务是维护和传播整个社会(主要是基督教)的价值观。这是一项至关重要的事业，因为如果基督教崩溃，整个西方文明也会随之瓦解。然而，在艾略特看来，由于大多数人都没有能力进行恰当的思考，他们对文化的参与将比社会上层更缺乏意识。相反，他们的参与将采取习俗和传统、神话和情感、仪式典礼和自发的感知习惯的形式。所有的个体都将分享共同的生活形式，但他们将以不同的方式分享，并且，他们的意识处于不同层次。因此，有机性和等级可以调和。如果说前者是自由个人主义的替代品，那么后者则是对抗布尔什维克主义的堡垒。和他熟悉的诗人 W. B. 叶芝(W. B. Yeats)一样，艾略特敏锐地意识到，精英阶层要想更好发展,就必须扎根于普通生活。否则,他们的特权地位可能会导致他们的衰败。他们的使命是在有意识的层面上阐述对大多数人来说是习惯性行为的价值观。少数人的知识必须建立在民间的智慧之上。

这样,"文化"一词的两个主要含义——一方面是艺术和知性活动,另一方面是整个民族的生活方式——就可以很方便地结合在一起。我们稍后会看到,艾略特也是用同样的方式看待诗歌的。它有一层意识到的意义,就像一个共同的文化中少数人的任务是定义和传播它的价值一样;但是,在这一切的表象之下,并不断地受其激发的,有一种我们可以称之为"诗意的无意识"的东西,它是逃避所有意识表达的力量和意象的巨大蓄水池。艾略特理想中的戏剧观众也许是这样的,可能包括一小部分理解他的戏剧中所蕴含的精神内涵的观众,以及中等水平的聪明人,他们可以领悟戏剧的深层含义,还有一群庸俗的平民(银行家、政治家、会计师等),他们不知道发生了什么,但他们可能会在某种潜意识层面上对戏剧的意义做出反应,就像艾略特《大教堂谋杀案》(*Murder in the Cathedral*)中的坎特伯雷女人一样。顺便说一句,《大教堂谋杀案》这个剧名很可能是作者的一个顽皮的笑话,因为观众蜂拥而来,希望看到一部阿加莎·克里斯蒂(Agatha Christie)侦探小说那样的作品,但面对的却是一部智力要求甚高、动作明显较少的戏剧。艾略特的许多观众可能没有意识到他们听到的内容是用诗歌表达的,而这种疏忽丝毫不会使他感到不安。

　　因此,理想的是一种普遍但分层的文化;然而,社会现实却截
然不同。和许多现代主义者一样,艾略特对现有文明的大多数方
面,如无神论物质主义、对机器和实用主义的崇拜、精神空虚和虚
假的人道主义都嗤之以鼻。就此而言,他与 F. R. 利维斯是一致
的,我们稍后会看到;但利维斯的宗教实际上是 D. H. 劳伦斯(D.
H. Lawrence)的哲学,而艾略特则是坚定的英国国教教徒。他尖
刻地说,男女之爱,要么被一种更高层次的爱(即圣爱)说得合情
合理,要么就是简单地将动物结合在一起。"如果你从'人'这个
词中去掉对超自然的信仰给人带来的一切,"他警告说,"你最终
可以将他看作一个极其聪明,适应性强,淘气的小动物"(SE, p.
485)。在所有可憎的思想家中,他赞同马基雅维利(Machiavel-
li),因为马基雅维利对人性的低估,以及他对秩序的推崇超过了
自由(FLA, pp. 46, 50)。艾略特坚信,在任何一代人中,有能力
在智识层面做出努力的人都是非常少的。事实上,他似乎从"很
少"一词中获得了一种近乎性爱的震颤。如果他的杂志《标准》
(Criterion)的微不足道的读者一夜之间猛增一万,他无疑会深感
不安。

　　就像艾略特同名诗作中的"空心人"(Hollow Men)一样,大
多数男人和女人在精神上都很肤浅,以至于无法被诅咒。也就是
说,"在一个充满选举改革、公民投票、性改革和服装改革的世界
里,诅咒的可能性是一种巨大的宽慰"(SE, p. 429)。在一个没有

信仰的时代,地狱的概念对他来说是一个很大的安慰。他在奥斯维辛时代写作,以夏尔·波德莱尔(Charles Baudelaire)的精神宣称,做坏事总比什么都不做要好。邪恶的人,与纯粹不道德的人相反,至少认识更高级的精神现实,尽管是以一种否定的方式。对艾略特来说,人文主义忽略了可能是所有基督教教义中最根本的东西:原罪。人类是不幸的生物,因此谦逊是基督教最伟大的美德。(对于艾略特理应支持的基督教正统来说,最大的美德实际上是仁慈,当然也有很多不同的美德。)对人类无限潜能的浪漫信仰是一种危险的幻想。中产阶级如此热忱宣扬的进步理想也是如此。艾略特的诗歌充满了未展开的、被抛弃的或以觉醒告终的旅程。历史似乎既没有改善,也没有恶化。"我并不是说我们的时代特别腐败",他写道,"所有时代都是腐败的。"(SE, p. 387)然而,在他作品的其他地方,很明显,与之前的信仰时代相比,现代代表着急剧的衰落。像许多保守的思想家一样,艾略特在"事情正在变得越来越糟"的观点和"事情一开始就相当可怕"的说法之间显得模棱两可。

我们必须确保普通男女不必接受太多的教育。大学里的学生应该减少三分之一。最好让少数人受高等教育,其余的人接受一些基本的教育,而不是让每个人都接受低劣的教育。所有的教育最终都必须采取宗教形式,为了保护古典学问不受潜伏在墙外的野蛮行为的影响,复兴各种修会可能被证明是必要的。整个现代文学,包括某个"伍尔夫夫人"(Mrs Woolf),都被世俗精神玷污了。我们必须按照基督教的标准来阅读，而现代文学灾难性地拒绝了这种信仰。无论是共产主义还是罗马天主教的文学审查制度，原则上都是受欢迎的。一个天主教徒应该对共产主义感到某种程度的认同感，这并不奇怪。艾略特对马克思主义流露出一种勉强的赞赏，而他在政治上厌恶这种信条，正是因为马克思主义和英国国教一样，都是正统的。

这也是他在《标准》杂志上发表一系列左翼作家作品的原因之一。然而，总的来说，他对多样性也不甚钦佩，认为鼓励各种观点的自由多元的社会不如拥有共同信仰的文化可信。他宣称，反对自由主义的斗争，就是更新我们的传统观念的斗争，并"在个人和族群之间建立起至关重要的联系"（ASG，p. 48）。说句公道话，他想到的是人类，而不仅仅是白人。自由主义涉及宽容，而艾略特认为"宽容的美德被大大高估了，我本人不反对被称为偏执狂"（EAM, p. 129）。他大概希望激怒他的对手，尽管他也可能说的是事实。

经营保守派政治杂志的一个问题是，艾略特式的保守派并不真正将自己的信仰视为政治。相反，他们认为它们源自某些不变的原则，这些原则不会因庸俗的政治利益而妥协。因此，《标准》一开始就陷入尴尬境地，它试图解决 1920 年代和 1930 年代的一场严重的政治危机，但显然对政治缺乏信心。它超越了所有尖锐的党派之争，力图表现出一种冷静的态度。艾略特认为，文学批评必须避免所有的社会、政治或神学偏见。我们不清楚这种阿诺德式的不偏不倚的立场如何实现,除非从六翼天使的队伍中招募批评家。这种观点也没有反映出艾略特作为杂志编辑的现实,他经常被发现用鼓动的方式让审稿人采取某种态度。[2] 确实,该刊物在西班牙内战(Spanish Civil War)问题上采取了相对客观的立场,艾略特推崇《薄伽梵歌》(*Bhagavad Gita*)中的英雄阿朱那(Arjuna)所建议的那种不偏不倚的态度。然而,他拒绝谴责西班牙的法西斯主义,这很难让他得到认同,而且在反对共产主义的斗争中,他也没有表现出所称的公正。他对另一位伊比利亚法西斯独裁者、葡萄牙将军萨拉查(General Salazar)也不够冷静,他温和地将他描述为"一个基督教国家的领袖、一位基督徒"[3]。萨拉查政权,他说,应该被认为是开明的政权。

艾略特的大部分散文都带有一种神谕式的、高傲的语气。它暗示了一种与《J. 阿尔弗雷德·普鲁弗洛克的情歌》(The Love Song of J. Alfred Prufrock)中自我怀疑的主人公大相径庭的傲慢。这也不符合他早期的哲学信念,即所有的知识都来自一个特定的立场,任何有效的判断都只是近似正确。有人可能会说,尽管《荒原》充斥着徒劳和分裂的氛围,但它也有类似的权威光环,只是没有引起太多的共鸣。诗人自己必须站在奥林匹斯山的哪个峰顶上,才能如此广泛而深刻地观察一个破碎的世界?为什么这个立场不能包含在作品中,而是作为它的框架?这首诗的概要形式与它支离破碎的内容冲突吗?艾略特傲慢的语气可能会让现代读者感到讨厌,但在他写作生涯的后期,这种语气也让他感到反感。在他早期的作品中，"偶尔出现的傲慢、激烈、自大或粗鲁的迹象，"他用一段华丽的话语坦承，"这个温文尔雅的男人自吹自擂，安全地躲在打字机后面"（TCC，p. 14），也就是说，这是对个人不安全感的一种风格补偿。他还批评他的戏剧《家庭团聚》(*The Family Reunion*)的主角是一个令人难以忍受的道学先生，并将他与司机这个次要角色进行了不利的比较。也许一段新的、更令人满意的婚姻有助于缓和他刻薄的脾气。

即便如此，早期艾略特的那种极度的自信，或者说他的批判性人格，都是很了不起的。他是温文尔雅地进行恶意贬低的高手。评论家乔治·圣茨伯里(George Saintsbury)是"一个博学而和蔼的人，对二流人物有着永不餍足的胃口"（TCC，p. 12）。"阿肯塞德(Akenside, 18世纪诗人)从不说值得说的，但不值得说的内容被他说得很好"（OPP，p. 199）。拜伦(Byron)的一些诗句"对校刊来说还不够好"（OPP，p. 227）。威廉·黑兹利特(William Hazlitt)，英国文学经典的最伟大的批评家之一，被认为是"平庸之辈"，这一判断无疑受到他是个狂热的政治激进分子这一事实的影响。与维吉尔(Virgil)相比，贺拉斯(Horace)有些"平民"（OPP，p. 63）。D. H. 劳伦斯思想狭隘、势利，没有受过良好的教育，"没有能力进行我们通常所说的思考"（ASG，p. 58）。然而，如果说艾略特是个刻薄的人，那他也喜欢开一些调皮的玩笑。在谈到19世纪英国诗歌时，他以一种典型的恶作剧口吻问道，"勃朗宁夫人(Mrs Browning)的《奥罗拉·利》(*Aurora Leigh*)怎

25

么样? 我从来没读过。还有乔治·艾略特(George Eliot)的那部长诗怎么样? 我总记不得它的名字"(OPP, p. 42)。毫无疑问,这两部作品都是女性的作品。乍一看,这似乎是一种承认无知的谦卑,但实际上可能是一种蓄意的贬低。有时我们很难知道艾略特是否很严肃,比如他将文学斥为"一种高级的娱乐形式"(SW, p. viii)。

英国最杰出的政治哲学家,托马斯·霍布斯(Thomas Hobbes),被轻蔑地斥为"那些非凡的小暴发户之一,文艺复兴的混乱运动把他们推上了他们几乎不配得到的显赫地位,而且从来没有失去过"(SE, p. 355)。这并非不可思议,霍布斯作为一个奇特的下层新贵,生活在上流社会,艾略特的看法与他对霍布斯的唯物主义哲学发自内心的厌恶不无关系。在艾略特自己的时代,"骑马十个小时去斯旺西(Swansea)看一场足球赛,倾听内心的声音,它散发着虚荣、恐惧和欲望的永恒信息"(SE, p. 27)。像"电视"这样的词之所以丑陋,"要么是因为它们是外来的,要么是因为它们缺乏教养",尽管艾略特没有说清楚"电视"这个词属于哪一种可鄙的类别。有些空洞的概括没有多大意义,比如"我相信中国人的思想更接近盎格鲁-撒克逊人,而不是印度人"(ASG, p. 41)。还有很多虚假的无知和虚伪的谦卑,就像艾略特假装不理解某些意义显而易见的陈述一样,或者忸怩地责怪自己的头脑过于笨重,无法领会某些他在任何情况下都拒绝接受的抽象概念。"我没有自己的一般理论"(SE, p. 143),他宣称。其他人有理论;艾略特自己也有信仰、教义和信念。在他的批评中,隐约有一种装腔作势的感觉——作者对自己专横的宣言可能不像听起来那么让人信服,他善于观察自己的言辞对听众的影响,并能拼凑出适合不同场合的人物形象。

他对文化和传统的一些言论就没那么无伤大雅了。1933年,他在美国弗吉尼亚大学演讲时告诉听众,美国南方的文化工业化程度较低,也"很少受到外族的入侵"(ASG, p. 16),因此更加强大。该地区的人口相当单一;他没有提到非裔美国人,而他们被奴役的祖先为他现在进行美化的这个地区奠定了物质基础。如果两种或两种以上的文化并存,两者都会成为"混杂"。似乎这还不够声名狼藉,艾略特还提出了一个可能是他最可憎的言论,他补充说,"种族和宗教的原因结合在一起,使得大量思想自由的犹太人不受欢迎"(ASG, p. 20)。他没有对纳粹大屠杀发表评论。

就此而言,开明的读者可能想知道,是否有任何珍贵的东西可以从这种完全的反动中拯救出来。答案当然是肯定的。一方面,艾略特的精英主义、反犹主义、阶级偏见、贬低人性的评价以及对现代文明不加区分的厌恶,是他所继承的所谓"文化批判"(Kulturkritik)传统的主要特征。[4]20世纪许多杰出的知识分子都持有这种观点,当时相当大一部分西方人也是如此。虽然这不是原谅他们的理由,但有助于解释他们的态度。另一方面,这种态度使艾略特与他那个时代的自由资本主义意识形态格格不入。简言之,他是一个右翼激进分子,就像他的许多现代主义同行一样。他相信公共纽带的重要性,而很多自由主义意识形态却不这么认为;他也反对资本主义的贪婪、自私的个人主义和物质利己主义。"以私人利益为原则的社会组织,"他认为,"和公共破坏一样,正因为不受管制的工业主义而导致人类的扭曲,从而导致自然资源的枯竭……我们许多物质上的进步是我们的后代可能不得不付出高昂代价的进步"(ICS, pp. 61—2)。这里没有什么是一个有生态意识的社会主义者不同意的。他发表的第一篇关于印度的书评是强烈的反帝国主义。他对一种社会秩序持敌对态度,这种社会秩序推崇孤独的自我,将过去抛诸脑后。就艾略特而言,他明白过去是我们的主要组成部分,以进步的名义使过去无效,就等于消灭了许多宝贵的东西。因而他认为,通过放弃传统,我们放松了对现在的控制。

左翼激进分子可能会拒绝艾略特所推崇的传统,但这并不是说他们反对传统本身。更确切地说,他们接纳了不同的世系,比如平等派(Levellers)、掘土派(Diggers)、雅各宾派(Jacobins)、宪章派(Chartists)、妇女参政派(Suffragettes)。"我们马克思主义者一直生活在传统中,"托洛茨基(Leon Trotsky)在《文学与革命》(*Literature and Revolution*)中说。"如果一个社会除了自己的即时和当代经验之外一无所有,那么这个社会的确是贫穷的,"雷蒙德·威廉斯在《文化与社会》(*Culture and Society 1780—*

1950)中写道。[5] 传统观念本身绝不是愚昧。它既包含了君主制，也包含了要求废除君主制的自由。如果皇家军队阅兵是传统，那么罢工的权利也是传统。艾略特争辩说，在现代社会，存在一种狭隘，不是空间的狭隘，而是时间的狭隘，因为历史只是人类生活方式的编年史，这些生活方式时过境迁，现在已经被废弃了——这种观点认为，"世界完全是生者的财产，死者没有任何股份"（OPP, p. 72）。马克思主义者瓦尔特·本雅明（Walter Benjamin）会由衷地同意这一观点，还有一些批评家认为，历史已经变成了一种易于消费的商品，也就是"遗产"。艾略特接着谈到了"我们对祖先的持续尊敬"（OPP, p. 245）；但在实践中，正如我们将看到的，他对待过去的方式比这种虔诚所暗示的要有更多的创新，更多对传统的打破。他对弥尔顿（Milton）或大多数 18 世纪诗歌的尖刻评价并不完全适用"崇敬"这个词。

艾略特也不接受支撑现代秩序的枯燥的理性主义，它对亲属关系、情感、身体和无意识不感兴趣。相对于男人和女人完全是自我决定的信条，他坚持认为人是有限和脆弱的，这种意识属于谦逊的美德。人们彼此依赖，也依赖于某个更大的整体。对艾略特和 D. H. 劳伦斯来说，我们不属于自己。我们可以像占有财产一样占有自己的想法是资产阶级的幻想。艾略特所欣赏的对一个特定地方的依恋可能带有血腥和土地的邪恶意味，但在我们这个时代，它也是对全球资本主义的一种谴责——也是对那些只在机场贵宾室才觉得自在的首席执行官们的谴责。对社会秩序的信奉不一定是专制的;它可以是对无序市场的替代方案。这也可能比自由主义的文明更可取,在自由主义的文明中,每个人可能或多或少地相信自己想要的东西——但这只是因为信念在任何情况下都不重要,也因为人类团结的理念从根本上已经枯萎。

就此而言,艾略特和乔治·奥威尔(George Orwell)或萧伯纳(George Bernard Shaw)一样,都是那个时代社会正统观念的批判者。只是他的批判是从右翼而不是左翼出发的。诚然,这一事例带有自相矛盾的意味,因为在实践中,艾略特正是资本主义的忠实仆人,而资本主义分裂了社会,抛弃了传统,对灵性缺乏关注。在他看来,另一种选择是共产主义;当他大声疾呼要如何在共产主义和法西斯主义之间做出选择时,他选择了后者。他将俄国革命视为第一次世界大战中最重大的事件,将苏联和"拉丁"文明之间的冲突视为亚洲和欧洲之间的精神战争。叶芝也这么认为。事实上,与布尔什维克主义的斗争是《标准》的首要议题。

然而,艾略特绝不是法西斯主义者,尽管他的第一任妻子成了"黑衫党"(Blackshirt)或"英国法西斯联盟"(British Union of Fascists)①的成员。可以肯定的是,法西斯主义的意识形态和艾略特的保守主义之间有着密切的联系,但这种保守主义并不能与今天保守党的信条相提并论。两者都信奉精英主义;两者都准备

①　前者是 20 世纪 20、30 年代欧洲(主要是意大利)的一个法西斯组织;后者是 1932 年成立的英国法西斯组织。

为秩序牺牲自由,拒绝自由主义的民主和经济个人主义,推崇神话或习俗,而不是理性分析。然而,像艾略特这样的保守派相信教会、传统、君主制、分权的社会和家长制的贵族生活,这些都与法西斯主义格格不入。社会等级观念也不重要,因为法西斯主义只知道一种社会区别,即领袖和人民之间的区别。法西斯主义自认为是革命的信条,而保守主义当然不是。和所有民族主义一样,法西斯主义完全是现代的产物,尽管它援引了北欧的神灵和古代的英雄。保守主义则有更悠久的历史。

这两种政治都高度重视乡村社会;但是,纳粹用恶魔般的语言谈论鲜血和土地,而保守主义者对乡村宴会和莫里斯(Morris)舞者①的看法则更像天使。保守主义者忠于家庭、当地社区和公民社会,而法西斯主义者只忠于领袖、种族和国家。法西斯主义社会崇尚暴力,而且通常是永久性的军事取向,而保守主义社会却不是这样。法西斯主义社会被残酷的威权主义国家统治,而艾略特的政治倾向于地方自治而不是中央集权。事实上,正是法西斯主义导致《标准》在第二次世界大战前夕走向终结。很明显,该杂志希望看到的神圣罗马帝国的文化对应物正在欧洲大陆屈服于一种更邪恶的帝国权力形式。艾略特在杂志的最后一期哀叹道,古典的"欧洲思想"已经从人们的视野中消失了,尽管人们一直不清楚,一份发行量可能从未超过八百份的期刊如何重新站稳

31

---

① 英国传统民间舞蹈,舞者通常为男子,身上系铃,扮民间传说中的人物。

脚跟。

艾略特当然是一个精英主义者，但我们已经看到，精英主义不需要排除对普通人的关注。这位不加掩饰的保守派可能想要将数量惊人的学生拒之大学门外，但他也曾在成人教育领域教过几年书，成人教育在当时是一个很大程度上属于左翼的项目。就道德观而言，能区分善恶的人在艾略特看来是很少的；但他也认为，那些渴望某种精神体验的人则是非常多的。他在一篇关于印度生活记录者吉卜林的文章中谈到了"下层文化的人们"，但他坚持认为吉卜林丰富了英语，造福了所有人，无论是哲学家还是铁路搬运工。他认为，诗人和更广泛的公众之间必须要有沟通渠道；而诗歌要发挥作用，两者必须要有共同的背景。诗歌，对这个最具保守主义色彩的知识分子来说，必须植根于普通的语言和共同的情感。它代表了整个社会最精致的意识，最复杂的情感，代表了整个群体，而不仅仅是某个作家。我们需要少量走在时代前列的先锋作家，但不要把先锋派与小圈子混为一谈。先锋派是为后面行进的更大的群体服务的，而小团体或小圈子却很难做到这一点。艾略特认为，先锋派在语言和情感上所产生的变化，最终会影响到整个公众——甚至间接地影响那些根本不读诗的人。从根本上说，这就是诗歌的社会功能。

艾略特有时会把这个例子推到荒谬的地步。他在《论诗与诗人》(*On Poetry and Poets*)中说，如果挪威人停止写诗，也就是说停止完善和丰富他们自己的语言和情感，其后果最终将被地球上的每一个人感受到。它最终甚至会影响到那些连一个诗人的名字都说不出来的人,更不用说挪威诗人了。如果一个国家不能培养出杰出的作家,它的语言和情感就会退化,从而损害到整个民族。因为他们从未听说过的挪威诗人放弃了写作,格拉斯哥人的敏感性就会变得粗糙起来,这个命题并不是很可信。更有说服力的是,艾略特认为当语言处于健康状态时,"伟大的诗人将有话对教育程度各异的所有同胞说"(OPP, p. 9)。在表达他人的情感时,作者也会对其进行修饰,使其更有自我意识,并使他的读者更细致地意识到他们真实的感受。诗人"发现了可以为他人所用的情感的新变化"(OPP, p. 9)。完美的经典是能在"所有阶层和所有状况的人"之间找到回应的作品(OPP, p. 69)。它的音乐已经潜伏在日常语言中。艾略特说,"一个民族的诗歌从这个民族的语言中获取生命,反过来又赋予它生命;它代表着这个民族最高的意识,最伟大的力量和最细腻的情感"(UPUC, p. 15)。

　　因此,诗人和平民之间存在着一种互动关系,这与小圈子或阴谋集团的情况不同。在艾略特看来,诗人想要给尽可能多样的人群带来快乐;在寻求这种受欢迎程度的过程中,他或她渴望扮演歌舞厅喜剧演员的角色。艾略特对这种流行文化有着浓厚的兴趣,并写了一篇关于歌舞厅传奇演员玛丽·劳埃德(Marie Lloyd)的文章。他说,伊丽莎白时代的剧作家采取了一种大众娱乐的形式,从中汲取了一些无与伦比的艺术形式,而歌舞厅为现代作家提供了类似的机会。他认为,很多人都能从诗歌中获得一些满足。他还以一种假装谦逊、暗中挑衅的风格暗示,他希望自己的作品能有一个既不会读也不会写的读者。他们在何种意义上成为读者并不清楚。也许他设想的是向他们朗读他的诗歌,尽管任何听过艾略特读《荒原》的录音的人都不太可能将其列为他更鼓舞人心的成就之一。然而,此事并不像看起来那样愚蠢。我们稍后会看到,艾略特认为诗歌的交流在很大程度上是无意识的,这就是他对诗歌有意识的意义如此淡漠的原因之一。因此,人们不需要受过良好的教育就能欣赏他的作品。事实上,人们的学识甚至可能成为欣赏诗歌的障碍。即便如此,即使人们一开始就能读懂文字,文字也只能在无意识中进行交流。

　　就此而言,艾略特的保守主义并没有人们想象的那么死板。他对传统的态度也一点都不传统。相反,他对这一概念的重建是他最著名的批评的创新之一,《传统与个人才能》(Tradition and the Individual Talent)这篇文章是20世纪最著名的批评文献。对于一位如此年轻的作者来说,这是一个十分大胆和权威的观点。文章提出了一种可以称之为现代主义的传统观念,它打破了线性的、平铺直叙的文学史概念。传统观念必须从中产阶级的进步、不断进化和永恒改进的妄想中解放出来;如果说文学是一种挑战这种自鸣得意的意识形态的便利手段,那部分是因为从贺拉斯(Horace)到玛格丽特·阿特伍德(Margaret Atwood),确实没有简单的向前发展的路线。在艾略特看来,传统是一条双向的道路。它可以向后也可以向前,因为现在改变了过去,就像过去产生了现在一样。历史感不仅包括对过去性（pastness）的感知，而且包括对现在性（presentness）的感知。正如现代主义经常提到的那样，我们正在谈论一种空间化的时间形式，因此，诗人在写作时"要有这样一种感觉：从荷马开始的整个欧洲文学，以及其中的整个自己国家的文学，都是同时存在的，从而构成了一个共时的秩序"（SE，p. 14）。

当一部新的作品成为文学经典，它回溯性地改变了以往作品之间的关系，让我们以新的眼光来看待它们。人们可能会谈论济慈（Keats）对丁尼生（Tennyson）的影响，但艾略特可能会问，丁尼生对济慈的影响是什么呢？他写道：

> 现存的（文学）经典相互形成了一种理想的秩序，这种秩序通过在它们之间引入新的艺术作品而得到修正。现有的秩序在新作品到达之前已经形成；为了在新作品添加之后仍能维持秩序，整个现存秩序必须改变，即使是稍有改变；因此，每一件艺术品与整体的关系、比例和价值都被重新调整了；这就是新与旧的整合。（SE，p. 15）

利维斯的《英语诗歌的新方向》（*New Bearings in English Poetry*）就是这种向后转换的一个例子，书中，艾略特在诗歌写作上的革命让利维斯重新评价杰拉德·曼利·霍普金斯（Gerard Manley Hopkins），认为他是现代主义的一个原型，而不是维多利亚晚期一个有点怪异的人。值得一提的是，艾略特的诗歌实践不像他对传统的看法那样是新旧结合的。通过忠实于过去某个神圣的时刻——粗略地说，从马洛（Marlowe）到马维尔（Marvell）——他的作品能够打破现有的惯例。我们可以将《传统与个人才能》解读为试图将作者的先锋派文学实践转变为保守的诗学。从长时段的角度看，看似异常的东西实际上忠于过去的遗产。

　　过去的作品构成了一个完整而连贯的秩序；文学经典可能以冲突和不和谐为标志，这一点并不奇怪。它自成体系；虽然它的内部关系在每一次为新作品提供空间时都有所改变，但它随后会作为一个有机整体平静地展开。就此而言，传统通过变化而不是一成不变而永存。虽然它不断变化，但它"途中没有放弃任何东西"（SE，p. 16）。虽然这是一个值得思考的问题，因为艾略特的传统，不像社会主义运动或维多利亚时代的物质进步，它没有任何独特的目标。它永远不会被什么稀奇古怪的新文学创作弄得手足无措，因为它只是为了适应变化而重新组织自己。创新是被吸收而不是被拒绝。你不能真正打破传统，因为打破本身就是一种内在的转变。它是一个具有自主生命，能够自我调节、自我统一的有机体，从这个意义上说，它就像一个在时间和空间上延展的巨大艺术品。正如黑格尔的"世界精神"（World Spirit）秘密地作用于那些天真地幻想自己是自我决定的人，因此传统将作家当作一种巧妙地再现自己的方式。他们是一种强大力量的卑微工具,他们永远无法了解其深浅,就像宗教信徒与上帝的关系一样。事实上,传统观念是现代社会中全能者的众多替代之一,艾略特在写作《传统与个人才能》一文的几年后将会接受一个不那么世俗的版本。

艾略特在《批评批评家》(*To Criticize the Critic*)一书中指出,一种写作方式可能会让人感到陈腐和陈旧,不再适应当代的情感、思想和语言模式,在此情况下,诗歌革命可能是必不可少的。这样的剧变一开始会受到侮辱和蔑视,但最终会被视为一种振兴而非破坏,让似乎被它削弱的传统获得新生。它的合法性最终将得到承认,就像许多世纪前被窃取的财产一样。有时候,为了保持步调一致,人们需要做出一些改变。艾略特说,衡量作品价值的一个标准是看它是否"符合"之前的作品。一致性(conformity)是决定性的标准。但无论一个人对何为符合的感觉有多敏锐,《J. 阿尔弗雷德·普鲁弗洛克的情歌》究竟是如何做到这一点的? 艾略特称赞塞缪尔·约翰逊(Samuel Johnson)的信念,"创新必须在适当的范围内",但这可能是他的理论和实践之间不协调的一个例子。"适当"(proper)是他早期诗歌中最少使用的一个词。

37

还有一个问题。新来者进入传统确保了过去的延续;但如果它是通过改变现有作品的价值、比例和关系来实现的,那么这种文学史观点就打开了相对主义的大门。艾略特反对孤立地看待艺术作品,这是正确的;相反,作品的重要性来自它们在更大范围

(传统)内的位置,只有通过相互比较才能真正判断。这一观点可能部分源于他对 19 世纪晚期哲学家 F. H. 布拉德雷(F. H. Bradley)[1]的研究,在布拉德雷看来,一个对象的真实性在于与他者的关系。然而,这表明,任何一首诗或一部小说都不可能像某些古典观点所追求的那样,拥有一种内在的、不可改变的价值。艾略特似乎赞同这一古典观点,但同时他也认为,诗歌的声誉不会一成不变。西方正典中会有一些起伏和调整,因为正典中的作品,就像拥挤的地铁上的乘客,为了给新来的人腾出地方而稍微挪动一下。那么,是否会有一种创新,回过头去把荷马或莎士比亚贬低到次要的地位? 或者为了防止这种可能性,新来者只会"轻微地"改变经典的关系和比例?

38   艾略特似乎试图将古典意义上的传统观,与更为相对的或历史主义的观点结合起来,因为某些文学作品具有永恒的价值。这并不是个内在完全一致的观点。诗歌有确定性,也有变化,就像艾略特的作品一样,他的诗歌倾向于通过不断变化的声音和节奏来持续地、"不被察觉地逃避单调"(TCC, p. 185)。例如,所谓的自由诗,不断地唤起但巧妙地逃避常规的节拍。抑扬格五音步诗(iambic pentameter)在有规律的韵律中体现出语言表达的不规则节奏。我们还惊讶地发现,传统"并非一成不变地通过最杰出的声誉传递"(SE, p. 16)。所以它不只是一堆杰出的作品。这涉

---

① F. H. 布拉德雷(F. H. Bradley, 1846—1924),英国哲学家。

及价值的问题,但并不是说它是由一般公认的最高级别的作家组成的。这样的作家包括弥尔顿、布莱克、雪莱和丁尼生,但在艾略特看来,他们根本不属于传统。我们稍后会看到,这是因为他所谓的传统是一种特殊的文学写作,不管它的代表性作家是否被普遍认为是最有声望的。

因此,对艾略特和利维斯来说,约翰·多恩(John Donne)是传统的一部分,但约翰·弥尔顿不是。多恩的写作方式被认为与英语语言的特定使用兼容,而弥尔顿的诗歌风格则是对英语语言的致命威胁。所以这个传统并不包括某个作家的所有的文学前辈,而是一个特定的、有偏向的选择,因为粗略地说,这些先驱将帮助艾略特和其他人在当下创作他们自己的诗歌。这是另一种方式,其中所谓的永恒是相对于一个特定的立场。正如雷蒙德·威廉斯所言,“一个社会的传统文化总是倾向于与其当代的利益和价值体系相适应,因为它不是一个绝对的作品体系,而是一种不断的选择和诠释”[6]。因此,传统具有实用价值。它根据当代的需要而形成,这几乎不是“传统主义”的捍卫者所声称的。作为一名年轻的诗人,艾略特自己在他那个时代陈腐的晚期浪漫主义诗体中找不到立足之地,因此他不得不从这种精心修饰的诗歌中回过头来看看更有智慧的过去。然而,他赋予传统以权威并不完全同意将传统看作一种方便利用的手段。此外,是否存在相互冲突的遗产,或作家在同一时间属于多个文学遗产? 虽然他的保守主义也有激进的一面,但他认为过去的保守主义是一个有机的整体,因此无法面对这种可能性。它涉及对英国文学进行某种拆除和打捞的工作,有位评论家,无疑考虑到艾略特的国籍,更直白地将之描述为"20世纪可能产生的文化帝国主义最雄心勃勃的壮举"[7]。

那些没有继承艾略特所说的"时间积累的智慧"(SE, p. 29)的作家必须利用自己的资源进行交易,而在他看来,这些资源必然比传统资源匮乏。这样的作家都是"异端"——这些不受正统观念束缚的男女作家,理所当然地拥有一套共同的信念,因此成为任性、幻想、奢侈和古怪的受害者。在艾略特看来,D. H. 劳伦斯缺乏丰富的文化支撑,除了"内心的光芒",没有其他的引导,精神上是病态的。即便如此,艾略特还是不顾传统偏见的反对,认为没有哪个作家不是感性主义者。将劳伦斯推向黑暗的是他对主流的背离,而不是他对性的不光彩的探索。(这将由 F. R. 利维斯来指出,孕育了劳伦斯的乡土中下层文化远比傲慢轻蔑的艾略特所认为的要丰富得多。)相比之下,詹姆斯·乔伊斯在艾略特眼中是当代最正统的作家。事实上,乔伊斯是个先锋派无神论者,其作品因色情而遭禁,这并不比他借鉴了源自亚里士多德和阿奎那的稳定的思想结构更重要。毫无疑问,艾略特很享受将莫莉·布卢姆(Molly Bloom)①的色情独白的作者与但丁等古典名家相提并论的震撼效果。乔伊斯的同胞叶芝,由于缺乏正统信仰而误

---

① 莫莉·布卢姆(Molly Bloom),乔伊斯小说《尤利西斯》中的人物。

入"民间传说、神秘主义、神话和象征、水晶占卜和炼金术著作的沼泽"(ASG, p. 45),就没有得到这样的赞誉,尽管总的来说,艾略特对他的作品评价很高。

威廉·布莱克(William Blake)的作品有着"伟大诗歌带来的不适感"(SE, P. 128);但作为一名非国教徒的作品,它也脱离了正统的参照系,被迫创造出一种奇特的、自成一派的哲学。布莱克自视甚高,他被当作一个手艺精湛并自制家具的人。他不能依靠一套既定的教义来满足他的信仰,这意味着他会非常专注于各种思想。在艾略特看来,他也受到文化贫乏的困扰,但这种指责对他和劳伦斯都不真实。原因很简单,艾略特无法将守旧的非国教信仰和都市的激进主义视为真正的文化。在弥尔顿的作品中,他也发现了类似的缺乏修养,这与宗教异见有关,在弥尔顿的清教神话中,他发现了某种贫乏,而在《失乐园》(*Paradise Lost*)中,弥尔顿用一种令人愉悦的方式描述了他的天堂和地狱,他将那里描述为"宽敞但家具不足的公寓,充满了沉重的话题"(SE, p. 321)。托马斯·哈代(Thomas Hardy)是另一位缺乏客观信仰体系的作家。毫无疑问,对艾略特来说,哈代对神、平民和社会进步太不信任了。

艾略特的归属感——教会、传统或社会机构——部分源于他的移民身份。在一个遭到剥夺的诗人身上,人们会发现对传统的热情,这并不奇怪,尽管他来自一个对过去的敬畏并不显著的民族。传统是艾略特对圣路易斯的平庸者的报复手段之一。然而，正如我们所看到的，移民艺术家不像那些在文化遗产中长大的人那样容易受到文化遗产的束缚，因此更容易将文化遗产当作"剪刀加粘贴"的资源。在艾略特的评论文章中，詹姆士时代①的二流剧作家得到了好评，18世纪的诗人被贬得一无是处，浪漫主义和维多利亚时代的所有诗人都被打发掉了。甚至莎士比亚也成了有些尖锐批评的对象。在这位亲英人士纯粹的学术野心中，也有一些不像英国人的地方——诸如他用如此宏大的概括性术语谈论"欧洲思想"或欧洲文学形成有机整体的方式。也许人们需要从外部进入，并以这种包罗万象的方式来把握欧洲。将欧洲理想化，这也是典型的局外人方式。认为欧洲文学是一个有机整体，和艾略特主张的"读遍莎士比亚所有的戏剧才能理解其中任何一部作品"一样，都是一种错觉。他甚至认为，世界文学是一个整体，这就像声称星辰被精心安排以便发表一些重大声明一样不可能。无论如何，相信整体性（unity）总是一种积极的价值，这是文学批评中一个比较有问题的假设，也是最持久的假设之一。

因此，传统很大程度上是解释的问题。它既是一个给定的概念，也是一个构想；事实上，在 F. H. 布拉德雷看来，两者之间的界限显然是模糊的。诗人必须将自己渺小的个性交给这种至高无上的力量，让它通过他们说话；然而，在此过程中，他们有一种为

---

①　指英国国王詹姆士一世（James I）统治时期（1603—1625）。

自己的创造而牺牲自己的感觉,就像那些在自己亲手雕刻的偶像面前献祭的人一样。自我牺牲的观念也是艾略特另一个著名学说"非个人化"(impersonality)的根源。粗略地说,浪漫主义诗人想表达自我,而艾略特想去除自我。就此而言,他与许多现代主义同行是一致的。诗歌不是"个性"的问题,而是如何摆脱个性的问题。写作是一种不断的自我降服。作家不过是"一种完美的媒介,在这种媒介中,特殊的或千变万化的感情可以自由地产生新的结合"(SE, p. 18)。艺术家越完美,"受难者与创造的心灵"之间的差别就越大(SE, p. 18)。艺术与它所记录的个人事件或情感之间的区别是绝对的。对作者至关重要的经历可能在他们的诗歌中不起作用,而诗歌中重要的东西在他们的生活中可能无足轻重。艾略特认为,维多利亚时代的批评家马修·阿诺德(Matthew Arnold)错误地关注诗人的感受,而不是诗歌本身的感受。对艾略特来说,情感是在诗句中找到的,而不是隐藏在艺术家的内心或头脑中。

　　因此,文学作品绝不是构思它的头脑的反映。有些作家在现实生活中可能有粗糙或简单的情感,但在他们的艺术作品中则可能有细腻微妙的情感。或者他们的感觉可能太模糊,难以捉摸,根本无法完全理解。艾略特并没有像笛卡尔(Descartes)那样假设我们对自己是透明的。重要的不是体验深刻或原始的情感,而是艺术过程本身的强度。对艾略特来说,独创性是一种被高估的浪漫主义价值,至于是否还有未被发现的情感无疑是值得怀疑

43

的。当一段经历结晶成一首诗时,它可能与作者最初的思想状态大不相同,以至于几乎认不出来。事实上,艾略特进一步强调了这个问题,他声称诗歌所传达的信息并不存在于传达行为本身之外。经验似乎是在传递过程中形成的。就像那些有魅力的人被圣灵感动而预言,诗人不知道他们要说什么,直到他们无意中听到自己的言说。

与浪漫主义的对比再清楚不过了。对艾略特来说,诗人并不从事自我表达的工作。此外,浪漫主义诗人是典型的代理人——能动的主体,通过他们的想象重新创造世界。在艾略特的美学思想中,这种能动性几乎没有立足之地,创造性的想象力也没有立足之地。考虑到文学界对这种谦虚的才能的虔诚赞美,这是一个值得欢迎的疏忽。艾略特派诗人,与努力自我创造的浪漫主义诗人相比,明显是被动的——“他是一个容器,用来捕捉和储存无数的感觉、短语和意象,这些感觉、短语和意象一直留在那里,直到所有可以结合成新的化合物的微粒都聚集在一起”(SE, p. 19)。在他那篇关于玄学派诗人的开创性文章中,有一段话被大量引用,艾略特说诗人的心灵是由体验(坠入爱河、读斯宾诺莎、听打字的声音、闻做饭的味道)构成的新的整体,而这对非诗意的心灵来说是截然不同的。使诗人与众不同的,正是这种将一系列分散的感觉融合为一个复杂整体的能力,而不是这些感觉本身的性质或价值。由于这一过程并不涉及有意识的选择,艾略特在这里提到斯宾诺莎可能有某种无意识的意义,因为斯宾诺莎是以无情的

44

决定论而闻名的哲学家。诗人的心灵就像化学实验中的催化剂，在将某些气体熔合成化合物的过程中，它本身保持中性、惰性和一成不变。

这种诗学背后有一种政治。在浪漫主义和现代主义之间，整个主体性（subjectivity）概念发生了历史性的变化。浪漫主义者生活在一个工业和政治革命的时代，需要自由、自我决定的个体，他们可以创造自己的历史；到了 20 世纪早期，伴随着没有个性的官僚机构和没有特色的公司，这些男人和女人已经成了一个更加客观的文明的被动的主体。然而在诗歌中，即使不是在整个社会中，艾略特赞同这种客观的态度。这是浪漫主义幻想的解药，这种幻想认为，在世界的核心存在一个潜在的无限范围的自我——这是一种典型的美国式的白日梦，艾略特对此不屑一顾，他认为"我可以成为任何我想成为的人"是一种宏大的妄想。作为一个保守的基督徒，他认为人类是有限的、有缺陷的生物，只有严格自律才能健康成长。秩序必须高于自由，也就是说保守主义高于自由主义。根深蒂固比不安分的事业更可取。谦逊是医治现代自我傲慢的良药。传统、正统和习俗必须遏制任性的个人主义，因为这种个人主义只顾及自己的私利。

这就是艾略特一直关注的个人主义，无论他称之为自由主义、新教、浪漫主义、辉格主义（Whiggery）①、人文主义、自由思想、道德相对主义、个性崇拜还是孤独的个人良心的"内在声音"。"可悲的是，"他在《崇拜异教之神》（*After Strange Gods*）中宣称，"作家应该有意识地发挥自己的'个性'，甚至应该培养自己与他人的不同之处；他的读者应该珍惜这位天才作家，不是因为他偏离了人类遗传的智慧，而是因为这些人类遗传的智慧"（ASG，p. 33）。然而，需要注意的是，《崇拜异教之神》是他所有批评著作中态度最强硬的一部，充满了"过分宽容的精神是不可取的"（ASG，p. 20）、"社会阶层，有别于经济阶层，在今天几乎不存在"（ASG，p. 19）等令人反感的言论。一位几乎不以激进著称的批评家，将这本书描述成"半疯癫的"[8]，而艾略特自己也对威廉·燕卜荪说，他写这本书的时候，"灵魂非常虚弱"。

我们已经看到，作为一个移民的欧洲人，艾略特在逃避美国清教主义过于强烈的自我意识时，对寻求征服世界的统一的自我持怀疑态度。这种自我以中产阶级工业巨头的形式出现，也是驱逐他所属的更悠闲的社会阶层的一部分。他早期诗歌中的"人物"与其说是个体，不如说是意识区域，是寻找一种身份的不同经历的集合。作为少数掌握哲学专业知识的英语诗人之一，艾略特对 F. H. 布拉德雷的思想如此着迷也就不足为奇了，布拉德雷的

---

① 指辉格党（Whig）的宗旨或原则，辉格党是英国历史上的一个政治党派，后演变为自由党。

思想的起点不是自我，而是他所称的"直接经验"或"感觉"。对布拉德雷来说，只有通过一个从这种直接性（immediacy）中加以抽象的过程，我们才能得到自我的概念，以及一个非自我或外在客体的概念。意识与它的各种客体联系在一起，这意味着它会随着客体的变化而变化和波动。人的主体绝不是固体物质。人们可能会认为，艾略特皈依基督教会使他承认自我的现实，毕竟，自我是被罪恶所败坏，并被神的恩典所救赎的；然而，在皈依后创作的《四个四重奏》（*Four Quartets*）中，自我似乎仍然非常不稳定，就像在皈依前的《荒原》一样。而"道成肉身"（Incarnation）的教义似乎并没有让艾略特更倾向于肉欲生活。

47

艾略特诗学的非个人化理论包括将作品与其创作者分离开来。一首诗的意义在于它对读者的意义，也在于它对作者的意义；随着时间的推移，诗人变成了他或她自己作品的另一个读者，也许会忘却或重新创造作品最初的意义。没有一个作家能对自己的诗歌或小说的受欢迎程度施加绝对的控制。这里不存在所有权问题。读者的解释可能和作者的解释一样有效，也可能是对作者的解释的改进。对一篇文学作品的解读永远不会只有一种可能，而解释作品并不是要传达作者有意或无意表达的内容。当艾略特说《荒原》不过是一篇有节奏的牢骚时，毫无疑问，这是一个典型的恶作剧，读者完全可以坦率地告诉他，这是胡说八道。也许这是对读者的一种狡猾的邀请。有个演员在排练他的一个剧本时，对一行诗句做了一个似乎完全改变其意思的变动，艾略特本人就在现场,他说这很可能就是这行诗句的意思。然而,一首诗也不能简化为读者的体验,在艾略特看来,I. A. 理查兹的作品就是一个典型的例子。一首诗的意义不能仅仅在于它碰巧唤起读者的某种偶然的心理状态;相反,作品和读者的反应之间必须有一种必然的联系。诗是一个准客观的实体,就像意义本身一样,它既不是纯粹的主观(我不能轻易断定"肉馅饼"的意思是"国会议员"),也不像出租车那样是纯粹客观的。

和他的传统观一样,艾略特的非个人化理论也不是完全连贯的。他声称,我们能在一个伟大的诗人身上感受到"一种重要的、始终如一的、不断发展的个性"(SE, p. 203)——虽然他说的"个性"有时指的是文学作品的独特风味或感性模式。他认为,莎士比亚笔下的人物表现了诗人灵魂中的某些冲突,这与作品独立于作者的观点不很一致。他有时会提到他或她的作品中作者的存在感,或暗示我们需要更多关注作者的传记信息。然而,在其他时候,就像但丁的作品,他抱怨传记信息损害了他对诗歌的享受。艾略特的非个人化概念并不意味着诗歌是一个独立的客体,就像美国新批评(New Criticism)主张的那样。如果作品不受作者和读者的约束,它就会限定在一个特定的历史语境中。艺术与日常生活交织在一起:艾略特认为,一个人对诗歌的品味不能脱离他的其他爱好和兴趣,诗歌和批评的演变都是由外部因素渗透形成的。人们无法在道德、社会、宗教和审美之间划清界限。批评家必须考虑历史、哲学、神学、经济学和心理学,即使艾略特本人很

少参与这些领域的研究。文学作品的形式和内容都与其特定的 49
时间和地点密切相关。

　　在他看来,这并非意味进行社会学批评。保守派普遍对社会学感到厌恶,在艾略特那个时代,严肃对待文学的社会学批评很可能源自马克思主义阵营。他认为,人们也不应该忽视艺术中永恒、不朽的因素。即便如此,他还是像任何马克思主义者一样,认为文艺复兴艺术的根基是由一个新的社会阶层的崛起塑造的,并声称诗歌的功能随着社会的变化而改变。还有机智(wit)的本质,17世纪诗人安德鲁·马维尔的作品为艾略特展示了一种最好的才能。他对马维尔诗歌独特品质的评价——"在轻微的抒情性的优雅中有一种坚固的合理性"(SE, p. 293)——理所当然地进入了集体文学意识的范畴。他把机智描述为轻松和严肃的结合,是经验丰富的头脑的产物。诚然,他对文学的历史研究方法过于宽泛,令人担忧:所谓的感性分离,我们稍后会讲到,"与南北战争有关"(OPP, p. 173),这一命题不太可能影响一个人去哈佛读历史。文学的失宠与一场冲突不谋而合,在艾略特看来,这场冲突是错误的一方获胜。他的历史评论主要是一系列浮夸的概括,而他的批评性言论在大多数情况下是微妙和精确的。例如,他说"马洛(Marlove)将斯宾塞(Spenser)韵律融入无韵诗,并通过借鉴诗句对语句的强化而获得了新的驱动力"(SE, p. 76)。这 50
是一位技艺大师的真知灼见,而不仅仅是一位学者的学术评论。

　　"诗歌形式的任何根本性变化,"艾略特写道,"都可能是社会

和个人发生更深层变化的征兆。"(UPUC, p. 75)诗歌的形式不仅
仅是"审美的",也是贯穿于整个社会和历史的。雷蒙德·威廉
斯,我们稍后将看到,也提出了同样的观点。艺术上的惯例反映
了社会的共识。艾略特声称,只有在一个紧密联系、同质的社会
中,你才能发现复杂的形式模式的发展,因为一套共同的价值观
会产生某些平行和对称的现象。像莎士比亚体的十四行诗这样
的文学形式体现了一种明确的思维和情感方式,而思维和情感方
式植根于他们所处的社会条件。不同的韵律代表不同的思维方
式。形式和内容是相互决定的。

艾略特的批评有个奇怪的特点,作为一个古典主义者,他提
倡非个人化,但他始终将感觉放在诗歌的中心,这种浪漫主义方
式恰恰是他很不信任的。"每个诗人的出发点,"他宣称,"始终是
他自己的情感。"(SE, p. 137)很难看出《伊利亚特》(*Iliad*)和蒲
伯(Pope)的《人论》(*Essay on Man*)也是如此。不是所有的文学
都可以写成抒情诗。同样令人怀疑的是(艾略特认为),莎士比亚
的艺术发展取决于他在特定时期的情感成熟程度,因为这可能决
定了他对主题、戏剧形式和诗歌技巧的选择。如果这两者(非个
人化和情感的主导作用)能够调和,很大程度上是因为诗人的任
务是将他或她的情感非个人化,而不是直接表达它们。艾略特告
诉我们,"艺术的情感是非个人化的"(SE, p. 22)。一旦诗人找到
合适的词语来表达他或她的情感状态,这种情感状态就会消失,
取而代之的是诗歌本身。诗人全神贯注于"将他个体和私人的痛

51

苦转化为丰富而奇特、普遍而非个人化的痛苦的斗争"(SE, p. 137)。(人们不禁要问,为什么诗人写诗的出发点是痛苦,而不是怨恨或欣喜。)从这一点可以看出弗洛伊德所说的"升华"(sublimation),日常的苦难上升到更高的层次,生活中令人苦恼的东西在艺术中变得令人愉悦。诗还有一种治疗的效果,或者作为一种通过逃避来应对自己情绪的方式。弗洛伊德认为升华是一种压抑。

哲学家布拉德雷也认为意识状态是非个人的。(顺便说一句,这是牛津大学友好气氛的典型特征,虽然艾略特在这位哲学家自己的学院里研究过当时还活着的布拉德雷,但两人从未真正见过面。但部分原因可能是布拉德雷是个夜猫子。)在布拉德雷看来,主观和客观是同一现实的两个方面,他们之间有着明显的流动的边界。我们只能通过对与情感联系在一起的客体的参考来确定情感的状态;如果确实如此,那么我们的情感和经历就"在"这个世界上,而不仅仅在我们自己身上。相反,客体可以简化为不同意识状态之间的关系。艾略特的另一个著名学说,也就是所谓的客观对应物(objective correlative),正是基于这一观点。在一篇论《哈姆莱特》(*Hamlet*)的文章中,他写道:

　　以艺术的形式表达情感的唯一方式是找到一种"客观对应物";换句话说,一组物体,一种情景,一系列事件,它们将成为那种特定情感的公式;因此,当外在的事实出现在感官 52

经验中时，情感便立刻被唤起。（SE，p. 145）

　　情感只能间接地进入诗歌，在一系列外在境遇中具体化，这些外在境遇就像是内心世界的代码或缩写。也许这是因为，自然流露的抒情诗会让冷漠的现代读者感到尴尬的天真，就像一首明确试图教给他们某些东西的诗似乎令人反感。但也因为对艾略特来说，诗歌是对个性的逃避，因而必然是对感情的逃避，而不是感情的流露。这也是为什么"真诚"这个概念在他的批评中几乎没有地位的原因之一。"不流露感情"的观念也带有英国的味道，艾略特除了身为美国人之外，几乎在所有方面都像是英国人。

　　客体和情感在诗歌中融合在一起，就像布拉德雷的作品一样。但在布拉德雷看来，主客体之间的关系是"内在的"或必然的，而艾略特对"将成为那种特定情感的公式"这一短语的使用却有些奇怪。有人可能认为这暗示了主客体之间某种任意的联系——诗人通过立法使之存在，仿佛在他自己和读者之间订立了一种特殊的契约。然而，奇怪的是，"每当你见到水的意象，就想到嫉妒"。在我们的大多数感觉状态和我们的"外部"语言或行为之间存在一种必然的而非偶然的联系，因此，（比如）我们通过熟悉疼痛中的人通常如何说话和行动来了解疼痛的概念。如果没有这种必然的关系——如果每个处于盲目恐慌中的人的行为与处于同一状态的其他人完全不同——小孩就很难学会表达情感的语言。

　　艾略特认为《哈姆莱特》是一次艺术上的失败，因为主人公的心理状态缺乏足够的客观对应物，也就是说，他的精神折磨似乎没有充分的理由。他的感情超出了事实的表象。当然，这种情况并不罕见："强烈的感情，无论是狂喜的还是可怕的，即使没有客体或超越它的客体，也是每一个感性的人都知道的。"(SE, p. 146)事实上，对西格蒙德·弗洛伊德来说，这种情感状态就是欲望，它总是超出任何特定的目标。弗洛伊德认为，忧郁是没有客体的哀悼。我们甚至可以称之为剩余主体性本身。然而，我们不清楚为什么人们不能将这种情况转化为诗歌的优势，而不是指责它是一种文学缺陷。《J. 阿尔弗雷德·普鲁弗洛克的情歌》可能是一个特别好的例子，叙述者的感情似乎缺乏一个确定的原因或对象，抵制一切表达它们的尝试。

　　然而，总的来说，艾略特更希望他的主体和客体能够无缝地结合成经验整体。尽管他对波德莱尔的作品赞赏有加，但他发现"(在其作品中)感情的内容不断地冲破容器"(SE, p. 424)，主体与客体的不协调造成了内容与形式的裂痕。主观的情感或经验代表作品的内容，而形式是诗人将情感或经验塑造成客观对象的方式。相比之下，布拉德雷的散文风格与他的思想内容相得益彰，因此，哲学家自己的作品是其主张的一个例子。在近代的牧师兰斯洛特·安德鲁斯(Lancelot Andrewes)①的散文中，在艾略

54

----

① 兰斯洛特·安德鲁斯(Lancelot Andrewes，1555—1626)，英国作家、神学家。

特看来,情感完全包含在作者沉思的主题中,并通过作者沉思的主题来解释。形式和内容统一的另一个方面是,诗歌的声音和感觉必须结合在一起,艾略特认为它们在弥尔顿的《失乐园》中显然未能做到。在真正成功的诗歌中,音乐与意义是不可分割的,而在弥尔顿宏伟的风格中,两者似乎在不同的层次上游移。

"正如我读到的,"艾略特在《论诗与诗人》中写道,"我早期的许多作品中都有一种戏剧元素。"(OPP,p. 98)这是他对自己诗歌的典型的非所有权立场,他应该从批评中接受这一事实,或者至少他应该假装这么做。(再说一次,这里可能有一些恶作剧的幽默。)批评家可以告诉你,你写了什么样的诗,或者这些诗具有什么样的品质。艾略特对诗歌(包括他自己的诗)的含义如此不确定的一个原因是,他不认为意义是诗歌的根本。他承认,他读了大量的诗歌,但他并不完全理解,或最初阅读时他不完全理解。例如,在他懂得意大利语之前,他就对阅读但丁的原著着迷了。诗歌在理解之前就可以进行交流。他以一种极其贴切的形象宣称,诗歌的意义就像窃贼扔给看门狗的一块肉,让它在他偷盗时保持安静。狗是读者,窃贼是诗人;而后者的任务是用一些容易消化的意义来分散读者的注意力,而他继续袭击他们的潜意识。

讽刺的是,艾略特经常被认为是一位"理智的"诗人,这无疑是因为他的许多诗歌都难以解读。但晦涩和理智不是一回事。狄兰·托马斯(Dylan Thomas)晦涩,但他的作品几乎没有什么深刻的思想。尽管艾略特是一位博学(他似乎读过文学和哲学方面的所有著作,包括某些梵文原著)的批评家,但称他为"反智诗人"并非完全不公平。他当然认为诗歌中所有最重要的过程都比推理更有深度。事实上,他对日常理性的怀疑是他的先锋实践和保守观点之间的一条纽带。先锋派试图挑战公认的理性形式,有时会采用搞笑、混乱、愤怒和荒谬的方式。保守主义者自然反对所有这种疯狂的实验;但他们也对理性分析持怀疑态度,因为他们将理性分析与毫无生机、不切实际的左派政治联系在一起。与此相反,他赞扬风俗、情感、忠诚、直觉以及任何经受住时间考验的美德。正因如此,《荒原》这首震惊了一些传统读者的长诗的作者,同时也是三年前发表《传统与个人才能》这篇文章的自命不凡的右翼分子,而这位信奉英国国教的保守党人也是詹姆斯·乔伊斯的《芬尼根的守灵夜》(*Finnegans Wake*)的狂热爱好者,这部小说可能是有史以来出版的最大胆的英文小说——正如他所描述的那样,这是"一部可怕的杰作"(OPP, p. 120)。

艾略特说,诗人必须对音节和节奏要有感觉,这种感觉渗透到思想和感情的意识层次之下,沉入到"最原始和被遗忘的地方,回到原点,带回一些东西"(UPUC, p. 118)。诗人必须为无法表达的人找到词语,跨越日常意识的边界,以便从这个未知的领域返回,报告他们在那里的发现。在此过程中,他们将"陈旧的和被湮灭的和陈腐的,当前的和新颖的和令人惊讶的,最古老的和最文明的心态"结合起来(UPUC, p. 119)。诗歌有助于打破陈旧的认知模式,使我们重新看待现代世界;但与此同时,它也会唤起

"一种更深层的、无名的感情，这种感情构成了我们存在的基础，而我们很少能深入其中；因为我们的生活很大程度上有意识地逃避自己，逃避现实和理智的世界"（UPUC, p. 155）。像《荒原》这首诗的创新手法——拼凑、破碎的意象、俗语、深奥的典故、神话片断、版式实验等等——在当时的诗歌创作中走在了最前沿；但具有讽刺意味的是，这些先锋技巧被迫为古典和返古服务。通过粉碎我们习惯性的错误意识，这首诗旨在挖掘日常经验，让我们接触到最原始的感受，这可以追溯到人类的起源。在熟悉的现代主义运动中，非常新的和非常旧的串连在一起。它们之间有个秘密的契约，正是从它们的共谋或碰撞中，最丰富的艺术得以流动。

57　　　　在艾略特看来，诗人必定是最原始又最复杂的生物。如果他们比其他人更活在当下，很大程度上因为他们是活生生的过去的承担者。这与艾略特的传统概念有相似之处，即过去仍然潜藏着一股塑造现在的力量。弗洛伊德和他的门徒将我们存在的原始基础命名为无意识——这是一个古老而不变的区域，就像暗中影响了《荒原》的神话原型。弗洛伊德认为，潜意识对时间是陌生的，就像艾略特认为，从荷马到豪斯曼（Housman）①，最基本的情感始终不变。通过这种方式，艾略特那个时代最有争议也最具开创性的一项课题——精神分析——可以与保守主义的观点联系在一起，即人类本质上是不可改变的。

①　豪斯曼（Aifred Housman, 1859—1936），英国诗人。

无意识及其相应的神话和象征也可以用来支撑艾略特对个人主义的厌恶。真正的自我远比个人性格更深刻。它的根源在于一种被埋没的集体形象和非个人情感。个体，尤其是作者个体，是相对微不足道的。他或她只是冰山一角，其深度是无法探测的。我们这里讨论的是后来被称为"作者死亡"理论的早期版本，或者至少是作者的急剧贬值。艾略特在一段情感异常强烈的文字中说道，诗人被一种恶魔、一种无名的模糊冲动所困扰，而诗歌就是对这种"极度不适"的一种驱魔（OPP，p. 107）。这是浪漫主义灵感理念的灰暗表达。当作者最终将他们的文字组织成适当的形式，他们就可以在这种恶魔般的冲动中净化自己，从而完全摆脱诗歌，把它交给读者，让他们在劳作之后可以放松一下。这听起来更像特别痛苦的难产，而不是富有想象力的创作。诗歌是一种可以从身心系统中释放出来的东西。无论它的神秘来源是什么，肯定不是个体的心灵。

诗人无法预测这些朦胧的情愫何时发生：他们必须专心于完善自己技艺的工作，并期待这种精神上的掠夺。因此，在创作过程中需要大量的有意识的运作，但这并不是最重要的。相反，诗就像一种盲目的、不可调和的自然力量，强行进入诗人的意识；当它在意识中扎根时，就发生了一些之前无法解释的事情。在对本·琼生（Ben Jonson）的一次非常精到的评论中，艾略特说他的优美的诗句意味着在诗歌与读者之间的交流中，"无意识不会对无意识做出反应"。"不会激起一堆难以言喻的感情"（SE，p.

58

148)——也就是说琼生的作品在其他方面是令人钦佩的,艾略特细致地将其描述为表层艺术,而不是简单的肤浅,但它以"一种触手般的网络,触及最深的恐惧和欲望"(SE, p. 155)。在艾略特看来,最有力量的诗歌建立了一个巨大的回响室,其中有共鸣和典故,所有这些都会以一种诗人无法控制的方式渗透到读者的潜意识中。在艾略特的作品中,关于这一过程最杰出的例子也许就是《小老头》(Gerontion)。如果现代社会的现实在精神上破产,一个人可以在某种程度上用丰富的经验来弥补这一点,而这在很大程度上是一种潜意识事件。因此,艾略特对有意识的理解如此漫不经心也就不足为奇了——例如,关于演绎典故和解释困难段落的学术工作。《荒原》的"注释"就是如此,但现在人们普遍认为,"注释"的存在主要是为了填补几页空白。意识的意义并不是问题所在——事实上,读者可能会在某种无意识的层面上理解一首诗,不管他们是否知道。对于小心翼翼地打开庞德的《诗章》(Cantos)或保罗·策兰(Paul Celan)的诗集的学生来说,这是一个好消息。

诗歌的非个人化与艾略特自诩的古典主义密切相关。古典主义一般不像浪漫主义那样以主体为中心。在艾略特看来,经典首先不是某个天才的作品。它是一种文学艺术,是某个特定文明的共鸣——它的语言在特定的文化和历史成熟的巅峰时期发出声音。产生经典的独特天才不属于某个作家,而是某个时代、某个民族的精神。维吉尔的伟大源于他在罗马帝国历史上的地位，以及拉丁语的演变。经典作品将一种民族语言发挥到了极致，而讽刺的是，正是这种能力使它具有了普遍的吸引力。如果说这类作品超越了它们所处的历史时刻，那是因为它们如此紧密地属于这个历史时刻。艾略特说，他读过古希腊诗人萨福（Sappho）的作品，感受到了"跨越两千五百年的才华"（OPP, p. 131）。古典时代是一个稳定的时代，有共同的信仰、共同的标准和微妙的情感。在维吉尔看来，世界的特征是秩序、平衡和文明，描绘这个时代的诗歌也必须如此。英国文学最接近古代的时期是 18 世纪，尤其是在亚历山大·蒲柏的诗歌中；但对艾略特来说，这个时期的感受范围太过狭窄，缺乏真正的经典作品的丰富多彩。这一时期暗示着某种精神上的虚弱，艾略特显然对它的即使最典型的文学艺术也不热心。

60

　　然而，这里有个问题。古典文明是艾略特社会文化理想的代表，而对艾略特思想影响最深刻的古典作家是但丁。尽管他在《四个四重奏》的一段文字中对但丁的诗句做了惊人的模仿，但当他创作自己的作品时，这种影响就受到了严格的限制。原因有两个。如果说古典作品是在共同的价值观和标准上繁荣发展的，那么艾略特在现代社会中发现的令人不快的自由多元主义意味着这种可能性很小。诗人不再想当然地认为他们和读者有着相同的情感。不再有意义和信仰的共同体。与此同时，如果一部经典要抓住整个文明的精神，它必须与其共同的生活和语言相联系。

诗歌话语不应该与日常用语相同,但它应该展示出散文最好的优点,使它接近日常生活。但要忠实于 20 世纪初欧洲的共同生活和语言,就需要记录一种贫瘠和精神毁灭,这更接近波德莱尔,而不是但丁。艾略特由此宣告,现代诗人不仅要看到人类生活的美好与荣耀,还要看到人类存在的无聊与恐惧。

对艾略特来说,忠于经典的某个标准,就是蔑视其他一些标准:秩序、平衡、和谐、高贵等等。这意味着创作出一种以精神错乱、意象怪异、节奏破碎、语言平庸和内心贫瘠为特征的诗歌。艾略特告诉我们,正是从波德莱尔那里,他了解到,诗人的工作就是把非诗意的东西变成诗歌。秩序与和谐只能通过模糊的典故、讽刺的并列或(如《荒原》)通过神话的潜台词透露再生的可能性来间接地暗示。艾略特指出,波德莱尔从日常生活中汲取了一些最引人注目的意象,但与此同时,他又使这种生活形态超越了自身。这是他自己早期诗歌中常见的策略。通过呈现一种污秽不堪的境况,你可以暗示需要超越它,而不必阐明另一种选择,否则可能需要一种对读者有明显意图的诗句。直到《四个四重奏》,这种否定形式的超越才得到明确的主题化。如果诗歌必须依附于当下不知改悔的本质,部分原因是它的语言必须与日常经验相结合,部分原因是表达抽象理想的文学作品将无法吸引持怀疑态度的现代读者。相反,他们的语言必须渗透到读者的神经系统、感觉器官和无意识的恐惧和欲望中,这一切都是为了实现一个遥远的理想。我们稍后将更深入地探讨艾略特诗学的这一方面。

　　因此，古典作品更值得欣赏，而不是模仿。在艾略特看来，与现代更相关的是一个明显非古典的时期，即伊丽莎白时代和詹姆士时代。他声称，这个文明没有秩序的框架，就像他认为的索福克勒斯（Sophocles）和拉辛（Racine）的世界一样。相反，在他看来，那是一个混乱、解体和衰败的时代——是一种任性的、奢侈的个人主义，拒绝接受约束。国外有一种"艺术贪婪"——渴望探索每一种可以想象的形式和奇异的效果，这种欲望最终会在现代欧洲肆无忌惮的利己主义中达到顶峰。"莎士比亚的时代，"艾略特指出，"正朝着无政府状态和混乱的方向稳步前进，当然背后也会有漩涡。"（SE, p. 54）这是一个充满混乱的怀疑主义和不同信仰相互冲突的时代，同时也让人对什么才是文学传统感到困惑。即使莎士比亚也沉迷于紧张和混合的修辞手法，展示了"一种扭曲的、反常的想象力"（SE, p. 74）。塞缪尔·约翰逊也有同样的看法。对艾略特来说，莎士比亚是一个放荡不羁的天才，与新古典主义的拉辛相反，他非常推崇拉辛的作品。

　　然而，艾略特正是将近代时期的这些方面运用到他所处的动荡时代；文学史必须改写，以突出这种亲和力。用瓦尔特·本雅明的话说，现在的危机状态唤起了过去的某个时刻，这两者构成了跨越几个世纪的"群英谱"。文艺复兴时期的"无政府主义"也释放了丰富复杂的情感和令人振奋的新的语言模式，因此，借用卡尔·马克思的话说，历史在负面中进步。对马克思主义来说，早期资本主义是剥削性的，也是"进步的"，因为它释放了新的创

63

造能量,这使艾略特的情况与他所厌恶的历史理论有些格格不入。"如果没有新的影响进入,"他说,"旧的秩序没有衰落,这种语言会不会留下一些最伟大的资源未被开发?"(SE, p. 91)像艾略特这样的作家在几个世纪后将继承这一丰富的遗产。社会和宇宙秩序的丧失可能是一种精神灾难,但它也代表着语言和情感的不可估量的收获,它们突破了传统的束缚,变得更加微妙、多样化、复杂多变和具有更多的探索性。诗歌的肌理变得更精细,它们的意象变得更紧凑。这是一种接近骨骼但十分灵敏的语言,充满感性但思维敏捷。16世纪晚期和17世纪初期见证了"对情感变化的感知的逐步细化,以及表达这些变化的手段的逐步完善"(SW,p. 67)。这段时间也是艾略特所厌恶的很多东西——唯物主义、民主、个人主义、世俗化——的策源地,这正是历史狡猾的一个例子,一方面索取,另一方面给予。

艾略特对利维斯产生了重大影响,我们稍后会看到利维斯提出的17世纪所谓的有机社会(organic society);所以我们很容易认为艾略特是利维斯学说的源头。但事实恰恰相反。艾略特的社会和宗教理想可以在但丁的世界中找到,这个时代(我们被告知)比任何时代都更能体现出一种统一的情感。但正是因为17世纪早期的英国社会正在发生内爆,所以后一个时代代表了艾略特的文学高地,但由于传统的侵蚀,伴随着现代动荡的出现,语言和情感的重新激活比我们所目睹的任何事情都要彻底。这是一个"分解"(decomposition)的时代,但却是最滋养感官的时代。无论如何，艾略特关于人性堕落本质的宗教观点意味着，对他来说，不可能有完全健全的社会秩序，有世俗思想的利维斯也有同样的看法。但丁的文明可能是典范，但它包含了一种生动的有关罪恶和诅咒的感觉。

语言始终是艾略特思想的主角——更具体地说，它的演变反映了整个文化感觉品质的某些进步或倒退。语言的每一次发展都代表着感觉和知觉的转变。思想可以在不同的时期、不同的语言中保持不变，但情感生活在文化上要特殊得多。艾略特指出，感性时刻都在变化，但只有天才作家才能发明出表达这些变化的正式手段。（我们不需要太深入地探究谁在 20 世纪早期完成了这项任务。）在詹姆士时代的一些剧作家身上，我们看到"语言不断地发生轻微变化，词语不断地以新的、突然的组合并列在一起，意义不断地转化（eingeschachtelt）为各种意义，这证明了感官的高度发展，英语语言的发展可能是我们从未有过的"（SE，p. 209）。感觉和语言的发展是同一事物的两个方面。这些剧作家似乎预示着蒙太奇、省略、疏离和含混等现代主义手法。西里尔·特纳（Cyril Tourneur）的《复仇者的悲剧》（*The Revenger's Tragedy*）揭示了"词汇和韵律的高度的原创性发展，不同于任何其他（特纳的）戏剧和其他剧作家"（SE，p. 186），人类生存的恐惧找到了恰当的语言和节奏来展现自己。我们现在知道，该剧与特纳的其他作品不同的原因之一是，它是特纳与他的同事托马斯·米德尔顿（Thomas Middleton）共同创作的作品。

65

因此,艾略特创作的主题与其说是语言本身,不如说是语言作为感性历史的记录。他在探索斯蒂芬·科利尼(Stefan Collini)在另一种语境下所说的"定性的经验史"。[9] 批评的目的是评估各种情感的细微差别,无论是"颓废的"还是伤感的,热情的还是消沉的,讽刺的还是崇高的。某些音调和节奏是一种独特的情感的标志。艾略特更感兴趣的是"但丁的感性组织体系"(SE, p. 275),而不是他的宇宙学信仰或神学特质。就此而言,他的批评属于一个 20 世纪的写作体系,这个体系从 I. A. 理查兹、F. R. 利维斯、乔治·奥威尔(George Orwell)一直延伸到理查德·霍加特(Richard Hoggart)和雷蒙德·威廉斯,试图从语言的特质中发现其起源的文明的特质。这是英国人特有的关注点。艾略特的兴趣不在于诗说了什么——事实上,他经常对我们一般所说的内容漠不关心——而在于诗所体现的"情感结构"(structure of feeling)。我们稍后会看到,"情感结构"一词是雷蒙德·威廉斯批评的核心,他在其他方面都是艾略特的对手。对这两位批评家来说,最重要的不是某种无形状的情感蔓延,而是精确组织的情感模式。这是一个艾略特所谓的"感性逻辑"(logic of sensibility)的问题。

情感的归宿是语言,至少对于诗歌来说是这样。语言,雷蒙德·威廉斯写道,"与政治制度、宗教和哲学模式一样,都是一个民族历史的记录"[10]。对艾略特来说,诗人的任务不完全是净化部族的语言,如马拉美(Mallarmé)提议的那样,而是保存和丰富这种语言,使它能够提供更敏锐、更多样化的音调和感觉。语言就像一个生命有机体,它在不断变异的同时也不断受到腐蚀,正如《四个四重奏》所指出的那样,文学艺术家在与这种退化进行着无休止的斗争。语言在发展过程中衰落的一个原因是,它只能提供有限的文学可能性,其中许多可能性已经被过去的作者利用过了。就此而言,每一个现代作家都是迟来的。因此,语言既是诗人的媒介,又是诗人的对手。在历史发生重大变革的时刻,我们需要一种语言形式,"努力消化和接受新事物、新感觉、新方向,例如,詹姆斯·乔伊斯先生或早期康拉德的散文"(SE ,p. 327)。在艾略特自己的一生中,这场剧变的名字叫现代主义,只是出于谦虚,他才没有把自己的名字加到他提到的那些作家的行列里。然而,尽管形式需要不断打破和重塑,但语言对这种转换施加了自己的规则和限制,以约束创新可能性的方式确定话语节奏和声音模式。我们是话语的仆人,而不是它的主人;诗人不过是一种工具,通过它,语言可以以最活泼的形式由一代传给下一代。

从马洛到马维尔那个时代的诗歌,在艾略特看来,有一种无与伦比的微妙和复杂。然而,从那时起,它一直走下坡路,或者至少一直到我们看到的艾略特本人和他的一群现代主义同行。所有年代的人都可能腐败,但从语言上讲,有些人比其他人更腐败。无韵诗(Blank verse)从莎士比亚到弥尔顿的衰落,越来越不能表达细腻的感受和复杂的情感。弥尔顿,用他古怪的拉丁语、曲折的句法、仪式化的诗歌形式,远离日常语言,缺乏感官特性,对英

67

语造成了一定程度的损害，至今仍未恢复。他是一道"长城"，阻挡我们回到那个时代：我们能立即感受到自己的思想，就像闻到玫瑰的香味一样。同样，我们也不难想象，艾略特对这个清教徒"弑君者"①的敌意与他对革命政治的厌恶有关。然而在这里，形式也凌驾于内容之上。到了约翰·德莱顿（John Dryden）的时代，艾略特以一种典型的权威口吻宣称，"英国的思想和情感已经改变了"（UPUC, p. 22）。从蒙田（Montaigne）的作品到霍布斯的风格，再到艾略特眼中的吉本（Gibbon）和伏尔泰（Voltaire）干枯的散文，他们的活力都在下降。然而，语言和情感并不总是紧密相连：到 18 世纪，诗歌的措辞变得更加文雅，但它所表达的情感却变得更粗糙了，因此，像托马斯·格雷（Thomas Gray）和威廉·柯林斯（William Collins）这样的诗人，其语言中仍然明显的老练已经从感性中消失了。

68   　　换句话说，我们说的可能是艾略特最著名的信条："感性的分离"（dissociation of sensibility）。这一想法为其他评论家乐于采纳，以至于艾略特声称自己对此既厌烦又尴尬。这种分离被认为发生在 17 世纪中期的某个时期，将玄学派诗人和詹姆士时期的剧作家等作家区分开来，这些作家能够赋予他们的语言一种思想、感性和感官体验的复杂统一，而后来那些不幸的作家却无法实现这一融合。这标志着文学艺术更普遍地坠入现代的时刻。

---

① 弥尔顿曾撰文为英国人民的"弑君"辩护。

这也代表了保皇主义的失败,世俗主义的兴起,科学理性主义的胜利,教会普遍性的消亡,宇宙秩序意识的丧失和不受约束的个人主义的出现。一场混乱的内战导致君主斩首①,下层的清教主义瓦解了教会,而一些诗人能思考却不能感知,而另一些被称为浪漫主义者的诗人能感知而不能思考。

就此而言,我们就更容易理解,文学传统是如何绕过一些最负盛名的作品的。因为,正如我们已经指出的,那种传统真正意味着一种特定的写作,一种反映所谓非感性分离的写作。对但丁来说,中世纪哲学构成了一套思想体系,这些思想是有活力的,是可以感知的,也是可以感觉的。伊丽莎白女王时期和詹姆士一世时期也显示出"感性思维"的特点(ASG, p. 19)。相比之下,"丁尼生和勃朗宁夫人都是诗人,但他们的思想不能像玫瑰花的芳香那样立刻被感受到。对多恩来说,一个想法就是一种经历;这改变了他的感受"(SE, p. 287)。在乔治·查普曼(George Chapman)的戏剧中,"有一种对思想的直接感性的理解,或者将思想再创造成感觉"(SE, p. 286)。艾略特的追求是将"感知"(sense)这个词的两种含义结合起来:既作为意义(meaning),又作为感觉(sensation)。

多恩和查普曼那个时代最有才华的作家都拥有"一种可以吞

---

① 1640 年,英国爆发资产阶级革命,随之发生内战,1649 年,国王查理一世被推上断头台。

噬任何体验的感性机制"(SE，p. 287)。那是"一个知性处于感官顶端的时代。感觉变成了文字，文字变成了感觉"(SE，pp. 209—10)。我们从这些作家身上了解到，在一个多元化、碎片化的时代，诗歌创作的困难是不可避免的。因此，诗歌的晦涩是历史的产物。"诗人必须变得越来越全面，越来越含蓄，越来越间接，以便，如果必要的话，迫使语言与意义脱节"(SE，p. 289)。诗歌语言变得特别浓缩，充满活力和暗示，标志着意象的压缩和联想的滋生。艾略特在这里说的是玄学派诗人（Metaphysical poets）①，但他也可能是在描述他自己的文学作品，或者说的是一般的现代主义诗歌。

玄学派诗人，面对不和谐和瓦解，寻求从碎片中形成统一；但他讽刺性地、自觉地这样做，意识到在一个正在瓦解的社会秩序中，这些相似性注定会显得武断和没有生机。这就是我们所知的玄学派的自负。艾略特的《J. 阿尔弗雷德·普鲁弗洛克的情歌》开头诗句的一个很好的例子，是一个众所周知的不协调的形象："那么就让咱们走吧，我和你，/趁黄昏正铺展在天际/像一个上了麻醉的病人躺在手术台上"②。这个比喻在夸耀它的古怪的同时，也断言了一种亲近感。这两个部分之间没有特定的对应关

① 指 17 世纪英国文坛以多恩为代表的一些诗人，他们大多推崇思辨，以诗论理。

② 此处译文参考《情歌·荒原·四重奏》，(英)艾略特著，汤永宽译，上海译文出版社，1994 年。

系,除非它们是用红色(落日与鲜血)连接起来的。它们被迫结合,但在某种程度上故意突出了它们的差异。或者,引用塞缪尔·约翰逊对玄学派诗人的奇异描述,就像艾略特自己在他关于这些作家的文章中所说的那样,"最异类的思想被暴力束缚在一起"(SE, p. 283)。艾略特的意象的部分意义在于它以一种公然的合成方式制造出来。这是塞缪尔·泰勒·柯勒律治(Samuel Taylor Coleridge)所称的"幻想"(fancy)的一个例子,与"想象"(imagination)的有机统一相对。在但丁和阿奎那的中世纪世界,至少在艾略特的玫瑰色版本中,现实是由某些神圣赋予的对应关系(correspondences)组成的,诗人可以自发地从中获得灵感。但在现代,情况不再如此,所有事物之间的关系都是偶然的,是心灵的产物,而不是现实中固有的。将世界维系在一起的是反复无常的意识行为,这就是我们在《J. 阿尔弗雷德·普鲁弗洛克的情歌》的比喻中看到的。然而,值得注意的是,艾略特在《论诗与诗人》的一篇文章中寻求两全其美,他宣称,艺术"通过强加给我们一种生活秩序,让我们对生活秩序有某种感知"(OPP, p. 93)。也许他的意思是,通过将人类存在的点点滴滴组织成某种随意的形状,人们可以允许一种更深层次的模式出现,一种以某种方式赋予的模式。这是对《荒原》的一种不错的描述。

感性分离论有一个历史潜台词,虽然艾略特自己并没有说出来。在现代,随着科学技术、理性主义、商业主义、官僚主义和实用主义的发展,语言势必会变得更加抽象,从而对诗歌的热情也将降低。然而,这种语言上的贫乏也激发了浪漫主义者的反抗,这可能会使天平向主观主义和自我放纵过度倾斜。这两种倾向是同一枚硬币的两面。正如马克思所指出的,功利主义和浪漫主义是一对可怕的双胞胎。因此,我们所需要的是一种感觉的方式,这种方式由于感官的客观化而变得坚韧,如在客观对应物中,同时也需要一种思想的形式,这种思想的形式由于依附于感官而避免了枯燥的概念。艾略特的保守主义使他不相信纯粹的理智(枯燥的蓝图是给雅各宾派和斯大林主义者的),但也使他与散漫的感性冲动保持距离。

最终,区分诗人的不是真善美,而是他们的心理和生理结构的敏感程度。人们必须做的不仅仅是审视自己的内心;人们还必须"观察大脑皮层、神经系统和消化道"(SE, p. 290)。我们将在艾略特的朋友 I. A. 理查兹的作品中看到类似的神经系统的偏见。我们说的是诗歌的生理学,而不仅仅是它的可推断的意义。在一段引人注目的文字中,艾略特评论说,但丁的感官意象暗示着"身体的复活可能具有比我们所理解的更深的意义"(SE, p. 250)。他补充说,"除了诗歌,没有任何地方能如此具体地表达与普通经验如此遥远的经验"(SE, p. 267)。相比之下,查理时代的剧作家菲利普·马辛杰(Philip Massinger)在艾略特的救赎计划失败后创作的诗句,某种程度上语言是苍白的。文学风格应该描绘"一种感知、记录和消化印象的模式的变化"(SE, p. 211),而马辛杰的作品"不是通过神经的直接交流引导的"（SE, p. 215）。这让人想到《J. 阿尔弗雷德·普鲁弗洛克的情歌》中的两行诗句："要说出我真想说的意思根本不可能！/可是仿佛有一盏幻灯将神经图案投射在屏幕上。"

　　因此，诗歌是靠感觉和暗示而不是靠冷漠的理性主义创作的。如果诗歌确实涉及观念，它们应该以感官形式加以充实。这种诗歌的信条与意识形态的本质之间存在着某种联系。最具说服力的政治信条，虽然本身很抽象，但其成功的秘诀是将自身融入到人们的生活经验中。事实上，任何不能实现这一目标的主流意识形态都不可能存活很长时间。正是这样，权力将自己转化为日常文化，因此，我们习惯于自发地服从它的指令，这是出于习惯，而不是出于理智上的信念。艾略特在《崇拜异教之神》一文中写道，感觉上的假设比可以表达的假设更有说服力。这是一篇典型的保守主义信仰的文章——说其保守，因为如果观念和信仰就像薰衣草的气味一样直接，那么反驳它们要比为它们辩解困难得多。这种自发地接受观念的行为可以为统治势力提供便利。无论任何，关于诗歌最重要的是它的感官特异性的观点都不应该毫无疑问地放过，正如我们稍后将看到的 F. R. 利维斯的例子。只有在浪漫主义中，它才真正地发挥作用。阅读贺拉斯、约翰·克莱尔（John Clare）或罗伯特·格雷夫斯（Robert Graves）的作品后，我们可能不会产生这样的第一印象。

　　如果语言与世界紧密相联，那么似乎就没有空间让语言对世界进行批判。批判必须与它的对象保持一定的距离,以便对它进行评估。因此,诗的语言可以代表经验或现实,但不能对经验或现实做出直接的判断。它不能在给我们这个世界的同时又对它进行评判。因此,在艾略特的诗歌中,作者自己的态度很大程度上必须是含蓄的,通过语气、节奏、典故、暗示或讽刺的并置来表达。它们可以展示,但不能明说。这是幸运的,因为现代以来,人们厌倦了说教和宣传,不容易对概念性或说教性的文学艺术产生兴趣。诗歌已经成为花言巧语的对立面。艾略特认为,我们现代人不相信以启迪、教导或说服为目的的诗歌。他的同行 I. A. 理查兹注意到,"混乱的感情无法通过说教来净化"[11]。正如巴里·卡伦(Barry Cullen)所说,"新诗必须是破碎意识的反映,而不是高尚情感的载体"[12]。对于艾略特这样的教义派作家来说,这似乎是个问题;但我们面对的是一个保守主义者的学说,正如我们所看到的,他很可能对抽象概念持怀疑态度。对一般性观点的讨论被吸收进他的散文中,在散文和诗歌之间留下了奇特的对比。最明显的差异体现在语气上。

感性融合的诗歌是语言与它的对象结合在一起的诗歌。两者可以说构成了有机社会的缩影。"语言在健康的状态下,"艾略特在一篇关于诗人斯温伯恩(Swinburne)的文章中写道,"呈现对象,如此接近对象,以至于两者都可以被识别"(SE, p. 327)。符号依附于它们的指涉物,不像在《失乐园》中——这部作品,艾略特认为必须读两遍:一遍为了音乐,一遍为了意义。在莎士比亚或多恩的作品中无缝结合的文字和事物,在现代已经分崩离析,必须通过一种新的诗歌实践将其拼接在一起。然而,这与艾略特自己的早期诗歌并不完全一致。当时,他受到法国象征主义运动的影响,他的许多批评原则都是从该运动衍生出来的:艺术作品的自主性,它的多重意义和对日常理性的抵抗,它激发而不是陈述的特性,真理的难以捉摸,作者意图的无关性,神话、象征和无意识的中心作用,诗作为某种超越现实的短暂揭示。我们稍后会看到,这些原则中的大多数都遇到最激进的反象征主义批评家威廉·燕卜荪的有力驳斥。

在象征主义者看来,符号或词语或多或少是自主的——其本身就是一种物质现实,而不仅仅是意义的载体。因此,在艾略特的诗歌中,有一些段落似乎是指某些物体或境遇,但实际上它们只是言词的混合物,自我指涉的语言片段,并不表示现实世界中的任何东西。例如,在《小老头》中,我们读到"羽香川在提香的画中鞠躬",但我们并不打算去问羽香川(Hakagawa)是谁,或者他在这位威尼斯大师的作品中鞠躬干什么。在《煮鸡蛋》(A Cooking Egg)中,我们遇到了"红眼拾荒者"和"便士世界"等术语,这些现象只存在于语言层面。像这样的短语意在共鸣而不是指涉物;因为它们卸下了外延的负担,它们可以自由地相互繁殖,在读者的脑海中引发新的回响。然而,由于作为事物本身的词与跟客体结合的词并不相同,因此很难对艾略特的美学做出连贯的理解。这两种技术都将语言具体化,但方式截然不同。

75

他对思想或观念在诗歌中的地位的思考也同样不一致。他曾一度认为，思想、感觉和感官体验应该融合在一起，但他在其他地方辩称，诗人在他们的作品中根本不思考。相反，它们表达的是他所谓的思想的情感等价物。艺术不应该表现为一种哲学，也不应该充当争论的媒介。智慧比理论更重要。但丁背后有个连贯的思想体系，而莎士比亚没有，但从诗歌的角度来看，两者的区别是无关紧要的。两位作者都没有进行任何真正的思考，因为作为诗人，这不是他们的工作。对艾略特来说，雪莱（Shelley）被太多无形的思想所困扰。他认为诗的抽象化令人反感，而不是因为其中大多数诗在政治上让他反感，只有最仁慈的读者才能相信这一点。相比之下，约翰·多恩可能什么都不相信，只是"像喜鹊一样，把各种出现在他眼前的闪光的想法碎片"捡起来（SE，pp. 138—9），但他的作品丝毫不差。尽管艾略特对思想在诗歌中的作用持怀疑态度，但他晚期的代表作《四个四重奏》中也不缺乏思想，我们也看到他批评 D. H. 劳伦斯的作品缺乏思想。他还坚持认为《阿伽门农》（*Agamemnon*）和《麦克白》（*Macbeth*）与亚里士多德的作品一样都是智慧的作品，这与诗人在诗歌中不进行思考的说法很难相符。还有一位比艾略特更优秀的现代主义诗人——华莱士·史蒂文斯（Wallace Stevens）——他的诗作经常是关于认识论的，这类主题很难像香水的气味那样让人能感受到。

艾略特认为，重要的不是作者的信仰，而是他或她的"感性的正统和对传统的意识"(ASG，p. 38)。然而，一个重视这些东西的作家在任何情况下都可能与艾略特有一些相同的信念。他宣称，读者不需要赞同诗人的观点，也可以认为诗人的作品具有说服力；但这一让步为太多头发蓬乱的托洛茨基主义者的作品打开了大门，他还坚持将成熟的、有根据的信仰（不论人们是否认可）与软弱或幼稚的信仰区分开来，后者会破坏人们对诗歌的反应。他似乎没有意识到，什么算成熟或幼稚是一个有争议的问题，而且有时很难区分所谓的真假。他认为，厌恶诗人的思想必然会影响读者对他们艺术的评价，而不是简单地反对这些观念。毫无疑问，他想到的是弥尔顿和雪莱这样的人物。他认为，把一个人的个人信仰与他对艺术作品的反应完全分开是不可能的；虽然我们可以不从自己的角度理解诗人的观点，但要从最深沉的情感层面吸收诗人对事物的看法，很可能需要在道德和智力上做出承诺。有时，艾略特认为对诗歌的信仰只是一种实用主义的价值（它们能增强整体的诗意效果吗?），有时他警告说，一个作家不能仅仅因为诗歌的原因而采用一套他认为不真实的概念体系。但丁其人与诗人但丁不完全相同；但如果我们怀疑他，认为《神曲》背后的神学理论是荒谬的，我们对这部作品的欣赏就会大打折扣。如果诗人提出的观点是卑鄙的或毫无意义的，那么他们根本就不是在写诗。这些差异的一个来源是艾略特的诗学和他的保守主义政治之间的冲突，我们已经看到，艾略特的诗学将一般概念放在较低的位置，而他的保守主义政治使他不喜欢诗歌中的激进思

77

想,并急于反驳它们。但这意味着接受诗歌中确实有思想,这是艾略特不愿接受的。

在信条成为理所当然的背景下,像但丁那样写作的好处之一是,它可以为你做信仰的工作,又让你继续写诗。正如我们已看到的,威廉·布莱克被认为缺乏"一个公认的和传统的思想框架,这将阻止他沉迷于自己的哲学,并将他的注意力集中在诗歌问题上"(SE, p. 322)。正如我们所看到的,经典作品依赖于这样一个信念共同体;而在布莱克身上,它的缺失让他可以自由地进行个体幻想和政治恶作剧。在一个价值观和原则被普遍接受的文化中,诗人省去了大量令人厌烦的脑力劳动。在艾略特看来,塞缪尔·约翰逊正是在这样的环境中成长起来的批评家,就像他在英国古典时期"确定的"文明中写作一样。相反,在现代,社会学、心理学和类似的专业扩大了我们对诗歌与文化整体关系的认识;但它们也包含争议和歧见,将我们的注意力从作品本身转移开来。

因此,真正的批评需要一种共同的文化。艾略特在《论诗与诗人》中写了一篇关于约翰逊的文章。他断言,但丁以他那个时代每个有教养的人共有的方式思考,这是一种危险的概括。然而,在《诗歌的功用和批评的功用》(The Use of Poetry and the Use of Criticism)一文中,艾略特似乎提出了恰恰相反的观点——首先,正是这种共同标准的崩溃导致了批评的兴起。"批评出现的重要时刻,"他指出,"似乎是诗歌不再是全体人民思想表达的时刻"(UPUC, p. 22)。例如,在华兹华斯(Wordsworth)

和柯勒律治的例子中,某些根深蒂固的历史变化意味着批评家不能再将诗歌视为理所当然,而必须深入研究其更深层次的社会和哲学假设。当实践陷入困境时,理论就出现了。当一种文学活动或社会活动不再被认为是自然的,而是由历史环境强迫形成一种新的自我意识时,批评或理论才开始占据重要地位。事实上,理论就是自我意识。我们只需要在事情停止正常运作的时候才认真思考。然而,艾略特认为,批评本身也可能成为一个问题。在一个自由多元的社会中,我们对文学作品的审美享受可能与我们在意识形态上对它的遣责是不一致的;各种观点必然会发生冲突;这种批评性争论的喧嚣可能会淹没诗歌艺术悦耳的声音。

由此可见,在一个拥有共同信仰的确定的文化中,批评会逐渐消失。批评家的目的,就像政治激进分子的目的一样,是通过帮助创造不再需要他们的条件,使自己失去作用。尽管批评仍然存在,但它代表着一种共同的、协作的事业,就像语言和文明本身一样。因此,它为一个原子化的社会提供了一剂解药。它在于"对真实判断的共同追求"(SE, p. 45);我们稍后会看到,F. R. 利维斯将从这句话中摘取他最具影响力的作品之一的标题。

这位温和的前银行家和教会执事多少以一己之力开创了一场文学和批评革命,至今仍在全球范围内引起反响。如果说他的一些社会观念令人反感,他的一些批评观点不值得过分探究,但正是通过他对文学的反思,才形成了一种独特的现代批评。他对英国文学经典的重塑是惊人地大胆,他广博的知识令人瞩目,他的感知力,与他初到伦敦时所读到的那种冷漠拘谨的诗,已经相去甚远。他从美国密苏里州到伦敦梅菲尔区,从文学布尔什维克到国家机构,他的忠诚和身份发生了巨大转变;然而,很难摆脱这样一种怀疑:在所有这些角色中,他都是一个完美的表演者,就像他所钦佩的音乐厅明星一样,他始终谨慎地关注着自己对观众的影响,而人们总能指望他将自己演得惟妙惟肖。

2 I.A.理查兹

艾略特在他的《文集》(*Selected Essays*)中引用了一位他认为是"最敏锐的年轻心理学家之一"的作家的话,并在其他地方形容他"在文学批评史上具有极其重要的地位"(《现代心灵》,RC,p. 213)[1]。这位心理学家就是艾弗·阿姆斯特朗·理查兹(Ivor Armstrong Richards),他在 1920 年代初席卷了剑桥大学英语系。理查兹的父亲是一名工厂经理,同时也是一名化学工程师。理查兹从私立学校来到剑桥,打算学习历史;但他很快得出结论(用他自己的话来说),历史是某种本不该发生的事,于是决定转而学习心理和道德科学。在他的余生中,他将保留对过去的仇恨,将其视为一部残酷和贫困的传奇,这种对过去的厌恶与他对未来的乐观态度形成鲜明的对照。

当时的剑桥大学英语系并不是严格意义上的批评重镇。阿瑟·奎勒–库奇爵士(Sir Arthur Quiller-Couch)是英语系主任,他大部分时间都待在康沃尔郡(Cornish)的福伊村(Fowey),担任当地游艇俱乐部的主席,但每个学期都会去剑桥待上几个星期。在一个有许多妇女的讲堂里,他习惯以"绅士"的身份演讲,然后再用一个小时左右的时间狂热地谈论内在灵魂的孪生奥秘和设计精巧的外部世界。他惯于穿着普通礼服演讲。重要的是文学八卦、高雅的品味和优美的谈吐,而不是训练有素的批判性才智。不太推崇专业主义的艾略特认为,"英国人不喜欢专业人士",这是英国知识分子平庸的原因之一。[2] 19世纪末,社会学家爱弥尔·涂尔干(Émile Durkheim)写道,"完美的人的时代已经过去了,完美的人应该表现出对一切事物都感兴趣,但又不拘泥于任何事物,他能够欣赏和理解一切事物,找到将文明中最精妙的东西凝聚在自己身上的方法。"[3] 业余爱好者的时代即将结束。

在剑桥英语系这个温文尔雅的业余者的环境中,年轻的 I. A. 理查兹考虑去赫布里底群岛(Hebrides)当一名山地向导,而不是投身于学术,这也不足为奇。(他是一名技术高超的登山运动员,有一次登山时,他的头发因闪电而着火了。在加拿大落基山脉,他还从阳台上向一只熊撒尿,迫使它后退。)1919年,他受邀到英语系讲课,从而改变了他一生攀登赫布里底岩壁的生活。与比他年轻一些的同事 F. R. 利维斯一样,他的薪酬是按人头计算的,也就是说,按参加他课程的学生人数计算。

《文学批评原理》(*Principles of Literary Criticism*,1924)和《实用批评》(*Practical Criticism*,1929)这两部开创性的作品享誉世界,使其作者成为国际明星。有人可能会说,他或多或少凭一己之力使一门在此之前主要由废话、印象主义和文本研究组成的学科专业化。他也很清楚自己在这方面的重要性。他的一些同事反对评价文学作品这个想法,而不是对它们进行学术讨论。牛津大学英语教授海伦·加德纳(Helen Gardner)将这种评价形容为"愚蠢,甚至是犯罪"。理查兹也是我们今天所称的最早的文学理论家之一,也就是说,他认为大多数文学批评家都不能以任何系统的方式反思他们所做的事情。"批评家,"理查兹写道,"至今还没有开始自问他们在做什么,他们在什么条件下工作"(PLC,p. 202)。从一个理论家的角度来看,批评家的起点还不够高。批评家会问(例如)这首诗是否有效,而理论家首先想知道我们说的诗是什么意思,以及我们用什么标准来判断它是否成功。

　　理查兹在剑桥大学的讲课非常受欢迎,有时他不得不在室外讲课。这可能是剑桥大学自中世纪以来第一次目睹这样的盛况。他访问了日本和中国,并在北京开设了实用批评课程,几年后又回到中国,之后在美国哈佛大学任教。他的心境,就像他最杰出的学生威廉·燕卜荪一样,显然是世界性的。在他的第一次东方之旅,他和他的伴侣多萝西(Dorothy)首先爬上阿尔卑斯山,然后去了莫斯科,在那里他们遇到了谢尔盖·爱森斯坦(Sergei Eisenstein)①,乘坐西伯利亚快车到海参崴,再乘船到日本和韩国,然后经由陆路通过满洲里到达中国。他们两人在访问过程中学会

83

---

① 　谢尔盖·爱森斯坦(Sergei Eisenstein,1898—1948),苏联著名导演。

了一些简单的中文。相比之下,艾略特的世界主义主要局限于欧洲,以及熟悉少量的古代梵文和佛教文本。

理查兹的国际视野一定程度上为当时的剑桥英语系所认同。正如我们所看到的,英语系与欧洲现代主义的实验同时出现,并没有与它们隔绝。它对美国文学和批评的新发展也并不陌生。理查兹本人为现代主义发声,他是最早赞赏霍普金斯(Hopkins)和哈代(Hardy)诗歌的批评家之一。他曾把一本乔伊斯的《尤利西斯》偷运到美国,而在剑桥,F. R. 利维斯因持有该小说而被警察找过麻烦。利维斯犯禁的情况一直传到了内政部,内政部担心,任何堕落到读这本书的人都可能对他所教的年轻女士产生不良影响。由于利维斯对乔伊斯的评价很低,私下里他形容乔伊斯是一个"讨厌的爱尔兰人",这件事不无讽刺意味。

在他生命的最后四十年里,理查兹几乎完全放弃了文学批评,转而关注教育(包括高中教育)、世界文化、英语作为一门外语的教学、技术和交流等事宜。在他对未来的诸多期待中,有一项是他在当今全球英语教学事业中扮演的奠基人角色。他说,他从一开始关心的就是沟通(communication),而不是批评(criticism);正是通过这条道路,他从文学批评走向了国际政治。语言是两者之间的纽带,因为在他看来,外语培训,以及英语作为外语的教学,将在一个激进民族主义的时代促进国际和平与理解。他很少考虑妨碍对话和阻挠共识的结构性因素(例如,物质利益或意识形态的力量)。他还认为,在较脆弱、较贫穷的国家,如果没有读写能力,人们注定会陷入社会和经济困境。他的工作对中学和大学的教育产生了深远的影响。

他的大部分时间都在推广所谓的基础英语(Basic English),这是他的同事 C. K. 奥格登(C. K. Ogden)发明的一种简化形式的英语,并在美国成立了一个机构——语言研究中心(Language Research Inc),以帮助推广这种语言。乔治·奥威尔的小说《1984》(*1984*)中阴险的"新话"(Newspeak)很有可能就是戏拟这一项目。奥格登是个和平主义者、女权主义者,也是詹姆斯·乔伊斯的合作者,还是一个著名的剑桥怪人;他非常不喜欢新鲜空气和锻炼,认为如果交谈者戴上口罩,对话可以更有效地进行。理查兹为了宣传基础英语在世界范围内促进相互理解的作用而进行的宣传活动,使他受到了丘吉尔(Churchill)和罗斯福(Roosevelt)的关注,他经常在国际旅行,并与各国政府进行洽谈。他一心只想推翻巴别塔(Babel)的诅咒。

这场英语扩张运动还把他带到了位于洛杉矶的沃尔特·迪斯尼(Walt Disney)工作室,在卡通画家的帮助下,他为语言说明书创造了第一批简化图形,用于美国海军为中国水兵设计的一个项目。很难想象 T. S. 艾略特会和唐老鸭(Donald Duck)的创作者们一起工作。奇怪的是,理查兹将柏拉图的《理想国》(*Republic*)的基础英语版分发给了美军,而中央情报局(CIA)后来也利用了他的细致的语言分析技术。他还受洛克菲勒基金会(Rockefeller Foundation)聘请起草一份关于阅读习惯的声明。这位最世

85

俗化的教授已经从学者转变为全球活动家,相当高调地谈论着他统一世界的愿望。这是一个令人钦佩的愿景,尽管其中包含了自由派理性主义的错误,即冲突本质上是沟通失误。如果我们能更好地了解对方,我们就会放弃敌对态度。在其他的误解中,这不能解释这样一个事实:许多对手非常了解对方,甚至正是因为这个原因而相互冲突。在理查兹的时代,华尔街的崩溃和法西斯主义的崛起并不是由于误解。社交媒体的一个缺点是交流太多而不是太少。

在剑桥大学读书时,理查兹被认为是某种程度上的无政府主义者,并成为著名的异教徒协会的一员。事实上,他不是无政府主义者,而是自由主义者,对他来说,自由也许是最宝贵的价值,有时很容易与更激进的自由主义相混淆。然而在某些方面,他的自由主义信条确实使他得出了激进的结论。他对英语学习怀有深深的怀疑,尤其认为英语是一门适合考试的学科,他认为"将文学作品用于这种目的是不公正的,是对文学的亵渎"(FA, p. xxx-iv)。他还认为,英语学术研究很大程度上是浪费时间,并在一封私人信件中写道,他鄙视文学类型。在他看来,英语未能为智力提供足够的训练,而他对学生批判性分析能力的实验(我们稍后会讲到)使他确信,学生的阅读水平如此之低,以至于将这门学科作为一种教育形式毫无意义。事实上,他将学术批评视为自己的敌人,这与他的同事 F. R. 利维斯的观点相同,他表示,"对世界批评标准的最大威胁就是大学"(CI, p. lx)。他自己就是所谓实用批评的先驱,我们稍后会看到;但他同时也是一位文学理论家、心理学家、语言哲学家、美学家、教育家、文化评论家和二流诗人。鉴于广泛的兴趣爱好,剑桥所设想的英语让他觉得狭隘得可怜。

与此同时,理查兹的知识兴趣对英语系很有帮助,他在寻找一些更可信的方式,使英语作为一门学科的合法化,而不是像奎勒-库奇爵士那样诉诸灵魂和宇宙的神秘。理查兹的工作在帮助将这门学科建立在一个良好的学术基础上是至关重要的。剑桥大学对此很感激:后来剑桥的一位英语教授巴兹尔·威利(Basil Willey)称他是现代文学批评的奠基人,并坚称自塞缪尔·泰勒·柯勒律治以来,没有人对这一学科进行过如此深入的思考。[4] 诚然,自柯勒律治以来,没有一个英国评论家将如此基本的概念,或如此丰富的理论工具,用于文学作品的研究。理查兹对基本原理的兴趣与英国人截然不同。有人可能会说,他的作品构成了对英语诗歌最系统的辩护。理查兹与柯勒律治有着相似的理论兴趣,并就他写了一本令人印象深刻的书。柯勒律治是理查兹最重要的灵感来源之一,而在更遥远的地方,孔子也是。事实上,在一些批评家看来,柯勒律治的影响使理查兹放弃了,或至少修改了他的边沁伦理学。他预言性地宣称,未来的批评家会感到需要以前认为没有必要的理论资源,他自己也或多或少地独自发起了一场反对他那个时代的反理论的文学研究者的运动,其中最著名的是牛津中世纪学者 C. S. 刘易斯(C. S. Lewis)。有一次,为了让理查兹入睡,刘易斯讽刺性地递给理查兹一本自己的作品《文学批

87

评原理》。

　　从传统主义的角度来看,理查兹的语言观是非正统的。他反对所谓正确用法——就是他所说的"社会或势利的语言控制"(PR,p.51)——的观点,坚持认为人们实际说话和书写的方式也是他们应该这样做的方式。如果你周围的人习惯性地漏发词首的 H 音,那么你也应该这样做。在他看来,一个人应该按照"最好的"(但谁来决定最好的作家?)作家写作的方式来使用一个词,这是英语教学中最有害的教条。在《意义的意义》(*The Meaning of Meaning*)一书中,他谴责了"正确意义迷信"的观点,即词语在某种意义上是它们所代表的一部分,或者具有独立于它们的特定用法的固定意义。词与物之间没有内在的联系。想象这样一种关系的存在是一种"文字魔法",即一种"原始的"信仰,认为一个名称是它所表示的一部分,并能像精神存在一样召唤它。按照这种观点,操纵文字就是操纵事物。相比之下,在奥格登和理查兹看来,词语只会在特定的语境或情境中与事物联系在一起。只有考虑到这个语境,才能建立起符号和客体之间的联系。为了证明这一点,理查兹提出了一个著名的图解——这是一幅三角图形,"象征""思想"和"指涉物"(或客体)分别位于它们各自的角落——表明第一和第三之间的关系总是以第二为中介。美国哲学家 C. S. 皮尔士(C. S. Peirce)预见到了这种观点,他提到了理查兹所谓的"阐释者的思想"。[5]换言之:语言与现实之间的关系始终是一个阐释的问题,而不是一个给定的、自然的、直接或直观的问题。尽管如此,在理查兹的观点中,古老的词语魔力仍然存在,他把某些具有塑造现实的强大力量的抽象概念具象化:教会、国家、秩序、自由、领袖、民族、民主等等。根据肯·赫什科普(Ken Hirschkop)的看法,"简言之,现代对神圣的理解是政治,因为在政治中,人们可以找到值得为之牺牲和杀戮的抽象概念"[6]。就此而言,《意义的意义》将对偶像和恋物的政治警惕纳入了它的意义理论。

89

奥格登和理查兹声称,不管语法学家怎么想,有许多不同的语法用于不同的目的,语法本身无法告诉你说出一段言辞的社会情境或话语语境。语法学家倾向于将他们自己的分类当作固定的和绝对的法则,逻辑学家也是如此。他们没有意识到,你如何分类取决于你想要做什么。诸如主语和谓语,普遍和特殊这些概念,并不是人类思想所固有的,而是为某些目的而约定俗成的。我们的语法分类最终反映了我们划分世界的方式,这是我们生存斗争的一部分,因此思想根植于我们的生物学,语言是我们身体行为的一部分。如果我们有不同的身体和感官组织,我们将生活在完全不同的世界,毫无疑问,海鳗和袋鼠就生活在它们的世界;如果我们碰巧是会说话的海鳗和袋鼠,我们的语言对我们现在这样的生物来说无疑是难以理解的。我们的情感和态度是由我们的社会需求和生理需求所塑造的。理查兹和尼采一样,认为所谓客观的世界结构实际上是我们语法的投影,不同的语法会给我们带来不同的现实。传统的语法教学不能把握这一点,应该被学校禁止。反之,应该研究的是理查兹在《推断性工具》(*Speculative Instruments*)一书中所说的"语言的弹性法则"(SI,p. 80),即语言的灵活、松散的性质——尽管人们可能会说,如果一条法则具有足够的弹性,它就不再是法则。作为一个自由主义者,理查兹反对一切形式的僵化和墨守成规。公众舆论、"良好状态"、社会礼仪和传统的道德规范都令人怀疑。

　　早年的理查兹,不仅仅是个叛逆的年轻人。他轻描淡写地宣布,现有的语言学理论几乎都将被抛弃。从伊曼努尔·康德(Im-manuel Kant)开始的所有美学遗产都被轻快地丢弃了。过去的大多数批评教条要么是无稽之谈,要么是过时的,过去的伟大艺术远比我们愿意想象的更难以接近。艺术作品是历史的产物这一事实可能会减弱它们的持久性,在理查兹看来(但正如我们所看到的,艾略特并不这样认为),在某种程度上但丁也是如此。古希腊悲剧的大部分,就像除了莎士比亚之外几乎所有伊丽莎白时代的悲剧一样,应该被认为是伪悲剧。相信存在一种特殊的审美状态,一种与我们的其他体验明显不同的状态,这是一种"幻觉"。相反,"诗的世界在现实意义上与世界的其他部分并无任何不同,它没有特殊的规律,也没有超凡脱俗的特性"(PLC,p. 70)。艺术作品涉及寻常的快乐和情感。艺术家可能与他们的同胞不同,但这只是因为艺术家与他们分享的经验在具体的情况下组织得更细致。这是程度的不同,而不是种类的不同。我们稍后会看到,F. R. 利维斯也同样否定了特定文学价值的整个概念。

与艾略特不同，理查兹是个平等主义者而非精英主义者，他认为，"任何人都不应被剥夺所有普遍可获得的价值"（PLC，p. 56）。正如我们将看到的，功利主义的影响是这一信念的基础，即每个人应该视为一个人，仅仅是一个人。人类最完整的话语模式——诗歌——必须广泛传播，因为"我们所寻求的拯救是为了所有人"（SI，p. 71）。大众教育可能是我们唯一的希望；如果普通男女觉得现代诗歌难以理解，那是社会和教育体系缺陷的问题，而不是他们自己愚蠢的结果。说到文化，"大多数人喜欢的东西和被最有资格的意见认为是优秀的东西之间存在着鸿沟"（PLC，p. 34），而保护这些卓越的标准不受大众品味下降的影响，也是批评需要专业严谨的原因之一。但理查兹认为，这一差距必须缩小。他还怀疑，那些接受过人文学科教育的人在道德上是否比那些没有接受过人文学科教育的人更值得钦佩。然而，读书就是培养一个人的感受力；如果这种情况在更大范围内发生，就会产生积极的社会效应。

然而，使理查兹成为一个真正激进的思想家的是，他自称是一个唯物主义者，而当时的文学空气中充斥着伪宗教形式的批评。但是，正如理查兹的作品所证明的那样，1920 年代的剑桥大学对科学精神特别热情。对他来说，情感和想象是大脑和神经系统的问题，而不是灵魂的问题。所有形式的柏拉图唯心主义，连同那些被认为是过时的形而上学概念，如本质、自然、物质、属性、普遍、永恒真理、绝对价值等等，都被打发走了。人文主义需要在世俗的、科学的基础上重建。理查兹深受威廉·詹姆斯(William James)哲学的影响,是个实用主义者,他的习惯是不问事物是什么,而是问它们是如何运作的。"一个观念或想法,"他写道,"就像物理学家的基本粒子和射线一样,只有通过它的作用才能为人所知"(PR, p. 2)。从广义上讲,真理促进我们的利益,增强我们的力量。理论应视为推断性的工具,而不是其本身的目的。理论本身无法为我们做出生存选择(这首诗真的像我想象的那么糟糕吗?),为了做出选择,人们最终总是不得不超越各种观念。尽管如此,理查兹仍然认为,理论,至少是一种雏形,即使在我们最明显的原始知觉中也是隐含着的。与经验主义者不同,他不相信首先存在感官经验,然后将其转化为概念。相反,阐释从一开始就在起作用。而且一直在起作用。此外,我们的感知和反应是由我们的整个历史塑造的,而不是简单地由在任何特定时刻冲击眼球或耳膜的东西决定的。

同样,批评也有其局限性。只有在诗歌中,也许只有在数学中,我们才会遇到如此紧密地包裹和交织在一起的思想,对它们的任何研究都注定是永无止境的。即使最好的批评工具也无法解释声音、情绪、感觉、音调、音质、速度、节奏、韵律等元素之间复杂的交互作用,每一个元素都会改变另一个元素,从而产生无穷无尽的可能性,这些可能性则无法被模式化。诗代表了理查兹在《实用批评》中所说的一种难以置信的复杂性。就此而言,诗歌的文本永远不会完全封闭。围绕诗的任何特定的阅读,总会有一大

堆潜在的各种含义。"推断和猜测!"理查兹说。"阐释还能是别 93
的什么吗?"(PR, p. 35)我们的价值感取决于差异和相似性,而这
是太细微以致无法被有意识地感知的,就此而言,批评必须承认
它并不是万能的。说到底,理解是一个危险的、碰运气的过程。

理查兹认为,"从任何意义上讲,人主要不是一种智能;他是
一个利益体系"(PLC, p. 299)。和艾略特一样,他在提升神经系
统的同时贬低了智力。在我们开始领会一首诗的意义之前,我们
已经下意识地对它的声音和文字的质地、对它们的运动的感觉、
对它们的音调和节奏做出了反应,而这一切都是在我们的头脑还
没有来得及付诸行动之前发生的。与艾略特类似的神经诗学的
相似之处是显而易见的。不同之处在于,对艾略特来说,一首诗
的意义在于出自本能和神经的层面,远比心灵更深刻,而唯物主
义者理查兹则怀疑心灵和神经系统实际上是相同的。我们指我
们的身体——更确切地说,是我们的神经系统构造。在象征主
义、唯美主义和美国新批评等准宗教诗学思潮的冲击下,他是一
个彻底的自然主义思想家,他认为艺术是至高无上的,但同时又
没有发现艺术有任何超凡之处。

因此,诗歌过于复杂,无法用科学来解释。但是理查兹并没
有排除这样一种可能性,即对他来说,最重要的科学——心理
学——已经从目前的基本状态发展到更复杂的状态,对诗歌的理 94
解原则上可能在我们掌握之中。文学批评是,或者说应该是心理
学的一个分支。事实上,理查兹似乎相信,在未来,科学可能会取

代人文学科,因此,我们可能有一天能够为我们的人文价值提供科学基础。尽管如此,对理查兹来说,诗歌是一种远比科学更丰富的交流形式,而科学必然是简化的。事实上,这是我们所能做到的最好的交流方式。但这并不是支持传统人文主义者对科学的粗暴,有时甚至是势利的厌恶,这种厌恶可以在当今的后现代主义者中找到痕迹。到20世纪初,科学在西方已经成为一种占主导地位的话语,以至于一些人文主义者感到有义务要么打败它,要么利用它。F. R. 利维斯选择了前一种策略,而理查兹像几十年后的结构主义者和符号学家一样选择了后一种策略。

　　心理学研究心灵,但我们如何接近心灵?理查兹对这个问题的回答实际上也是艾略特的:用语言。正是通过语言,我们明白了情感和欲望的某些细微差别,以及我们的概念和价值观;而正是在语言的复杂性和模糊性中,我们找到了心灵最忠实的形象。理查兹在他的文章《我们迷失的领袖》(Our Lost Leaders)中写道,"道德观的整个抽象世界是由语言框架支撑的"(CSW, p. 337)。正如批评家约瑟夫·诺斯(Joseph North)所说,"语言(是)与世界妥协的集体历史努力的沉淀"[7]。它为几千年来人类对环境的分类和控制方式进行了编码,因此,对理查兹来说,就像对与他同时代的剑桥学者路德维希·维特根斯坦(Ludwig Wittgenstein)来说,想象一种语言就是想象一种生命的实际形式。语言是人类的心理记录,是我们历史的声音和符号印记,而对艾略特来说,它代表着在漫长的岁月中积累的财富。由于与过去的其他形式（家庭、教会、社区等等）的连续性正在被现代性破坏，在理查兹看来，语言正迅速成为我们与祖先之间的主要联系。然而，在他看来，没有哪一种连续性受到威胁——如艾略特所认为的，没有哪一种值得尊敬的传统，而是丰富多样的遗产受到威胁。这是自由多元主义者和保守主义者之间的区别。

　　文学批评涉及对文学作品的评价。然而，一个人是如何提出唯物主义的价值观念的呢？形成这样一个理论是理查兹最具创新性的举措之一，尽管我们将看到，它并非没有问题。在《文学批评原理》一书中，他借鉴了杰里米·边沁的伦理思想，边沁是 18世纪晚期功利主义（Utilitarianism）信条的创始人，他认为人类的思维被分为两种不同的冲动：一方面是渴望（或欲望），另一方面是厌恶；让前者满意的东西都是有价值的。要想生活好，就得调整自己的欲望，使其尽可能多地得到满足。道德本质上是一个组织问题。价值就是经济。就像边沁的善行是促进最多数人的最大幸福一样，对理查兹来说，一件好的艺术品是满足最多数人的欲望的作品。边沁面临的一个问题是，伦理必须具有追溯力：只有回顾人们的行为所带来的后果，才能知道有多少人的幸福得到了提升。对理查兹这样的诗歌批评家来说，这不是问题。

　　更确切地说，有价值的东西能够满足一种欲望，而不会挫败某些同等或更重要的欲望。理查兹需要明确地定义"重要"这个词，以避免诉诸一些非功利主义的标准，比如义务、上帝的律法、对人类的爱、最终的善,以及至高真理的启示等。他对诸如"应该""必须""对""错"等术语以及大多数传统道德话语都没有耐心。因此,冲动的重要性可以定义为,它的不能满足会在很大程度上挫败其他冲动——简言之,它会在整个系统内造成损害。事实上,这是一种数量伦理,尽管理查兹否认这一指控。最理想的组织是最经济的,这意味着牺牲和抑制最少,而个性尽可能多地得到实现。生活的圆满是理查兹的道德理想,就像利维斯的理想一样。道德的生活,不是要活得恪尽职守或自我否定,而是要在自己的力量中蓬勃发展。伊曼努尔·康德会对此表示异议,但亚里士多德、黑格尔和马克思很大程度上会表示认同。"平衡的终极价值,"理查兹在《美学的基础》(*The Foundations of Aesthetics*)一书中写道,"在于完全地活着比部分地活着要好"(FA, p. 77)。人们的立场越不偏颇,就能享受到越多的体验。

这一切对诗,尤其是对一首诗的好坏有什么影响呢?答案是,好的诗歌代表了人类所能得到的最优秀、最细腻和最有效的冲动模式。理查兹注意到,语言不是"复制生活的媒介。他们真正的作用是恢复生活的秩序"(PR, p. 90)。在日常生活中,我们的冲动往往是混乱无序的,尤其是在动荡的现代;但在艺术上,它们享受完全的系统化,达到一种平衡,使整个人格发挥作用。其结果是一种完整、充实、清晰、统一、自由、融合、平衡、稳定和自主的感觉。理查兹谈到了"我们的感性组织",艾略特谈到了"情感结构",雷蒙德·威廉斯后来创造了"感性结构"这个短语。从理查兹的诗学中不难看出孔子的影响。艺术是一种精神卫生。它让我们在日常生活的冲撞和打击中保持一定的镇定和平静。事实上,这种镇定可能只是字面意思,如理查兹一本正经地告诉我们的,在生活的一个方面取得平衡,可能会对另一个方面产生有益的影响,比如能够单脚站立而不摇晃。阅读歌德可以使你模仿鹳鸟而产生奇迹。

因此,艺术并不是根据它所说的来指导我们如何生活,而是根据它所展示的东西来指导我们——通过它的统一、和谐和平衡。有人可能会说,这种无私是一种说教。最高的价值是发现自己处于一种完全的自我控制和自给自足的状态,理查兹认为这也是自由的最高形式;而一首成功的诗或一幅成功的画也是如此。我们从它的形式而不是它的内容中学习如何生活。理查兹对所谓的"信息猎手"(message hunters)不屑一顾,所谓"信息猎手"指的是那些从文学作品中搜刮道德内容的人。他们没有意识到的道德教训是诗歌本身。诗歌不是布道或公报,而是用语言表达的经验;在理查兹看来,诗的语言不仅表达了经验,而且构成了经验。经验似乎是在交流中形成的,不能从交流中抽象出来。

理查兹的边沁观和任何伦理学理论一样存在问题。例如,它似乎假定我们所有所谓的冲动本质上都是积极的,只有其中的挫败感是错误的。威廉·燕卜荪大体上接受这一价值观,他在《弥尔顿的上帝》(*Milton's God*)一书中追问道,这是否适用于造成痛苦的欲望。简言之,与弗洛伊德挖掘的哥特式恐怖相比,这是一种过于天真的思想观念；但理查兹，尽管像艾略特那样相信诗歌起源于心灵的最深处，却对精神分析持典型的英式怀疑论，这在当时和现在的学院心理学家中都很常见。如果我们所有的欲望本质上都是有价值的，那我想掐死我的银行经理的强烈欲望又如何呢？理查兹会反驳说，这种欲望是不正当的，因为它阻碍了我的其他一些欲望。但银行经理是否有权满足自己的需求也是一个问题，如果他死了，这种需求的满足就不容易了。

此外，声称种族灭绝是邪恶的，仅仅因为它让我们陷入精神混乱，这是非常违反直觉的。奇怪的是，这个理论是以自我为中心的。事实上，种族灭绝是不道德的，因为它对他人造成的影响，而不是主要因为它对犯罪者造成的影响。理查兹认为，不公正或攻击性行为剥夺了我们一系列重要的价值观，因此，当我们对他人造成伤害时，我们也会对自己造成伤害。但并非所有伤害同胞的人自己都是道德沦丧的。总有敏感、富有同情心的骗子。犯下滔天罪行并不一定意味着他就是道德上的怪物。对善良的人来说，宣称恶人的内心深处因为他们的邪恶而痛苦也太容易了。无论如何，人们可以容忍道德上的些微痛苦，如果这意味着靠抢劫银行的利益能够度过余生的话。

我们是否可以说，马丁·路德·金（Martin Luther King）在道德上是令人钦佩的，因为他令人满意地组织了自己的心理冲动？我们称赞金，是因为他把自己的生命奉献给了别人，但这种价值在理查兹的体系中几乎没有发挥作用。他承认与他人建立友好关系的重要性,但这并不超出大学教师联谊活动室(Senior Combination Room)的范围。它忽略了这样一个事实:最深刻的自我实现是相互的,是通过他人的自我实现而实现的。我们给这种最富有成果的相互关系起的名字是爱。马克思在政治上给它起的名字是共产主义。相反,理查兹的伦理过于个人主义,无法像人们所期望的自由主义思想家那样具有丰富的社会维度。他坚持认为,每个人的善本身就是绝对的目的。他还开启了道德相对主义的大门,宣称对一个人有价值的东西对另一个人来说可能并非如此。如果一个人想的是网球或巧克力煎饼,这个例子就足够好了,但如果一个人想的是正义或诚实,这个例子就不那么有说服力了。这个观点也适用于文学。理查兹谨慎地补充说,不同的读者对同一首诗的反应不同,但他们确实如此,只是在一定的范围内。否则,人们就面临着有多少读者就有多少《荒原》的尴尬。

　　理查兹否认他的冲动理论是可以计算的和机械的,但很难看出他是如何合理地做到这一点的。如果要使冲动处于平衡状态,那么这必然涉及到某种形式的计算。威廉·燕卜荪以诙谐的方式说,从心理学角度来说,我们每分钟有大约一百万个冲动,因此涉及的计算可能相当繁重。问题是,我们如何识别冲动?又如何被一首诗"满足"呢?理查兹否认欲望是可以计算的,原因之一是他有时似乎认为欲望是无限的、深不可测的、错综复杂的。但"冲动"这个词在这里可能有两层含义:一方面,是一种常见的想要大笑或尖叫的冲动,另一方面,是更专业的沿着神经纤维的电流和化学电荷的感觉,这可能是燕卜荪所设想的。然而,实用批评的倡导者理查兹并没有为我们提供多少关于诗歌的实际分析来证明这一价值理论,从而留下了许多未解决的问题。

"秩序"是理查兹的关键术语,也是艾略特的关键术语。最值得称赞的个人是一个稳定、平衡、可控和连贯的人。令人沮丧的是,这听起来像是一位英属旁遮普省(Punjab)的地区专员的信条。伴随着这些优点的是对效率低下的厌恶,效率低下是那些不能以最有效的方式协调他们的冲动的人的恶习。从这种对浪费行为的厌恶中,或许可以理解这位工厂经理的儿子。在一篇精心策划的有点离谱的评论中,理查兹这样评价约翰·济慈,说他"是一个比威尔科克斯(Wilcox)更有效率的诗人,这也等于说他的作品更有价值"(PLC,p.182)。正是这类言论激发了艾略特在《标准》杂志中这样写道,理查兹的思想体系就像是"罗内奥复写框"(Roneo Steel Cabinet)的精神版。然而,为什么秩序、平衡和经济总被认为是积极的呢?理查兹通常认为文明的最大危险是混乱,这一说法远非显而易见。在他所处的时代,一种更为紧迫的危险来自病态的秩序本身——希特勒、佛朗哥、墨索里尼和其他独裁者的独裁政权,这些政权要不是高度组织化,就什么也不是。毫无疑问,山达基教(Scientology)①和朝鲜秘密警察组织也很出色,但这并不是赞美他们的理由。

的确,年轻的理查兹是第一次世界大战之后写作的,在这段时间里,他担心整个西方文明的结构正在分崩离析,走向前所未有的灾难;但他对秩序与混乱的对比过于简单。1930年代的经济萧条无疑在英国造成了一定程度的混乱,尤其是以饥饿游行和街头政治斗争的形式出现;但这种混乱很大程度上是出于正义的原因,而占主导地位的社会秩序正在摧毁民生和整个社区。然而,理查兹似乎只感觉到他周围的混乱和徒劳。

至于理查兹一直称赞的平衡,在种族主义和反种族主义之间取得审慎的平衡并没有太大的好处。就此而言,公正无私本身可能暗地里带有偏见。中立态度并不总是恰当的,尤其是在石油公司和生态学家之间发生冲突时。像理查兹这样的自由派倾向于提防党派之争,似乎所有的介入都是极其片面的。但自由主义本身拥护自由而不是暴政,拥护多样化而不是单一,拥护灵活性而不是固执已见等。法国抵抗纳粹的运动具有相当的党派性,那些反对强迫婚姻和家庭暴力的人也是如此。与此相反,理查兹认为诗歌是公正的典范,或者他有时称之为"客观",从不同的角度观察一个客体,不会在不同的视角之间厚此薄彼。但这肯定不是真

①　山达基教(Scientology),也称科学教,是20世纪50年代在西方创立的一个宗教组织。

的。许多诗歌都将一种视角置于另一种视角之上,这样做也许是正确的。丁尼生在《悼念集》(In Memoriam)中,没有在朋友阿瑟·哈勒姆(Arthur Hallam)去世时将开怀大笑和流泪相提并论。什么是"介入"的艺术?是毕加索(Picasso)的《格尔尼卡》(Guernica)以严肃冷静的方式描绘了巴斯克小镇的轰炸事件,还是女权主义戏剧呈现了对厌女症的模棱两可的观点?

这个组织严密、自给自足的人类主体听起来很像资产者(Bourgeois Man),让人不舒服。它也是一种熟悉的古典人文主义形式的心理学科学版,在这种形式下,美德的生活包括以尽可能充分、和谐和全面的方式实现人的各种力量和能力。这就是批评家杰弗里·哈特曼(Geoffrey Hartman)将理查兹描述为"神经系统的古典主义者"时所想到的。[8]他给一种古老的道德观念披上了现代科学的外衣。维多利亚时代最伟大的这一愿景的倡导者是约翰·斯图亚特·穆勒(John Stuart Mill),尤其是在他那篇精彩的文章《论自由》(On Liberty)中。然而,全面发展的个人是社会学家马克斯·韦伯(Max Weber)担心正在从世界上消失的人性样本,人们可能会想,无论如何,全面发展是否总是值得追求的目标。如果某个人为了追求一个目标而逃避其他所有的活动,并在这个过程中创造出了他那个时代最好的大号演奏或最精彩的斯诺克,他会怎么样呢?无论如何,没有理由认为我们的能力是相互和谐的。这也是一个更适合于沉思,而不是积极行动的个人立场,因为行动包含了偏好、取向,以及为了他人而排除某些可能性。如果人们从作为代理人的自我开始，情况就不会特别好。如果真理像马克思所说的那样是片面的，那么我们对世界的实际干预也是片面的。

有人可能会说，理查兹利用一种激进的理论，在唯物主义的意义上，为了保守的目的：维持秩序的需要。像许多自由主义者（他自己也左倾）一样，他倾向于认为混乱是天生不受欢迎的。这就是为什么诗的最高成就是调和对立，化解矛盾。然而，有些对立肯定是必要的，寻求调和它们可能远非公正。民主主义者和新纳粹主义者之间的斗争是不可避免的，就像家长制和女权主义者之间的斗争一样。冲突既可能产生效益，也可能造成伤害，就像奴隶起来反抗他们的主人一样。平息这种冲突通常符合当权者的利益。如果查尔斯王子的批评者不再反对他放纵任性的行为，而是一致尊重他的智慧，这无疑会让他松一口气。理查兹这样的自由主义思想家往往忽视秩序与和解为谁的利益服务的问题。意识形态被定义为对现实矛盾的想象性解决，事实上，理查兹认为诗歌就是要达到这个目的。

1920年代是这位批评家最多产的年代，也是他的巅峰期。然而，在那个时代，欧洲也感受到了各种艺术先锋派（未来主义、构成主义、达达主义、表现主义、超现实主义等）的影响；这些团体并不是以稳定的名义来解决矛盾的。相反，他们大多创作出不和谐的、碎片化的、自我分裂的艺术作品，搅动而不是化解对立。他们非但没有培养受众的整体感和宁静感，反而试图打破常规的确定性,并以此将受众置于一种与主流社会秩序更为批判性的关系中。

相反,在文化传统主义的英国,几乎没有这样的艺术实验,理查兹的批评反映了这一事实。他认为,随着科学、技术、大众文化、世俗主义和国际性战争的发展,西方文明正在经历有史以来最巨大的历史变革;但人类的心理仍需跟上这些转变。这与欧洲各种先锋派的愿景相去不远;尽管他们打算用艺术创作出一个革命性的人类主体,一个适应碎片化、冲突不断的世界的人,但理查兹要思考这个主体如何在这一历史巨变中保持古典的静穆与平衡。简单来说,他的答案就是诗。就像先锋派一样,他呼吁彻底的思维的现代进化,形成一种能够灵活转换策略,处理不和谐的感官数据,并经历快速转变立场的思维;但关键是在保持冷静的同时,能够做到这一点。

理查兹的艺术概念是非认知的,这一点很重要。诗的作用不是给我们带来任何知识。诗更多地是一种治疗形式,而不是一种理解模式。他故意挑衅性地说,悲剧并不能让我们相信世界是美好的,而是我们的神经系统是美好的。悲剧主要通过协调我们怜悯与恐惧的对立反应来做到这一点。因此,在某种意义上,艺术永远不允许我们超出自己。在某种意义上,可以肯定的是,诗歌是我们用于现实生活目的的东西。它不仅仅用于目的本身,它还告诉我们如何生活。然而,它并不是通过教导或说教来实现这一功能的,而仅仅是通过诗歌本身。正是它的自主性和自我完成教会我们如何做人，生活的目的只是尽可能充分地意识到自己的存在。审美、道德与社会之间的障碍就这样得以消除。

将艺术称为非认知的，这意味着，虽然文学作品似乎对世界提出了诉求，但它们实际上向读者呈现了理查兹所说的伪陈述（pseudo-statements）。伪陈述可能是真实的，比如一部小说告诉我们里耶卡港（Rijeka）在克罗地亚（Croatia）。但这不是重点。像这样的命题，只有在释放和组织我们的冲动方面发挥作用，或者经由理查兹所说的我们的态度，意思是我们以某种方式行动的倾向，才能在一件艺术作品中继续存在。它们不是单纯的信息，也不是像"世界就是一个舞台""一种可怕的美诞生了""我们要么相爱，要么死亡"这样的"道德"宣言。对这种说法的正确回应不是"多么正确！"或"一派胡言！"，相反，我们应该将它们作为更大的诗歌语境的一部分来把握，在这个语境中，我们的冲动得到平衡和协调；就此而言，一句明目张胆的废话或许也能起到同样的作用。诗歌中甚至可以有相互矛盾的参照或参照体系，因为日常意义上的真理并没有受到威胁。在这个例子背后，我们可以发现马修·阿诺德的存在，为了对抗维多利亚时代大众日益增长的无神论，他声称，诸如"有神存在"之类的命题可能在事实上是错误的，但这是对这类命题的力量的误解。它们的目的是加强道德价值，如尊敬、敬畏和义务。宗教怀疑主义对社会的破坏性影响可能因此得以避免。宗教对阿诺德来说是一种陶冶心灵的诗歌，而对理查兹来说，诗歌则是一种救赎的宗教。伪陈述的概念源于"上帝之死"。

就此而言,诗歌的"真实性"是由其内在的恰当性(appropri-ateness)来衡量的——也就是它如何与语境的其他方面合作来引起某种反应。理查兹注意到,诗人对我们思想的控制往往是他(她)控制我们情感的主要方式。和艾略特一样,智力的作用被淡化了,但这并不是说诗歌的意义不重要。然而,它的重要性在于它能唤起情感的方式,就像节奏、音调、韵律、情绪、节拍等一样。对理查兹来说,诗歌的语言是情感性的(emotive),而不是指涉性的(referential)。更确切地说,诗的语言中后者服从于前者。情感性不仅仅包括感觉,还包括情绪、态度、评价和信念。人们可以有情感上的信念,在信念的意义上满足某种冲动或其他,而不需要在理智上同意这样的信念。"正义终会得到伸张!"是一种激发某些激情和性情的方式,而不是对将要发生的事情的可验证或可证伪的预测。对理查兹来说,"指涉"意味着"事实的"或"经验的",这种语言形式的范式就是科学。科学命题应该是情感中立的。化学教材往往不会激起读者强烈的欲望或厌恶。在科学领域,人的思想服从于事物,而在情感领域,人的思想则按照自己的目的和欲望塑造事物。

即便如此,理查兹也很清楚,科学的中立性是相对的——事实上,我们稍后会看到,他将科学视为众多神话中的一个。有些情况下(如进行脑科手术),冷静是必不可少的。在实验室中发生的许多事情也是如此。不动感情绝不总是令人反感的。人们也不希望牙医在拔牙的过程中感到沮丧和愤怒,用脚抵住自己的胸部以格外用力。即便如此,科学也有感性和评估的一面。如果脑外科医生认为人的生命毫无价值,他们无疑会觉得是在浪费时间。在撰写科学论文的过程中,作者是在更广泛的社会背景下,为特定目的向他人提供事实信息;事实本身必然是有选择性的;事实只在特定的历史概念框架内构成。此外,科学(虽然理查兹没有对此发表评论)揭示了令人惊叹的美丽景观,并能以最优秀的艺术作品所具有的审美的优雅和想象的活力来做到这一点。因此,情感和指涉之间并没有严格的区别,可能也没有纯粹的指涉性陈述。简单地传达事实信息会引发这样的问题:你为什么这么做,你希望通过它达到什么目的,为什么你选择关注这些事实而不是其他事实,等等。

　　尽管如此,说"它变红了"和"他是个讨厌的红种人"还是有区别的。情感性和指涉性之间存在有效的区别,即使它不是一成不变的;而对于实用主义者理查兹来说,区别能产生某些成效,这一事实足以证明它的存在。然而,这种区别从来都不是绝对的。在诗歌中,情感和意义总是相互修饰的。这也许是理查兹对艾略特"感性分离"的回应。在任何情况下,区分我们想什么和我们感受什么,或者区分我们想做什么并不总是容易的。在理查兹看来,大多数语言的运用混合了情感和指涉(或者像他有时含混地说是"象征");而纯粹的指涉,如果有这样的东西,构成了我们话语的一个次要部分。他说,我们极大地夸大了事实命题的重要性。像

109　　"合理服用富马酸比索洛尔可以有效治疗心律失常"这样的句子并不是我们日常话语的典型,即使在保健中心也是如此。路德维希·维特根斯坦同样也认为语言指涉游戏是一种误导语言整体的模式,它主要不是命题性的。在我们的大多数言语活动中,问候、玩笑、感谢、诅咒、质疑、争论等往往胜过陈述性的语言行为。一些评论理查兹的人声称,通过柯勒律治式的想象观,理查兹最终克服了情感和指涉之间的区别,这种想象观代表了一种情感的启示和一种真理的形式。

　　因此,世界并不是在事实和情感,或者事实和价值之间一分为二。这不仅因为只有在概念框架内才能确定事实,而概念框架绝不是没有价值的。还有一个原因是,确实存在着诸如道德事实之类的东西,这是一个与科学观察和情感反应截然不同的范畴。理查兹本人不同意这种说法。当涉及道德问题时,他是一个所谓的情感主义者,他认为道德价值远不是客观的,只是记录了我们对某些行为方式的感觉。对于情感主义者来说,有一个真实情况——比如,成人虐待孩子——然后会有一个主观反应,比如"这是错误的"。相反,对一个道德现实主义者来说,行为的错误并不仅仅是你我如何看待它的问题。错误在于行为本身。道德现实主义者甚至可能仅仅通过一张照片就能判断一个行为是道德还
110　是不道德的——不过,如果有人虐待孩子,你需要知道他不是精神失常,才能称之为犯罪,而这是一张照片无法证实的。然而,按照这个理论,虐待孩子仍然是不道德的,即使全世界都同意,再也

没有比这更高尚的行为方式了。根据这种（有争议的）观点，每个人都有可能在道德事务上犯错，就像每个人都曾经认为世界是扁平的一样。毕竟，曾经有一段时间，酷刑几乎是被普遍接受的。将一项行为称为"谋杀"，就是宣称它是谋杀这一事实。谋杀不仅仅存在于思想中。这不是一个中性的描述行为加上主观评价的问题。事实和价值并非泾渭分明，正如实证主义者和情感主义者所主张的那样，他们如同站在栅栏的两边。

　　因此，对于道德现实主义者来说，道德论断就像描述性论断一样，可以被说成是真或假。对于某一特定行为是鲁莽还是谨慎、慷慨还是自私，可能会有没完没了的争论，但我们争论的是事实，而不是我们的感觉。根据这一理论，当有人说"一种可怕的美诞生了"，你应该回答"不，不是"，就像"饶了我吧！"将是对"世界就是个舞台"的一个连贯的回应。批评家的任务之一（虽然理查兹并不这么认为）就是对这样的主张作出判断——探究一部文学作品是否揭示了某些重要的道德真理，这可能是我们给予其很高评价的一个原因。相反，如果一首诗或一部小说给我们的印象是充满了愚蠢的、恶毒的或错误的道德假设，这可能会限制我们对它的欣赏，就像一部被认为是现实主义的作品，没有明显的艺术目的，却不断地把利物浦的地形画得非常离谱一样。理查兹承认，一个真正令人反感的道德陈述可能会破坏诗歌的审美效果，但即便如此，他也承认，一个虚假的道德论断可能比一个真实的道德论断更能有效地组织我们的心理活动。他认为，诗歌最重要的功能之一,是在广告和政治宣传日益强大的时代,加深我们对语言的敏感性;然而,这是具有讽刺意味的,因为在广告和宣传中,重要的不是人们说了什么,而是它所产生的情感效果,这在理查兹的大部分诗歌概念中也是如此。

理查兹的伪陈述概念和意识形态的本质之间存在着一种关系,从某种意义上说,情感和思想有助于支持一种令人反感的权力形式。并非所有的意识形态陈述都是虚假的:例如,英国女王确实是一个尽职尽责、勤奋工作的女士,很少有入店行窃和破坏警局的行为。但有人可能会用它来证明君主制度的合理性,而不是简单地提供一条信息。就像理查兹的伪陈述一样,命题在更大的语境中表现的方式才是重要的,而不是它固有的真假。"白人的命也是命"(White Lives Matter)的口号道出了一个事实;但它也是一种种族主义,因为它是用来诋毁"黑人的命也是命"(Black Lives Matter)运动①的。

作为一个实用主义者,理查兹认为词语本身没有任何意义。词语只有说话者将其用于特定目的时才有意义。说到语言,他也是一个坚决的反本质主义者:例如,像"诗歌"和"美学"这样的术语,没有固定的、固有的含义,而是以各种原因涵盖了这些名称所指代的所有事物。这个理论在技术上被称为唯名论(nominal-

---

① 亦缩写为"BLM",指 2020 年发生在美国的黑人人权运动。

ism),它涉及理查兹未能解决的各种问题——其中一个比较明显的问题是,如果所有我们称为大象的东西除了"大象"这个名字之外,没有任何共同之处,那么我们为什么都称它们为大象呢? 对理查兹来说,词语不是与事物对应,而是与思想和感觉对应,或者像语言学家费迪南·德·索绪尔(Ferdinand de Saussure)所说的那样,与所指(概念)对应,而不是与指涉物(世界上的客体与境遇)对应。理查兹用"语义学"(semasiology)这个别扭的词来形容对符号的研究,它必须置于科学和哲学的核心位置,尽管几十年后出现了一个不那么难看的术语——符号学(semiotics)。就此而言,他有点像先知。

因此,所有的意义都是有语境的:一个短语就能激活整个语言,就像手的一个动作几乎能激活整个肌肉系统一样。就此而言,没有任何一种语言比诗歌更真实,在诗歌中,每一个词都是由其他词塑造和维持的,理查兹借用诗人约翰·多恩的一个术语,称之为"互相激活"(interinanimation)。他认为,词语的作用来自于其使用的多种语境,因此,它们是一种手段,可以将在不同情况下发挥的不同话语能力结合在一起。它们是不同力量的节点。哲学家托马斯·霍布斯在他的著作《法律的要素》(*The Elements of Law*)中较为悲观地指出,因为词语出现的语境是如此多变,所以很难将它们从含混不清和模棱两可中拯救出来。霍布斯相信绝对主权(absolute sovereignty)的一个原因是,它需要确定精确的含义。

理查兹区分了话语的四个方面：意图、感觉、语气和含义（或意义）。他有时将前三项组合为"姿态"（gesture），这种姿态可以压倒含义。他所说的意图似乎不是指作者的心理行为，而是指一段语言组织起来产生效果的方式，而这种效果是我们可以公开获得的，而所谓的心理行为却不是。椅子的设计意图在于它的结构是为了让人们坐在上面。我们可以谈论诗本身的意图——运用某些技术来达到某些效果的方式——但不是按理查兹对诗人的看法，诗人可能不记得他或她的意图是什么，或者他的意图是许多不同的，也许相互矛盾的事情，或者他脑子里除了写作以外没有什么别的东西。受理查兹思想影响很大的美国新批评派也采用了这种意图观。语气最初被定义为对读者态度的暗示，但后来扩展到对主题本身的态度。理查兹认为，在所有的演讲或写作中，人们必须对方式、场合、语境和目的给予足够的注意。

理查兹在《修辞哲学》（*Philosophy of Rhetoric*）中认为，一段语言只有在完整的话语中才能被理解。这不是理解某个单词的意思，然后将它们像砖头一样建成一座大厦的问题。"自由散漫的思维及其表达，"他在《教学中的阐释》（*Interpretation in Teaching*）一书中写道，"比离散的、可单独定义的意义严格的、明确的、可检查的表达更广泛地为我们服务"（IT, p. 302）。意义，无论是诗意的还是其他的，都是"整个话语的阐释可能性相互作用"的结果（PR, p. 37）。这包括隐藏在幕后的词语，因此，一个词语的意义，就像丽兹饭店（Ritz Hotel）门卫的工作一样，可能既取决于允许哪些东西进来，也取决于不允许哪些东西进来。事实上，所有的意义都包含这样的缺席，因为我们理解一个词是通过唤起某个具体的语境，在这个语境中，它是有意义的，但此时此地并不存在。可以说，这个词是这个语境的节略，是一个标志，代表着所缺失的东西。甚至经验也可以作为一种标志，因为它们也能唤起过去的语境。

在所有这些方面，理查兹预见了后来被称为话语理论的东西，以及现代诠释学或阐述的艺术。他甚至预言了雅克·德里达（Jacques Derrida）的思想，他声称，词语的意义总是被延迟或搁置，等待它们之后的语句。词语脱离其他词语就没有意义；如果说他们的意义似乎是稳定的，那只是因为他们所处的语境是恒定的。只有语境才会为意义提供一些坚实的基础，这是一种至少和圣奥古斯丁的思想一样古老的观点。这同样适用于情感和态度。但是语境本身并不总是容易确定的。在众多的潜在情境中，人们应该将某个词置于哪个情境中，以及这种情境在哪儿开始和结束？语境有时会产生太多的问题，就像我们熟悉的自我辩解一样，"我对你说的'恶心的伪君子'这句话是断章取义的"。

符号的特点是可以移植，能够从一个位置移动到另一个位置；由此产生的意义的模糊性，远非缺陷，而是使其发挥作用的部分原因。路德维希·维特根斯坦在他的《哲学研究》（*Philosophical Investigations*）一书中，将说一种"纯粹的"语言比作冰上行走，并让我们回想起他所说的日常语言的粗糙地面。（顺便说一

115

句,在理查兹的思想和维特根斯坦的思想之间有许多联系,尽管理查兹认为维特根斯坦的独断方式令人讨厌,否认他受到维特根斯坦的影响。)在他对柯勒律治的研究中,理查兹谈到了某些意义的"广博性"(roominess),这是贯穿他整个作品的主题。他感兴趣的是某些关键术语,如"存在""原因""拥有""相同"等,如何改变它们的含义——正如我们将看到的,威廉·燕卜荪在《复合词的结构》(*The Structure of Complex Words*)和雷蒙德·威廉斯在《关键词》(*Keywords*)中都继承了这种兴趣。意义是流动的、多样的、多重的,有时甚至无法确定。我们发现含混几乎无处不在。任何句子都没有所谓正确的结构,因为句子的意义取决于它的各种用法。事实上,理查兹出版了一本很受欢迎的著作《如何阅读》(*How To Read a Page*),专门研究这个问题。

也许理查兹,就像追随他脚步的后结构主义者一样,在语义的不稳定性上走得太远了。他运用他的多重定义(Multiple Definition)理论来对抗永恒意义的幻影,有时这显然是恰当的。例如,lunette 这个词可以指圆顶天花板上的弧形孔或窗;月牙形或半圆形凹室,里面有绘画或雕像;一种防御工事,有两个面,形成两个侧面和一个突出的角度;教堂中安放圣体的托盘或车辆上可以牵引的环。然而,像"橘子酱"或"黏液瘤病"这样的词就不是那么多义了。此外,如果词语从一个语境转换到另一个语境时,它们的意思完全改变了,那么很难想象一个小孩子是如何学会说话的。儿童学习语言不是孤立地学习词语,而是通过掌握词语在某些实际情况下的使用方式；但如果这些情况下词义没有连续性，他们肯定会不知所措。语言涉及同一性和非同一性，当我们声称同一个词有不同的用法时，这一点就足够明显了。纯粹的差异并不比纯粹的同一性更容易理解。

正如迈克尔·莫里亚蒂(Michael Moriarty)所言，"人们想知道，如果在语义层面上没有某种相对稳定的词语被识别，那么这个符号如何得到借鉴，它在语境中的新颖性如何被吸收。"9 在"牧师将圣体放在托盘(lunette)上"和"机械师将拖绳绕在牵引环(lunette)上"的句子中，lunette 这个词完全改变了它的意思。然而，"市场上最好的橘子酱(marmalade)无疑是弗兰克·库珀的牛津厚切品牌"和"在一时的疯狂中，他做了会后悔的事，他把一罐橘子酱(marmalade)倒进了警察的裤子里"这两个句子就另当别论。语境的重要性取决于程度。并非所有的语境都具有同等的重要性。"dog"可以指不同的东西，但它最常见的是指一种动物(狗)。

理查兹认为，语言"是心智自我有序成长的最高器官……是一种控制我们存在的工具"(SI, p.9)。它是我们获得独特发展的手段，是"我们超越其他动物的根本所在"(PR, p.88)。另外，他称其为"人类服务于最完整的生活目的的主要协调工具"(CI, p.176)，并宣布语言学是所有研究中最广泛和最基本的学科。这类陈述是 20 世纪所谓语言革命的典型代表，这场革命很可能夸大了语言的作用，强调了它的中心地位。其他动物主要靠感官经验生活，但理查兹理所当然地认为，从这些角度来看待语言是错误的。例如，感官形象对语言交流来说并不是必不可少的。那些持这种观点的人就成了语言图像论的受害者。但当有人说"你好！"或者"你下周三能回来吗"，你脑海中会浮现出什么样的画面？"生存还是毁灭，这是个问题"将会有什么样的视觉形象？然而，也有理查兹所说的"并列意象"，指的是那些由语言的物理过程产生的意象，包括语言的声音、节奏和肌理。"听觉"意象是在脑海里听到的声音，而声音意象是对语言的感觉，是语言经由大脑在嘴唇、舌头和喉咙里产生的感觉。其他形式的意象他称之为"自由"。就语言的物理过程而言，值得注意的是，理查兹被认为是他那个时代最杰出的诗歌阐述者之一。他在这方面的才华与他那种平淡无奇的散文风格形成了鲜明的对比。

理查兹对感性意象持保留态度，当时文学关注感性或具体的事物。这让人联想到意象派诗人、艾略特的诗学以及对利维斯的批评。就此而言，当语言像事物本身一样紧密并可以感知，传达出它们独特的风味和质地时，它是最有力的。但"苹果"这个词的缺点并不在于它没有传达出苹果本身的果香和厚实。这不是它的应有之义。词语不能误认为就是事物。理查兹也指出，我们常以为是简单明了的具体事物，其实是复杂的。"具体"（concrete）源于拉丁语单词，意思是"一起生长"，象征着许多不同特征的融合。因此，一张纸之所以是个"具体的"实体而不是"抽象的"实体，是因为它可以是正方形的、粉色的、脆弱的、轻薄的、半透明的等等。相比之下，抽象是一种更简单的概念。这恰好是卡尔·马克思在《政治经济学批判大纲》(*Grundrisse*)中对"具体"的定义，此书在理查兹写作时尚未被发现。

因此，语言不需要为了发挥作用而唤起视觉、听觉或触觉形像。事实上，词语代表了各种经验的交汇点，在某些情况下，它们永远无法在感觉或直觉中结合起来。你可以使一个废物在语言层面上成为一个优秀的首相，但在日常感官世界中却不可能。就此而言，语言打开了蛞蝓无法想象的可能性，将我们从感官的禁锢中解放出来。事实上，蛞蝓(slug)根本无法想象很多东西，因为要想象出另一种场景，就得有语言。即便如此，蛞蝓也有自己的智力形式，这种智力形式可能缺乏某种爱因斯坦式的伟大，但理查兹应该更加注意这一点。这是因为他曾在他的著作中声称，没有所谓的非语言智力。也许他从未见过西班牙猎犬或一岁的孩子。许多现代哲学家的语言学观点可能是由于他们很少或根本不了解儿童这一事实形成的。身体也有它自己的智力，而大脑可能对此一无所知，这也是事实。

理查兹对隐喻的概念有一种开创性的研究方法。他绝不将隐喻仅仅看作是一种修饰，或者是对语言规范使用的偏离，而是将它看作是"无所不在的语言法则"(PR, p. 61)。"我们所有人生活和说话，"他写道，"都只有通过我们的眼睛寻找相似之处"(PR, p. 59)。他认为，所有的智力活动都是用来自物质的语言描述的，就此而言，都是隐喻性的。思维本身是通过差异和比较而进行的,因此隐喻是思维的本质。此外,一切事物都在某种范畴之内得以理解,因此,看(seeing)就是"看作"(seeing as),从广义上说,这是一种隐喻性的活动。我们将单个的客体归为它所属的类别,而(借用马丁·海德格尔的一个例子)蜥蜴并不把它躺在上面的石头视为石头。石头是它感知世界的一部分,但不是意义世界的一部分。隐喻将两种或两种以上的思想或意象融合在一起,是语言多样性的一个缩影。在理查兹看来,隐喻包括"本体"(tenor),即潜在的思想或主体;"喻体"(vehicle),即表达本体的方式;以及"喻底"(ground),表示两者的共同之处。因此,"战士"可以是隐喻的本体,"猛虎"是隐喻的喻体,其"力量或勇气"就是连接两者的喻底。本体和喻体不断地相互作用,因为有时一个被推到前面,有时另一个居前。一个本体可以有一个喻体,也可以有多个喻体,两者之间的张力或对比可能与融合一样重要。两者还可以相互合作,产生比单独看待任何一个方面都更强大、更多样化的含义。就此而言,隐喻是语境之间的交换,因为像所有术语一样,本体和喻体只有在更广泛的语言环境中才能被理解。一个隐喻,如在莎士比亚戏剧最丰富的一些段落中,可以"外挂"在另一个隐喻上,而另一个隐喻又可以外挂在别的隐喻上,可以说,在没有整个自我生成过程的情况下,降落在非形象的土地上。

这种不断创作的过程的意识对理查兹的诗歌观至关重要。诗歌本质上是在运动中产生意义,而运动(韵律、节奏、节拍等)既可以增强意义,也可以破坏意义,与意义背离或反映意义。在他后来的作品中,随着柯勒律治的影响越来越深,理查兹继续将诗看作是一种和谐的冲动结构,柯勒律治也持同样的观点,但也是一种有机的成长——读者在再创造的意义上得以"实现"(realise),并以此实现他或她的整个人格。阅读的最终目的是自我创造。读者会意识到,他们在探索、"形成"或理解诗的同时,也在创造诗,而"实现"这个模棱两可的动词包含了这两种运动。我们与作品如此密切地联系在一起,以至于我们无法说出作品在哪里停止,我们从哪里开始,或者是我们在创作作品还是作品在创作我们。知者与所知,或知识与存在,是同一的。这一学说背后有一点孔子的影子,它代表了唯物主义批评家对半神秘主义思想的一时屈服。这也是关于 20 世纪晚期接受理论(reception theory)的一个预示。

121

　　对理查兹来说,隐喻不仅仅是一种语言手段。有些时候,他将这个术语当作"神话"的同义词,意思是我们的大脑模拟世界的方式,以便让世界变得可以理解。我们将某些隐喻投射到现实中,以便让现实产生意义;但现实本身已经是隐喻性的,因为它是先前这种投射的结果。因此,对理查兹来说,就像对弗里德里希·尼采和雅克·德里达一样,隐喻一直延续下去。人们无法一层又一层地剥开它,以抵达残酷的现实。人们所能做的就是用一组隐喻来覆盖另一组。更确切地说,理查兹是个唯物主义者,因为他相信自然是独立于精神的;但他并不是一个哲学现实主义者,在某种意义上,他认为这个世界是可以如实理解的。我们自己将价值、意义和情感投射到现实的惰性物质中,这样我们能真正了解的只有我们自己。自然永远是为我们而生的自然。思维的建设性活动触及看似最简单的感官材料,因此没有任何东西是简单给予的。这是"心灵创造世界"的哲学唯心主义的典型观点,与理查兹的唯物论似乎格格不入。然而,理查兹认为心灵本身是物质的,与神经系统或多或少是相同的。

因此,我们赖以生存的是神话,这意味着一种特定的组织现实的方式,它允许我们适应它,从而得以发展。事实上,在理查兹看来,科学本身只是神话的最新形式,它以增强我们对世界的控制的方式组织世界。然而,尽管我们需要科学的神话来满足我们的现实生活,但我们也需要其他形式的虚构来满足我们的精神健康。通过这些赋予生命的寓言,"我们的意志得到了凝聚,我们的力量得到了统一,我们的成长得到了控制";没有这些,"人只是没有灵魂的残忍的动物"(CI,p. 134)。这样的神话把我们的存在统一起来,赋予我们一种科学所不能给予的智慧,并将我们与一种我们正在迅速失去联系的自然维系在一起。在实现这些功能方面,现代神话继承了以前的虚构(形而上学、绝对道德、对传统和权威的信仰),尤其是宗教的角色——所以这里也让人觉得,理查兹,和尼采一样,是上帝之死的思想家。在一个全能上帝已经消失、不再相信绝对道德的世界里,我们该如何维持秩序和价值?T. S. 艾略特从无神论转向基督教,这在现代作家中并不常见;理查兹在人类的进步中发现了一种终极价值的形式;威廉·燕卜荪

(稍作推断)憎恨上帝,仿佛他相信上帝存在似的;F. R. 利维斯在
D. H. 劳伦斯的活力论中发现了他的替身;而从小就拒绝教堂坚
信礼的雷蒙德·威廉斯则对整个事件漠不关心。

　　理查兹对神消失的回应是毫不含糊的:在一个有神论之后的 123
宇宙中创造稳定和意义的最有效的方式是诗歌。他在一篇可能
意在引起震惊并肯定想被引用的评论中认为,诗歌"能够拯救我
们;这是克服混乱的一种完全可能的方法"(《科学与诗歌》,PLC,
p. 330)。这是我们所拥有的精神和情感秩序最显著的例子,也是
"重建(社会)秩序的必要途径"(CI, 174)。诗将重塑我们的思想,
重塑我们的文明。和马修·阿诺德一样,诗人现在也披上了先知
或牧师的外衣。T. S. 艾略特作为一名基督徒,蔑视任何企图用
艺术代替宗教的行为,他尖刻地评论说,这就像在说墙壁倒塌时,
墙纸会拯救我们一样。只有少数人参与的诗歌将把我们从现代
性的"混乱"中解救出来,这种想法荒谬得有点滑稽。宗教,不管
它的罪行和幻觉是什么,至少已经确保了全世界数十亿普通男女
的虔诚。正如我们所看到的,理查兹希望将文学研究推进到更广
泛的领域,但即使这样,它也可能仍是少数人的追求。

　　他认为,诗歌似乎不如宗教、道德、科学或形而上学,因为它
只是一种虚构。然而,一旦我们认识到宗教、道德、科学和形而上
学也都是虚构的,我们就可以消除这种偏见。此外,诗歌是自觉
的虚构,这是任何真正的神话必须的。神话必须意识到它们是神
话,那些相信神话的人也必须意识到它们是神话。因此,他们与 124

神话的关系必然是具有讽刺意味的,这是一个同时相信和不相信的问题。否则,我们就会误以为自己的作品是绝对的现实,这是一种偶像崇拜。在《结尾的意义》(*The Sense of an Ending*)一书中,评论家弗兰克·克默德(Frank Kermode)区分了自认为真实的神话和不真实的虚构。神话是把自己当作真事的虚构。理查兹在这里必须小心行事:他是个自由主义者,他宣称法西斯时代需要神话,而神话在法西斯手中正迅速变得有害。因此,男人和女人只能对他们的象征世界给予有限的信任,拒绝赋予其中任何一个世界过度的权威。人们是否真的可以这样生活很长一段时间并非显而易见的事。奥赛罗(Othello)相信苔丝狄蒙娜①对他忠诚,同时又不相信,但这是心灵破碎的标志,不是讽刺作家的标志。

因此,我们必须创造一种第二自然,因为自然本身,就事物的本来面目而言,是我们无法理解的。第二自然是我们日常生活的实际领域,一个充满激情和价值、行动和认知的世界;而科学探索只是其中的一小部分。科学不能满足我们形而上学的疑问,这对理查兹来说并不是很大的损失,因为他相信形而上学是虚幻的;但它确实代表了某种必须得到满足的情感需求,这就是艺术和文化的功能。通过语言,我们构建了一个现实,以满足我们的整体需求,因此"我们所有不同世界的结构就是我们意义的结构"

---

① 莎士比亚悲剧《奥赛罗》(*Othello*)中的人物。

（PR，p.12）。现实远非构成一个坚固的事实，而是我们的习俗的产物，这些习俗因地点和时间而不同；如果一个人遇到与自己的文化完全不同的文化，就像理查兹在访问中国时所遇到的那样，这些习俗的随意性就足够明显了。他承认，这是一种令人不安的真相，难以消化，因为它似乎意味着我们的存在缺乏一个可靠的基础。他是我们今天所说的反基础主义思想家，也是后现代主义其他一些方面的先驱。文化相对主义就是其中之一。

如果世界是我们自己的投影，那么，诗歌必然也是如此。像后来的一些接受理论的学者一样，理查兹认为，很多我们认为"在"文学作品中的东西，实际上是读者放进去的。这也许是英国批评史上第一次，弱势的读者从遮蔽中脱颖而出，被置于文学舞台的中心。文学文本是与读者的交流，而不是一个稳定的客体。也不能把它当作作者传记的一部分，理查兹不相信这种批评形式。他是符号学、话语理论、诠释学、神经科学、后殖民研究和所谓文本细读的先驱；但他也是后来被称为"接受理论"或"读者反应理论"的第一批实践者之一，他那部影响深远的著作《实用批评》是当时最伟大的经典之一，甚至在它还没有真正产生影响的时候。就像接受理论考察读者在帮助构建文学文本时的活动一样，理查兹同样认为，所有的解读都涉及我们需要填补并非由作品本身产生的联系，就诗歌而言，我们建立这些联系的自由是作品力量的主要来源。没有一个作家能够提供他或她所写内容的全部语境，这样读者就会带来他们自己的假设框架，而每种假设都与其他人大相径庭。可谓情人眼里出西施。在伪陈述的情况下,看起来像是关于客体的陈述,结果却与主体有关。就美而言,这是一个足够令人信服的例子,考虑到美很大程度上随时间或地点的变化而变化,尽管强奸和折磨是否也存在于情人的眼中是一个我们已经讨论过的问题。

一般来说,理查兹认为我们对一首诗的描述实际上是描述它对我们的影响。我们可以用诙谐的语调或笨拙的节奏来形容一首诗,但对他来说,这是我们阅读方式的结果,而不是作品本身的特质。一首成功的诗所创造的平衡感不在于纸上的文字,而在于读者的心灵或神经系统。戏剧或小说的情节只是"一个系列,一个错综复杂的系统,包括思想、情感、期望、惊喜、欲望、希望、失望等"(CSW, p. 161)。节奏同样也是关于惊喜、期待等。所以情节和节奏也在脑海中。文学作品中有什么不是这样的吗?也许只是白纸上的一个黑字。但要把黑字认定为某物,就需要一种解读行为,那么这是否也只是一种心理行为呢?即使是理查兹的文学判断,也能让人们更多地了解读者——他们过去的历史,当前的兴趣等——而不是手上的作品。

事实上,没有阐释,作品中就没有美、嫉妒、痛苦、逗号、撇号或句号,但这并不意味着,描述一首诗就是描述读者。诗歌中给出的内容和读者所构建的内容之间的对立是一种误导。当我们说"母亲"这个词"在"诗中,我们并不是说它在诗中,就像白兰地在瓶子里一样。我们的意思是,在英语中,这六个黑色字母

(mother)通常被认为有一个特定的含义或一组含义，而读者不能简单地断定它们指的是"粥"（porridge）。所以意义就此而言是客观的。你可能会出错，就像你可能不知道故事中是否有个叫朱丽亚的角色，或者一行诗中有多少词语；从某种意义上说，这些问题并不纯粹是主观的。（虽然你的主观判断也可能是错误的——不是说你不知道是否有某种特殊体验，而是说，你可能把它当成愤怒，而实际上它是恐惧。）

即便如此，意义也不像瀑布那样客观。即使人类不存在，瀑布也会存在，但意义却不复存在。意大利埃特纳火山（Mount Etna）的存在并不仅仅是因为我们都认为它存在，而如果我们不认为那六个黑色字母有某种意义，它们就不会有意义。也许在其他语言中，它们的意思是"拖拉机"。有些东西是世界之物的一部分，而有些则不是。自然界没有所谓的"财产"，这纯粹是一种社会建构，但世界上有一些物体叫做"树"，其中一些可能是属于我的。在关于柯勒律治的著作中，理查兹试图用柯勒律治的"心灵事实"（fact of mind）的概念来解决文本给出的内容和我们投射到文本的内容之间的冲突，这一概念涉及主体和客体的相互作用。

理查兹认为诗作是诗人将自己的经历传达给读者的方式。但这是一种奇怪的思考方式。以约翰·弥尔顿《失乐园》的开篇为例：

关于人类最初违反天神命令

偷尝禁树的果子,把死亡和其他

各种各色的灾祸带来人间,并失去

伊甸乐园,直等到一个更伟大的人来,

才为我们恢复乐土的事,请歌咏吧,

天庭的诗神缪斯……①

　　这些诗句试图传达的是什么经历? 我们怎么知道我们阅读时所经历的就是弥尔顿写作时所经历的呢? 事实是,这些诗句并没有向我们呈现一种独立于文字之外的经历。相反,它为我们提供了一组意义——而意义不是一种经历,就像承诺、意图或期待都不是经历一样。诚然,我们可以谈论词语的经历——他们的声音、形态、节奏和质地在脑海中回响的方式——但词语并不仅仅是隐藏在它们"背后"的经历的媒介。"我们刚刚吃了沙丁鱼"背后的经历是什么? 有人可能会说,在这种语境中,经历的整个概念是误导性的,这是经验主义传统的后遗症,它诱使我们用感官活动来模拟非感官活动。我可以说我有过关抽屉的经历,但我的意思是说我关上了抽屉。经验主义的遗产还有另一种残余,理查兹将诗歌说成是一种"精神状态"(CSW,p. 230),将意义说成是一种精神过程。但诗歌存在于纸上,而不是在脑海中。诚然,在我们的思想中,它是存活的;但我们会因为对话涉及我们的思想

---

①　译文参照《失乐园》,朱维之译,上海译文出版社,1984 年。

就将它称为精神状态吗？一个狡猾的辩护律师是否可以将他的当事人咬别人耳朵的行为描述为一种精神状态，从而使他免受指控？

至于意义，维特根斯坦指出，它是一种社会实践，是一种语言行为方式，而不是我们头脑中臆想的事情。因为意义是一种社会事务，所以"有个疯子拿着沾血的砍刀从你身后悄悄爬过来"意思就是我念出这些词语的时候脑海里发生的任何事情。当然，诗歌的词语可以给我们一种所谓的虚拟经历，所以我们似乎能感受到躺在枝叶茂密的凉亭里，啜饮一杯霞多丽酒（Chardonnay），抚摸一只猫的感官愉悦；但这种经历与诗歌的语言是密不可分的，诗人是否真的拥有这种经历并不重要。然而我们知道，这位诗人可能是个禁酒主义者，对接触动物有一种病态的厌恶。

据说理查兹是第一个关注诗歌语气（tone）的批评家，语气是情感进入语言的主要方式之一。这也是我们刚才试图提出的观点的一个典型例子。语气不像分号那样客观。我们可以讨论一段话的语气，但不能讨论它是否包含分号。然而，语气具有客观性，因为我们不能只是按我们喜欢的任何原有的语气去读一系列的词语。将李尔王的"我是一个非常愚蠢的傻老头"①读成愉快的或讽刺的，虽然不是不可能，但却是反常的。这是因为在某种

130

---

① 李尔是莎士比亚悲剧《李尔王》（*King Lear*）的主人公，该台词出自第四幕第七场。

意义上,情感和意义一样具有社会性。"在某种意义上",因为我们的有些情绪也是自然的。感到自己的战功受到质疑纯粹是一种文化情感,但人们对亲人的死亡感到悲伤、从高楼上意外坠落时的恐慌或受到酷刑时的尖叫都是很自然的。正如一些理论家所宣称的那样,这些不仅仅是文化问题。其中有些情感,比如人们如何欢笑或悲伤,是自然的,但有不同的文化形态,而其他情感或多或少是普遍的。加拿大人在酷刑下尖叫的方式和柬埔寨人差不多。但是,就像我们逐渐学会如何表达自己的意思一样,我们也学会了传统意义上为我们的"私人"情绪命名,这就是我们如何不仅在别人面前,而且在自己面前识别它们的方式。我们也学习在特定环境下什么是文化上合适的感受。我们仍然可以讨论语气,就像我们可以讨论意义一样:例如,李尔王的话,应该视为尖刻的还是自怜的? 但是,如果有人声称,在表达这些言论时,国王抑制住一阵咯咯的笑声,那就有点奇怪了,除非有人把他演得像完全疯了一样。

1932 年,理查兹出版了一部名为《孟子论心》(*Mencius on the Mind*)的书,其中浓缩了他的许多思想。孟子是中国古代的一位哲学家,智慧仅次于孔子。在中国同行的帮助下,理查兹阐述了孟子的部分著作。在某些方面,他觉得在中国比在剑桥更有家园的感觉,并一度考虑在中国担任一个永久的学术职位。他在 1968 年指出,中国人民对暴力有着根深蒂固的恐惧,他们比西方人民更接近于过上美好的生活。

即便如此，《孟子论心》这本书还是代表了西方优秀知识分子与另一种截然不同文化之间的一次迷人的邂逅，理查兹渴望掌握这种文化的独特风格和思想结构。理查兹认为，不同的民族可能有截然不同的心理构造，西方心理学的发现可能比我们意识到的更具有文化独特性。考虑到他的目标是尽可能改善国际交流，他似乎并不认为这种文化相对主义是个很大的问题。他认为，将西方的思维模式强加于不同的思维模式是有危险的，这种观点预示着某种后殖民理论。他所说的"思想上的民族主义"（MM，p. 90）是要避免的。他是国际联盟（League of Nations，联合国的前身）的坚定支持者，主张世界政府，并深深致力于国际间的谅解。随着这些新颖的国际主义形式的出现，对相互理解的需要达到了以前从未设想过的程度，因此阐释的问题现在已经完全成了政治问题。

理查兹认为，西方可以向中国学习的一点是，如何在不需要宗教基础的情况下培育秩序。中文著作的另一个吸引他的地方是，它似乎不受明确的逻辑或清晰的句法的支配；他认为，这让我们得以深入了解语言的一般运作方式，即虽然有很多不同的解释，但没有一个是确定的。[10] 他似乎偶然发现了一种语言，这种语言能够实现他一直宣扬的东西。孟子的著作有一种流动的、不稳定的性质，理查兹不喜欢明确而严格的分类，因此尤其喜欢孟子的著作。汉语的整个句子有一种表达的不确定性，因而句子的意思也不确定。概念具有一种模糊性,从而获得表现力和连贯性,他认为,语言学没有注意到某些对西方至关重要的区别。让理查兹颇为欣赏的是,孟子避开了形而上学的诸种概念,摈弃了普遍性、特殊性、物质、属性、本质、类别等。理查兹对事物本身的兴趣,而不是对其可能具有的道德和社会意义的兴趣,使他觉得这是一种近代的、以西方为基础的思想风格。他还声称,在孟子的著作中,情感优于意义,就像理查兹在诗歌中所做的那样,在更广泛的汉语中,我们有时必须根据一个词的情感共鸣在可能的不同意义之间进行选择。词语不是固定的、独立的话语单位,意义似乎高度依赖语境。在西方修辞学的传统中,重要的是话语的力量或"姿态",它寻求达到的目的,而不是单纯的命题;这意味着在理查兹看来,语言形式必须根据语言的效果和意图来把握,而不是反过来。

在所有这些方面,实用主义者理查兹都觉得孟子的著作非常得心应手。他的观点似乎是针对特定目的而顾及实际利益。其中一个目的是维护社会秩序,正如我们所看到的,这是理查兹自己最珍惜的价值观之一。某种社会实用体系,包括荣誉、尊贵、等级等,被认为是理所当然的,而话语的目的是如何维持这种体系。重要的不是一种陈述是否符合事实,而是是否符合与社会治理结构相适应的事实。理查兹怀疑,这一点在西方心理学中可能比它愿意承认的更真实。孟子最关心的不是知识和反思,而是善行。初看像是指称语言的东西实际上是"一系列显性或隐性的祈使句"(MM，p. 64)。

令人不安的是，理查兹似乎完全赞成真理从属于权力，这样的例子在当时的法西斯政权中比比皆是。在发达资本主义国家，这种现象也越来越明显。他说，我们需要一种"对人性的虚构性描述，为了一个井然有序的社会和没有浪费的合理生活的利益"(MM，p. 66)。我们应该将心理学(他真正的意思是操控大脑)运用到社会稳定的事业中去，也就是说心理学应该成为意识形态。为此，他区分了平衡的概念与和谐的概念，前者是完全无私的，不会让人倾向于采取一种行动而非另一种行动，后者是协调个人的冲动，从而带来有益的行动。他和孟子最关心的有益行动是保持社会凝聚力。考虑到社会凝聚力通常符合统治者的利益，因此，和谐是一个党派问题。然而，在这种情况下隐含的保守政治和理查兹对模糊性的兴趣之间有一种紧张关系，因为模糊性在某种意义上是威权主义的对立面。在政治民族主义兴起的时代，含混的话题在理查兹、燕卜荪等人的研究中扮演着至关重要的角色，这或许并非偶然。除此之外，含混可能是一种隐蔽的反沙文主义。对不同的含义保持友善可能涉及对文化的多样性持开放态度。

对孟子的研究与理查兹最著名的著作《实用批评》似乎相去甚远。然而，它们之间有重要的联系。《实用批评》记录了理查兹和一群剑桥学生所做的一个传奇实验。在这个实验中，理查兹将一些诗歌交给他们，但没有告知诗歌的作者和背景，并让他们分析和评价这些诗歌。值得注意的是，尽管理查兹的名字因此与所谓的实用批评(实际上是他发明的术语)不可分割地联系在一起，但他自己在发表的作品中却很少这样做。这是一种涉及所谓"细读"的研究方式，这并不是说理查兹之前的批评家平均每行只读两三个词。人们可以认真地阅读一部作品，然后继续对它胡言乱语。律师会仔细阅读一份案情通报，但通常不会把通报的布局、头韵或谐音字作为其意义的一部分。批评中的细读，是一种执着于句子的形态——即它们的节奏、声音、语气、肌理、句法形式等——并在此基础上作出判断和阐释的阅读。当时，一些观念传统的批评家谴责这种做法过于短视，只见树木不见森林。这太像艾略特所说的"挤柠檬汁"了，有损于一个人的礼仪和分寸感。应该像奎勒-库奇这样的绅士那样轻松地拿着一本书，而不是像一个好管闲事的检票员那样仔细打量。

学生对分发的诗句的普遍反应是令人沮丧的无能。一位批评家将理查兹的报告描述为现代的《愚人志》(Dunciad)。[①] 看来传统上最具文化素养的人群实际上并不会阅读。理查兹谈到一些作业的"鲁莽、绝望"性质，并带着一种略带恶作剧的神情评论说，它们是受过高等教育的学生的作品。(不过，也有一些相当有洞察力的见解，部分原因可能是威廉·燕卜荪和 F. R. 利维斯都是参与者。)这个项目是为数不多的将文学批评转变为一项合作事业的尝试之一，围绕这个项目有很多传闻。首先，理查兹本人

———————————

① 英国诗人蒲伯的一首讽刺诗。

并没有发明实用批评。虽然是理查兹让这个术语出名的,但它成为剑桥英语荣誉学位考试(Cambridge English Tripos)的一部分已经有一段时间了。其次,他不相信在无视作者、环境和历史背景的情况下阅读一部作品是理想的批评方法,不像大多数受他影响的美国新批评派那样。他对学生隐瞒这些参考资料,并不是因为他认为它们无关紧要,而是为了证明他的小白鼠们一旦失去了这些参考材料,是多么乐于在贬低多恩和霍普金斯的同时,彰显一种草率的维多利亚时代的感伤主义。

　　第三,理查兹并不认为这主要是关于批评的。他认为这是一种交流,并将其模糊地描述为"一种比较意识形态的实地研究"(PC, p. 15)。他坚称,批评的唯一目的是改善人们的交流。他想知道更多的主要障碍,他的学生们给他提供了令人尴尬的大量证据。《实用批评》和《孟子论心》之间的联系正是基于交流的理念,因为两种截然不同的文化之间的相互理解就像一群迟钝的学生理解一首诗一样尴尬。事实上,在理查兹看来,误解是常态,理解是例外。修辞学主要研究误解现象。他的观点得到了一些现代语言学家的证实,对他们来说,人类语言如此复杂,解码语言涉及的因素如此之多,以至于任何理解行为都像是一个小小的奇迹。

　　《实用批评》利用它收集的材料来探究产生误解的某些常见原因:刻板的反应、死抠字眼、纯粹的主观联想、与场合不相称的情绪等。理查兹将其中一些误解归因于大众文化的负面影响,在他的时代,大众文化主要指电影、广播、流行小说和通俗报刊。语言质量普遍弱化,敏感性和批评智慧也在"下降",这可能会带来灾难性的历史后果。人们想知道他会如何看待所谓的社交媒体。传统文化出现了"溶解"。一个世俗、科学、城市和工业的社会已经"中和"(neutralised)了自然。它也使宇宙及人类在宇宙中地位的传统观念失效。人类的心灵因此被打破了平衡,但没有新的愿景出现来重新平衡。因此,摆脱宗教、玄学和哲学的最后残余,接受上帝已死这一事实,并转向一种与宗教信仰一样具有强大情感但没有明显不可能性的话语,从而将心灵置于牢固的基础之上,是至关重要的。这种话语当然是诗歌。遗憾的是(虽然理查兹并没有确切地这么说),几乎没有人读这本书,大多数人被剥夺了欣赏它的能力。世俗化如理查兹所想象的那样广泛传播也是不真实的。数以百万计的他的同胞仍然信仰上帝,更不用说世界上其他地方的社会,宗教仍然根深蒂固地作为一种日常习俗。在英国以西几英里的地方就有一个这样的国家①。

因此,理查兹与艾略特和利维斯的文化悲观主义有很多相似之处。他谈到了"电影和扩音器的邪恶潜力"(PLC, P. 35),如果你想到纳粹在理查兹写这篇文章的十多年后将这种技术派何种用途,你就会发现这并不是一个荒谬的说法。大众受到广告、宣传、大众新闻、广播和电影的冲击,从而降低了他们的体验。他认为,受教育程度较低的人生活在混乱中,从而对政治动荡时期的

---

① 指信仰天主教的爱尔兰。

社会稳定构成威胁。理查兹意识到语言操纵思维的非凡能力,就像维特根斯坦一样,认为它能够对我们施加一种神奇的力量。他认为,语言是世界上最保守的力量,广大民众必须学会如何打破它们的魔咒。仅仅有教养的精英阶层对它们的诱惑免疫是不够的。正如我们所看到的,诗歌将在这一转变中发挥重要作用。认为只有那些对诗歌敏感的人才能在日常生活中获得道德上的赞赏,这显然是一种过于精英化的说法,所以理查兹承认,一个人可以是敏感的读者,但作为一个人也许并不讨人喜欢。然而,如果他过分强调这一点,他就会削弱诗歌所谓救赎力量的必要性;所以他也认为批评的美好与生活的美好之间存在着一定的联系。

　　这种对当代文化的消极态度导致了偶尔爆发的怀旧情绪。他认为,现代交通工具无休止的轰鸣,"取代了徒步或马蹄的节奏,在很多方面都能干扰我们对诗歌的阅读"(PC, p. 306)。他还指出,"当然,有很多人的生活相当稳定和一以贯之,他们的欲望是有序的,他们的前景是明确的。但在大多数情况下,这是因为它们与汽车和收音机并不是同时代的"("为什么我是一个文学批评家"CSW, pp. 164—5)。尽管理查兹喜欢听马蹄声,但和雷蒙德·威廉斯一样,他是一位彻底的现代思想家,而艾略特和利维斯则不是。他不相信艾略特所说的人性是不可改变的。必须出现一种新的社会秩序,但这并不意味着仅仅要回到旧的社会秩序。批评家必须是这种新的趋势的接生婆,而心理学和语言研究必须为我们提供一种对我们思想的新的理解和控制。这样的理解将使我们重建教育,实现更健全、更丰富、更稳定的文化——这种文化不仅能强大到抵御对抗文明的力量,还能利用它们为我们服务。换句话说,他准备用一种以科学为基础的心理学来对抗科技社会带来的更有害的影响。

这种观点是理查兹与文化悲观主义者的真正区别。我们不能简单地认为新技术具有压迫性;相反,本着欧洲的先锋精神,必须为它们找到有效的用途。理查兹自己的职业生涯证明了他对媒体技术、大众传播和学术机构的信念。在他对思想、教育、科学探究以及改变我们环境的可能性的信任中,有不少启蒙运动的理性主义。这是一种积极的精神,威廉·燕卜荪和雷蒙德·威廉斯以不同的方式共享这种精神。然而,理查兹将它与一种文化衰落感结合起来,这种感觉更接近艾略特和利维斯的思想。他警告说,交流越广泛,文化水平就会越低。他在 1974 年写道,当时的文学代表着 1920 年前后文学的急剧衰落。[11] 然而,逐步回升也不是不可能的。几个世纪以来,科学一直受到宗教、伦理和人文学科的限制,需要赋予它自己的头脑。正确地理解,这是一种解放的力量。

理查兹认为,在英国的历史进程中,总的来说,是科学推动了社会的进步,而人文学科则经常充当阻碍社会进步的堡垒,这一点无疑是正确的。后现代主义对科学的怀疑只是由来已久的历史偏见的最新表现。无论如何,理查兹的理性主义,正如我们所看到的,有其局限性。虽然他在举例、分类和图表绘制方面做了很多工作,但这种严格的工作是为了达到一个目的,而这个目的注定是无法达到的:对艺术作品的详尽的解释。一位致力于秩序的批评家的潜心分析最终揭示的却是流动的、不稳定的和不确定的特征。在某种意义上,也许,这并不像它看起来那么矛盾:对于当时的科学,尤其是在剑桥大学的实践中,不确定性(indeterminacy)的概念扮演了重要的角色。

很少有批评家像理查兹这样既涉及面广,又高度集中。一方面,他的著作跨越了后来逐渐扩大的文学文化和科学文化之间的鸿沟,涉及文学、修辞学、心理学、美学、哲学、语言学、教育理论、文化诊断,以及他的一些惊险的登山经历。另一方面,一首诗的任何细节都会引起他的关注。他可能是最早关注一首诗在书页上的真实面貌的文学批评家——包括字体、换行符、间距和文字的视觉特征等排版手段在整体效果中所起的作用。他的学生威廉·燕卜荪只继承了老师知识多样性的一部分,但他细致分析的技巧远远超过了理查兹自己的成就——甚至超过了以往任何批评家的局限。我们现在可以转向这个坏孩子(enfant terrible)的作品了。

3 威廉·燕卜荪

"读我书的人也会读理查兹的书，"威廉·燕卜荪写道。[1] 耶稣说"谁看见了我，谁就看见了天父"，这句话中有一种奇怪的呼应，其中的暗示无疑会被燕卜荪这位遭受攻击的无神论者认为是极不恰当的。他还在他最雄心勃勃的作品《复合词的结构》(*The Structure of Complex Words*)的一个注释中说，他在剑桥的老师理查兹是这本书所有想法的来源。然而，更资深的批评家并不总是回应溢美之词。虽然燕卜荪对理查兹著作的暗示是出于尊重，即使他并不完全认同理查兹的观点，但理查兹提到燕卜荪时只是勉强地表示赞同。这位老师可能觉得自己被他以前的学生的才华所遮盖，而这位学生也许是英国有史以来最聪明的批评家。

燕卜荪的父亲是约克郡的地主，拥有超过两千英亩的土地，而他的母亲，用他自己的话说，是个"可怕的阶级瘾君子"，所以他只能把上流社会的朋友带回家，这些朋友她很喜欢，而他自己并不喜欢。[2] 也许这就是他无意识地希望看到她被撕成碎片的原因之一，这个我们稍后会提到。这位乡绅的儿子就读于英国最负盛名的私立学校之一温彻斯特公学(Winchester College)，凭借其如此炫耀的特权，该学院帮助他在政治上走向了左翼。事实上，这也许是这些地方所发挥的唯一有价值的作用。此后，他进入剑桥大学的麦格达伦学院(Magdalene College)学习数学，后来放弃了这门学科，转向英语专业。大学时代，燕卜荪发表的诗歌获得了F. R. 利维斯的赞赏，他也对马克思和弗洛伊德产生了兴趣，并参与创办了一家实验性文学杂志，该杂志曾拒绝了埃兹拉·庞德的一首诗。和他的导师一样，他也是异教徒协会的一员，并成了该协会的主席，与各种各样的反叛者、不合群者和怪人打交道。

燕卜荪被发现在房间里藏有避孕药，因此被麦格达伦学院开除。他靠着父亲提供的少量经济补贴，在伦敦过着勉强糊口的生活，与 T. S. 艾略特、狄兰·托马斯、斯蒂芬·斯彭德(Stephen Spender)、路易斯·麦克尼斯(Louis MacNeice)①和其他文学名人一起在城里彻夜狂欢。艾略特是一位慷慨的赞助人，邀请他为《标准》杂志写书评。24 岁时，他发表了有史以来最伟大的英文批评著作之一的《含混七型》(*Seven Types of Ambiguity*)，其中一些章节是从他的本科论文摘取而来的。此书被美国批评家约

---

① 　斯蒂芬·斯彭德(Stephen Spender, 1909—1995)，英国诗人；路易斯·麦克尼斯(Louis MacNeice, 1907—1963)，爱尔兰诗人。

翰·克罗·兰塞姆(John Crowe Ransom)①誉为迄今为止出版的
最富想象力的读物。它的作者邋遢、害羞、善良、不装腔作势,生
活在糟糕的环境中,罗伯特·洛厄尔(Robert Lowell)②形容这种
环境具有某种"怪异、肮脏的高贵"。他还是个酒鬼、活跃的双性
恋者、瘾君子,与南非雕塑家赫塔·克劳斯(Hetta Crouse)过着开
放式的婚姻生活,克劳斯是一个共产党员。他们在伦敦的住所变
成了某种意义上的波西米亚之家,文学和政治异见人士以及那些
只是为了喝一杯的人经常会来这里。

　　1931 年至 1934 年,燕卜荪在日本东京帝国大学(Japanese
National University in Tokyo)任教。他在日本的时光并非没有
戏剧性:一天晚上,他醉醺醺地试图从窗户爬进酒店,结果被困住
了,不得不被人拽着腿拉出来。他还用墨镜和假胡子为一个朋友
做伪装,把他从日本监狱里带了出来。他因为和一名男性出租车
司机调情而被驱逐出境,令人难以置信的是他为自己辩护说,他
发现日本男人和女人很难区别。从 1937 年到 1939 年,他在北京
大学担任教授③,在中国的大学里,他的好饮为他赢得了受人尊

---

① 　约翰·克罗·兰塞姆(John Crowe Ransom,1888—1974),美国批评家。
② 　罗伯特·洛厄尔(Robert Lowell,1917—1977),美国诗人。
③ 　1937 年 9 月,因日军侵华,北京大学西迁湖南长沙,与清华大学及南开大学组
　　建长沙临时大学,1938 年 4 月临时大学迁往云南昆明,改称西南联合大学,简
　　称"西南联大"。

敬的地位,这是中国诗人诗酒风流的古典传统之一。他在中国的
教学工作深深影响了那里未来的英语课程,据说他在中国和日本
都是一位尽职的教师。他在中国曾被土匪抢劫,他对佛教产生了
浓厚的兴趣,并热情地见证了毛泽东凯旋进京。

二战期间,他回到英国,在英国广播公司(BBC)与乔治·奥
威尔一起从事宣传工作,后来成为该公司的中国编辑。他认为奥
威尔的小说《一九八四》"很恐怖",因为它低估了人类心智抵御专
制语言操纵的能力。简言之,这部小说违背了他的理性主义信
念。他在战争中的经历让他对《失乐园》中可憎的上帝("一个自
负的蠢老头",他在《弥尔顿的上帝》中这样称呼)产生了某种亲切
感,他认为上帝本质上是一位宣传家。1953 年,他被任命为谢菲
尔德大学(Sheffield University)的英国文学教授,他接受这个职
位的部分原因是这座城市位于他的家乡约克郡。1979 年,也就
是他去世前五年,被封为爵士。

燕卜荪和理查兹在许多方面是相似的,尽管他们之间也有分
歧。燕卜荪赞同他导师的进步历史观,并反对艾略特的理论,即
17 世纪以来,感性的分离导致了文学和文明的衰落。事实上,他
显然接受了所谓的辉格党的历史理论,认为英国历史是自由、繁
荣和启蒙的稳步进展。他认为,情况一直在恶化并不真实,这种
观点对当时的许多知识分子来说几乎是一种信条。和理查兹一
样,燕卜荪也在东亚教学过一段时间,并对佛教思想着迷。他认

为他关于这个主题的书《佛陀的面容》(*The Face of the Buddha*)是他写过的最好的东西之一。[3] 对东方思想的兴趣标志着现代主义时期的主要时尚。燕卜荪也是基础英语的倡导者,和他的老师一样是个世界主义者。他从中国回来后,英国的文学体制给他的印象既古板又狭隘。然而,他在国外没有学过中文或日语,后来他后悔自己没有更充分地融入中国社会。他在某种程度上一直是侨居国外的英国人。他的文学参考范围,就像理查兹,几乎完全是英国的。事实上,在本书所讨论的五位批评家中,只有艾略特习惯于超越英语文学的界限,而 F. R. 利维斯给人的印象是,他读过的唯一一部不感到厌倦或不快的非英语作品是托尔斯泰的《安娜·卡列尼娜》。

和理查兹一样,燕卜荪是个理性主义者,他对象征主义、意象派或新批评的观点不以为然,不认为诗歌是脱离日常生活和语言的自我封闭的对象。他毫不留情地打破这些诗学教条的神话,用一位批评家的话来说,他把自己描述成"一个直率的乡绅,用他敏锐的英国人的嗅觉来辨别无稽之谈"[4]他对美学不感兴趣,就像他自己那种浅显、随意的散文风格所证明的那样。诗歌必须用我们在日常生活中使用的理性论证标准来评判。这里没有任何神秘或超验的东西。无论艾略特和象征主义者怎么想,诗的真理最终并没有逃避语言。燕卜荪的第一本,也是最著名的一本书,《含混七型》,因为这种直白的风格,受到了批评家和书评作者的大量抨击。他显然与以艾略特为代表的正统文学格格不入,他反对整个现代主义的诗歌模式，即用感官的特殊性来描绘情感的状态，或使用语言来超越自身。和理查兹一样，他淡化了诗歌的"视觉意象"（visual image）概念。在他看来，一首诗很容易被解读为一项立法，对象征主义者和美国新批评来说，这是一种异端。阐释一首诗可能意味着失去它独特的效果，但它也可以让我们带着更深刻、更丰富的意义回到作品中。艾略特在《荒原》中添加注释可能只是为了填满几页空白，也可能为了更彻底地迷惑读者，而燕卜荪有时在自己的诗歌中添加注释，以便向读者阐明其意义。他不担心用平淡的语言来解释他的艺术的奥秘。

147

　　因此，这就是一个信任逻辑论证、批判理性和开放的公开论争的批评家。如果他陶醉于多恩或马维尔那种技术上的错综复杂，那么他的另一面则完全回到 18 世纪，在他看来，18 世纪是理性的圣殿。借用批评家克里斯托弗·诺里斯（Christopher Norris）的话来说，他的工作基于这样一个假设：人的思维，无论多么复杂、令人困惑和自我分裂，本质上都是理智的；解读一个文本，就是要尽可能宽宏大量地考虑，一个特殊的诗性心灵，无论多么沉思，多么独特，都要努力解决冲突并从冲突中找到一些意义。[5]燕卜荪认为，任何矛盾都有可能得到合理的解释。批评家就像是治疗师，在处理纠结的意义和破碎的意象的同时，冷静地保持自己的良好感觉，作为人类思维井然有序的典范。他认为，在现代，科学已经垄断了理性，然而，理性应该作用于艺术的信念和批评本身一样古老，并且是其运作的基础。分析只是情感表现不佳或

148   贫乏时的避难所。经过足够的练习,你可以同时对音乐和诗歌的意义做出反应,用艾略特的话来说,这是一种感性没有分离的标志。

对一部文学作品的阐释不可能面面俱到,但对它产生激烈争论仍然是值得的。没有终极真理的事实并不意味着根本就没有真相。值得指出的是,燕卜荪经历了法西斯野蛮的非理性主义,在这种情况下,对男人和女人的基本理性的信任成为一种隐含的政治形式。像弗洛伊德一样,他知道理性的局限性——人类思维的冲突和长期幻觉——但从未对理性的意义建构能力失去信心。问题在于如何承认人类事务的混乱和矛盾的本质,而不贬低理性,从而向形形色色的非理性主义者兜售通行证:象征主义者、新基督教徒、“令人讨厌”的意象主义者、直觉主义者、浪漫的感伤主义者以及其他拙劣的燕卜荪所谓的怪人。就像燕卜荪相信心智的健全——在任何情况下都能伸展自己而不失去完整性——一样,他相信语言的活力和弹性,这与现代主义典型的对语言的不信任相去甚远。

面对文学作品时,燕卜荪诉诸哲学家所谓的“善意原则”(the principle of charity)——假设一种语言,无论多么曲折或晦涩,都试图表达一些有意义的东西。“我们不能像现在这样使用语言,”他写道,“最重要的是,我们不能这样学习语言……除非我们总想弄明白它的意义;因此,更重要的是,白纸黑字意味着一些好的东西,这才是合理的”(MG, p. 28)。就此而言,理解既是一种道德行为,也是一种认知行为,也是我们存在的一种基本倾向。在我们掌握任何特别的东西之前,我们总是处于一种可以称为前理解(pre-understanding)的状态。燕卜荪认为,所有优秀的诗歌都需要读者积极努力地表现出理智上的同情,这样,求知的行为也是一种感知的练习。快乐和认知是相辅相成的:"除非你享受诗歌,"燕卜荪指出,"否则你无法在头脑中创造诗歌"(STA,p. 248)。如果你对一部作品没有感情,你就无法真正理解它。你也必须依靠它来告诉你它如何变得更好。

　　因此,批评行为必须是情感的和分析的,这样,至少在局部意义上,艾略特的感性分离被克服了。燕卜荪以一种过分仁慈的姿态辩称,"一个研究文学的学者应该始终努力与作者产生共鸣"(UB,p. viii)。以古代为例:例如,圣奥古斯丁(St Augustine)认为,理解是爱的一种形式——即在情感上参与到你试图理解的东西上。然而,如果一个人的共情是彻底的,他就会失去判断的能力,这需要一定的反思距离。此外,共情(to empathise)并不一定表示同情(to sympathise),即认为作者的感受是正确的。你可以共情一个施虐者。即便如此,燕卜荪认为,一首诗必须认为是值得被仔细审视的,而仔细审视能让你更多地了解它的价值。真实与价值相辅相成。

　　燕卜荪对诗歌中意义和论点的关注与理查兹的观点不一致,理查兹认为诗歌是一种伪陈述——诗歌是情感的,而不是认知的。对燕卜荪来说,正如我们先前所看到的,在批评的过程中,思

150   想和感情是相互作用的;事实上,语义(文本的意思)比形式更重要,因为后者只有在作品试图表达的语境中才有意义。例如,我们不认为语法混乱是精神错乱的症状,除非我们从诗的内容中知道这就是它想要表达的。无论如何,情感并不是理性命题的对立面,而是隐含地包含了理性命题:我害怕这种动物,因为我知道它饿坏了,它以吃人而臭名昭著,它特别想吃像我这样来自英格兰西北部的人,等等。我们在诗歌中所说的"情感",在燕卜荪看来,是一种相互关联的意义的复杂结构;就这个想法而言,他预见了雷蒙德·威廉斯的"情感结构"(structure of feeling)概念。正如书名所示,《复合词的结构》的核心目标是研究某些关键词的内在逻辑,即它们各种含义之间的结构关系;如果这种内在逻辑有时起作用,那么燕卜荪必然会拒绝理查兹的观点,即所有的意义都是由语言的语境决定的。

燕卜荪是个现实主义者,他相信要去理解世界的本来面目,而理查兹,正如我们所见,对这种天真的客观主义持怀疑态度,因为他毫无疑问会有这样的态度。当燕卜荪在《含混七型》中写道,"毕竟,生活的目标不是理解事物,而是保持自己的防御和平衡,尽可能地活下去"(STA,p. 247),他暂时以一种似乎与他的真实信仰不相符的方式对他的导师打哑语。在秩序和统一的问题上,

151   他也和他的导师不合拍,正如我们所看到的,理查兹对此有所迷恋。相比之下,这位年轻的批评家在他散漫、游离的散文风格中表现出对秩序的某种漠视。(当被问到他怎么写得这么懒散时,

他把情况归咎于啤酒。有个访客到他在剑桥的房间里，发现他耐心地吸着地毯上的啤酒渍，毫无疑问，此时酒吧已经关门了。）他欣赏一件艺术作品中他所称的某种"富有成效的松散"，这种松散使它能够将传统中包含的各种不同因素聚集在一起。他甚至采用了一种家常炖菜的形象，各种大块的东西都浸透在同一种介质中。你知道是什么词构成了一首诗，但每个词都漂浮在作为整体的语言中，就像炖菜的配料在一种汤汁中相互混合；就像人们不知道这些不同的"炖菜"是如何结合在一起或被搁置在一起的那样，我们也很难知道词语是如何从语言的整体性中获得它们的风味的。对燕卜荪来说，语言是一种社会无意识，是隐藏在特定词语或短语背后的深层资源，但很难将其疏通到意识层面。在《含混七型》中，他以隐晦而暗示的方式说到"诗人对语言本质的感知"（STA，p. 6）以及"隐藏在语言行为模式中的意义"（STA，p. 7）。如果作家想要有效地使用一种语言，他们的骨子里就需要有一种语言。他们必须以某种方式适应语言的深层结构和典型的运作模式，而不是简单地能够写出一个好的句子。

　　燕卜荪对统一的随意态度在《田园诗的几种形式》（*Some Versions of Pastoral*）中是显而易见的，这部作品结构上支离破碎，从无产阶级文学到《爱丽丝漫游奇境记》（*Alice in Wonderland*），以至于任何关于田园诗的完整概念都必须主要由读者组织起来。因此，这本书本身的形式暗示了一种不统一，由田园诗本身来加以克服，以促进社会阶层的和谐。这是一个故意曲解的文本，对学

152

术规则的讽刺,这在燕卜荪的作品中几乎随处可见。事实上,一位批评家认为这本书就是开个玩笑。在《含混七型》中,要考察的第七种含混反映了诗人心灵中根本的裂痕或自我分裂;虽然燕卜荪认为这种矛盾可以在更大的语境中解决,他还声称,和解的任务主要落在读者身上。我们将会看到,弥尔顿就是这样一个思想分裂的人;但这是一种自我分裂,燕卜荪对这种分裂的结果表示赞赏而非惋惜,就像他发现奥赛罗因为动机的自相矛盾而显得更加可信一样。事实上,弥尔顿似乎同时相信不同的东西,这让《失乐园》反而显得更有趣。

在解释文本的各种可能的含义时,燕卜荪似乎并不介意它们可能是相互矛盾的,他也没有试图将它们综合成一个整体。事实上,他明确否认这是诗人的任务,也不必是批评家的任务。他认为,伟大的诗歌通常是在不和谐的背景下写成的。"人的一生,"他说,"其实就是在矛盾冲动中挣扎的过程……人们习惯于认为,如果人们遵循两条道路中的一条,然后是另一条,他们就是明智的"(STA, p. 197)。在一首诗的注释中,他声称,生活就是在分析无法解决的矛盾中保持自我。用他的传记作者的话说,他是一个"冲突鉴赏家"[6],在莎士比亚的《亨利四世》上篇(*Henry IV, Part 1*)的结尾,福斯塔夫(Falstaff)、哈利·潘西(Harry Percy)和亨利亲王(Prince Henry)"在一系列闪电般的变化中,相继向观众灌输他们相互矛盾的世界观",他宣称自己被这种方式迷住了(STA, p. 116)。在讨论杰拉德·曼利·霍普金斯(Gerard Manley Hopkins)的诗《茶隼》(The Windhover)时,他注意到肉体美带来的喜悦和精神上放弃的冲动之间的紧张关系,他认为这是一个含混的例子,"两件被认为不相容,但被不同的判断体系强烈渴望的事情,被适用于两者的词语同时提及;因此,两种欲望都得到了短暂而耗尽精力的满足,而两种判断体系被迫在读者面前公开冲突"(STA,p. 226)。统一可能是多样性的敌人。燕卜荪认为,"对于艺术传播来说,最重要的是如何表达对立的观点,从而满足各种各样的人,并进行最大程度的解释"(STA,p. 221)。伊丽莎白时代的戏剧必须同时满足朝臣和底层观众,因此必须适应不同的观点和不同层次的解读。在《田园诗的几种形式》中,有一章专门描写了双重情节,这就是一种方式。

　　燕卜荪发现,伊丽莎白时代文学中最令人印象深刻的是,人类同情心的冲突本质某种程度上是显而易见的,他认为在复辟后的时代就不是这样了。就像艾略特和利维斯一样,虽然某种程度上不那么教条,但有一种怅然若失的感觉,即历史已经脱离了过去比较健全的状况。在 18 世纪英国所谓的"理性时代"(Age of Reason),原本可以融入文学作品的激情越来越多地从文学作品中分离出来,直到刘易斯·卡罗尔的爱丽丝系列小说,以爱丽丝为代表的美德、智慧和自然情感,都与她所观察到的周围混乱的力量分离开来。在无政府主义社会中,只有孩子——半个局外人——才能成为"正常"价值观的承载者。

　　燕卜荪在《田园诗的几种形式》中说,心灵是复杂多变的,就

154

像剧院的观众一样,因此,无论在何种情况下,戏剧能够产生某种统一,这是令人惊讶的。优秀的文学作品必须能成功地吸引与之观点不同的读者,两个人对同一件艺术作品可能有截然不同的体验,而他们中的任何一个人都可能没有明显的差错。我们已经看到,理查兹也是多样性的倡导者,但对他来说,多样性必须与秩序相容。从政治上讲,这是一个标准的自由主义案例。他有条不紊的头脑对未完成和未解决的事情感到不安,而燕卜荪杂乱的想象力则不然。事实上,后者在《含混七型》中对各种含混的讨论追溯了他所称的"推进逻辑混乱的阶段"(STA, p. 48)。这并不是说他反对一种和解的艺术——他认为,田园诗就是一个很好的例子——而是他不像他周围的大多数批评家那样坚持这种艺术。艺术作品的意义不在于解决对立,而在于完成解决对立的过程,以及让读者参与到这种活动中来。他曾经将诗歌说成是未解决冲突的表达。燕卜荪与理查兹的共同点是在文学价值的问题上,他认为对文学价值的研究是无聊的,除非它能帮助我们决定哪种态度和世界观比其他人更可取。但实际上,他并不太关心文学作品的优秀程度。这在一定程度上是因为他的品性是包容和宽宏大量,而不是心不在焉或多愁善感。

当剑桥哲学家如伯特兰·罗素(Bertrand Russell)和早期维特根斯坦在寻找一种消除含糊其辞的纯逻辑语言形式时,燕卜荪最出名的可能是他关于含混的研究;从定义上讲,含混是无法解决的,至少在脱离语境的情况下是这样。他将其定义为"任何语言上的细微差别，无论多么微小，它都会对同样的语言的不同反应提供空间"(STA，p. 1)，这表明问题掌握在读者而不是作者手中。一个作家可能不会认为他或她所写的东西是含混的，但最终还是要由读者来决定，就像有些人可能察觉到讽刺而有些人则察觉不到一样。和理查兹一样，燕卜荪认为读者在诗歌的构成中扮演着关键的角色。读者会想出一系列的理由来解释为什么（例如）作品中明显不相关的东西会放在一起，即使这个过程很大程度上是无意识的。燕卜荪的第六种含混发生在一个陈述实际上什么也没有说的时候，是一个同义重复或矛盾，读者被迫提出自己的陈述，这些陈述很容易相互冲突。

然而，燕卜荪对含混的定义可能需要一些修改。我们可以将含混与矛盾心理进行对比，矛盾心理也为其他反应提供了空间，但它通常包含两种对立但确定的意义。例如，人们可能会对汽车产生矛盾心理，汽车被证明非常便捷，但也让无数人的生命戛然而止。（1896 年，当英国发生第一起致命的车祸时，震惊的伦敦市长说，他希望这样的事情永远不再发生。）相比之下，在《董贝父子》(Dombey and Son)中，狄更斯并不确定新近修建的铁路是"黑色怪物"还是现代性的胜利。当不同的意义或态度融合在一起，使我们不再知道该怎么想，或意图是什么时，矛盾心理很大程度上就会滑入含混；在燕卜荪看来，这就是诗歌的根源。引起他注意的是一位批评家所说的诗歌"含义混杂的经纬"。[7]

即使一首诗关注的是一些明确的东西，它也含蓄地诉诸更广泛、更模糊的人类经验背景,这是更麻烦的,因为它无法命名。任何语言都给了我们丰富而模糊的实用知识,我们可以感觉到这些知识在实际表达的任何东西的背景下徘徊。诗人不需要完全掌控自己的经历才能有效地写作:燕卜荪的第五种含混是一种"幸运的困惑"或"富有成效的混乱",即作者在写作过程中发现自己的意义,或者没有立刻把所有的意思都记在脑子里,或者从一个想法转换到另一个想法。真实是散乱的,因此它不适合理想秩序的僵化的传统或形象。燕卜荪认为,艺术家通常生活在混乱中(他自己当然是这样,我们将在下面看到),而理查兹的目标则是平衡的生活。

157   燕卜荪认同理查兹的观点,认为隐喻是语言的正常状态,并同意词语与过去的语境和用法产生共鸣。然而,理查兹对语言的兴趣主要是哲学上的,而燕卜荪的目标是将社会历史重新放到语言中,就像他在《复合词的结构》中所做的非常令人难忘一样。他还赞同他老师的边沁式伦理。他也认为,各种各样的满足是美好生活的核心。由于对自我满足的追求,边沁的道德有时被指责为利己主义;但被朋友和同事称赞为毫不自负的燕卜荪却试图将这种明显的缺陷转化为优势。他相信,当一个人满足自己时,别人也会满足,尤其是因为前者具有一系列慷慨的冲动,他认为人类充分具备了这些冲动。他声称,如果你有实现他人冲动的倾向,你就会实现更多自己的冲动。他认为,边沁伦理观的最大对手是佛教——不是因为它缺乏对价值的信仰,而是因为它缺乏对个人的信仰。由于深受佛教的影响,这可能是他在创作张力中持有两种矛盾观点的一个例子。

　　燕卜荪认为,艺术家必须毫不掩饰地说出他们喜欢什么和想要什么,只有凭借这种自我中心的美德,他们才能对他们的同伴有益。这是将燕卜荪两股气质结合的一种方式:他的自由派个人主义,有时会达到一种不顾一切的无政府主义,以及使他自称为社会主义者的社会良知。也许在某种程度上,良知是一种高尚行为(noblesse oblige),即相信社会地位带来责任。将自我实现与对他人的关心结合起来,这是避免他所认为的基督教自我牺牲的病态崇拜的一种方式,同时又不至于陷入对他人的漠视。

158

　　燕卜荪有时被指责忽视了文学形式的问题而追求意义的细微差别。但这至多是半真半假。诚然,他很少谈论文学作品的整体结构,部分原因是他拒绝接受现代主义的信条,即这种结构可以作为一个整体呈现在头脑中。他不理会诗歌或小说的这种“空间”观,而是将作品视为一个时间过程,但在他的写作中通常没有空间来一步步地跟踪这种顺序。他在《复合词的结构》中对《李尔王》和在《弥尔顿的上帝》中对《失乐园》的详尽描述都是显著的例外。此外,他在写作时对语气也基本保持沉默,只是指出,就写作批评而言,找到正确的语气比人们想象的更重要。同样,作品的情调、质感和氛围也被低估了。然而,他确实对声调、语法、句法、节奏、韵律、速度等方面做出了一些精辟的、富有洞察力的评论。他谈到了“语法的含混”和“标点的微妙”(STA,p. 51),在讨论安德鲁·马维尔的诗《一滴露水》(On a Drop of Dew)时写到"(这首诗)句法上美妙的虚弱和长时间的犹豫"(STA，p. 80)。至于节奏,它"允许一个人,通过利用可能的散文节奏和叠加的诗歌节奏,将各种陈述组合在一个顺序中"(STA，p. 30)。阅读一首特定的十四行诗的效果是"一种普遍意义上的知性财富,一种在各种相关情感之间的微妙平衡"(STA，p. 57)。他说莎士比亚的十四行诗"因为(作者的)确信而容光焕发,欢欣鼓舞"(STA，p. 138)。《失乐园》的一节诗句有"一种像曝光照片的外质一样肮脏的胶状效果"(SVP，p. 127)。这些都不是一个只想从文本中提取意义的批评家的语言。他在《含混七型》中对斯宾塞《仙后》(Faerie Queene)诗节结构所作的阐述是形式分析的代表作。

与理查兹不同,燕卜荪是一位杰出的诗人。罗伯特·洛厄尔认为,对他的诗歌最好的赞美也不为过。这种富有想象力的创作才华也渗透在他的批评语言之中,偶尔还会迸发出来。因此,他可以将乔治·赫伯特(George Herbert)的诗歌《牺牲》(The Sacrifice)描述为展现了一种"单调而天真的悲怆,教条的固执,令人心碎而直白的宏伟"(STA，p. 231),在这里,各种形容词似乎彼此对峙,以至于"直白的宏伟"这个奇怪的短语几乎是一种矛盾修辞法或自相矛盾的用词。他还以类似的风格写了一首匿名诗,"这首诗的全部魅力在于它的夸张,它不可理喻的简朴"(STA，p. 49)。讨论麦克白的那句台词"要是凭着暗杀的手段/可以捞到美好的结果/又可以排除一切后患",他不仅说到那些恶毒的嘶嘶声，而且在一个特殊的时刻，还说到"捞到，这些怪物所说的一个简单的字眼……这是人类处理这些治国之道的能力不足的标志，就像一个女孩骑在雷雨云上抓月亮一样"(STA，p.50)。他的意思是，麦克白想要获得王权的拙劣尝试就像孩子(为什么是女孩?)想要得到月亮一样徒劳，而这两个人物都受他们无法控制的力量(雷雨云)的支配。

这种奇特的意象从何而来仍是个谜。没有人，包括燕卜荪自己，能想到莎士比亚会有这样一个离奇的想法。相反，批评性见解扩大和丰富了诗歌，也借鉴了诗歌的一些创造力，从而建立了一种与诗歌的联结。当问及他对文学作品惊人的独创性解读是否涉及过度的"读进去"时，燕卜荪反驳说，除非一个批评家"读进去"，否则他或她将无话可说。他的意思大概是说，除非你从一个作品中找出那些给你留下深刻印象的东西，而这些东西实际上并没有被表达出来，否则你所能做的就是重复作品本身。读进去和写出来之间的界限并不总是确定的。我们通常争论的不是文本的实际文字的意义，而是它们的阐释，这种争论没有明显的界限。

理查兹和燕卜荪都是科学爱好者;事实上，燕卜荪认为科学是现代最具想象力的成就。然而，批评应该是社会的而不是科学的事业。就此而言，他的年迈的老师对他来说是一个过于理性的人;但就理查兹提出的诗歌情感理论而言，他还不够理性。两人都是世俗的人文主义者，虽然燕卜荪是个激进的无神论者，而理

160

查兹不是。基督教的上帝,燕卜荪以一种严肃而戏谑的态度注意到,是"人类邪恶之心所发明的最邪恶的东西"(MG, p. 251)。事实上,在他生命的最后三十年里,他花了很多时间来宣传这个神的可怕的讽刺漫画,这是任何一个稍有智慧的神学家都容易拆解的。如果他心胸开阔,他还会热衷于谈论这个话题。两人都认为任何关于文学作品的绝对真理都是可望而不可及的。燕卜荪说,最后的审判这种事情必须无限期推迟。

一般说来,他们都认为有必要培育虚构能力来维持人类的生存。我们已经在理查兹的例子中看到了这一点,而燕卜荪认为现代真正的困难在于,"真正的信念可能使人们无法正确地行动;没有文字的虚构,我们就无法思考;虚构不能当作真正的信仰,但必须认真对待"(A, p. 198)。一种富足的生活在精心培育的伪装下蓬勃发展:"生活基本上满足不了人类精神的要求,"他指出,"而美好的生活必须避免这样说,这种感觉自然在大多数形式的田园诗中都有"(SVP, p. 95)。这种悲怆或扭曲的觉醒贯穿他的作品。"只是在一定程度上,"他写道,"社会的任何改进能够防止人力的浪费;而即使是在幸运的生活中,即使是在亲密无间的生活中,这种浪费也是不可避免的,这就是悲剧的主要感受"(SVP, p. 12)。这是一个二十岁出头的男子不同寻常的沮丧言论。

理查兹和燕卜荪在作者传记及意图与解读他们的作品是否相关的问题上观点有很大的不同。随着职业生涯的发展,燕卜荪对作家的生活越来越感兴趣,并出版了一部名为《使用传记》(*U-*

161

sing Biography)的晚期作品。正如我们已经看到的，理查兹对
这种求助于作者生活经历的做法持谨慎态度，尤其是因为这种做
法可能与他所谴责的精神分析批评联系在一起。我们将会看到，
燕卜荪的著作对精神分析更友好（在《田园诗的几种形式》中，对
《爱丽丝漫奇境记》进行了弗洛伊德式的分析），尽管作为一个理
性主义者，他也对精神分析的一些怪异发现感到不安。有人可能
会说，理查兹关注的是学院式心理学，而燕卜荪则对人类动机和
自我欺骗有着非凡的洞察力，他在这方面是个有灵感的业余爱
好者。

　　至于作者的意图多大程度上决定文学作品的意义这个问题，
燕卜荪便捷地采取了一个常识性观点。他承认作家可能有无意
识的意图，他们的作品可能有比他们知道的更多的意思，读者可
以在这些作品中合理地找到作者没有想到的意义；但他也认为，
有时我们需要尊重作者的意图，尽管确定作者的意图可能需要我
们进行一定程度的推断。然而，这也不仅仅是瞎猜。例如，历史
对阐释有限制。当 W. B. 叶芝在他的诗《天青石》(Lapis Lazuli)
中写道，那些重建被毁文明的人是乐天派(gay)，他的意思不可能
说他们是同性恋者(homosexual)①。相关的语境也可能很重要；
当 W. H. 奥登(W. H. Auden)在他为叶芝写的挽歌中请求时间
"原谅他写得好"，我们猜想奥登的意思是，原谅叶芝是因为他已

_____

① 在叶芝的时代，"gay"主要指"欢乐""欢愉"，后来才指称男同性恋者。

是(was)一个伟大的作家,而不是因为他会是(being)一个伟大的作家。正如燕卜荪在《论证》(*Argufying*)一书中指出的那样,我们一直在评估他人的意图,不需要对这个事实进行复杂的思考,就像玩接球游戏不需要动力学理论一样。

也许这两位批评家之间最明显的对比是,理查兹是一个成熟的理论家,而燕卜荪不是。后者对理论采取一种轻松务实的态度,认为人们应该接受任何碰巧证明是有效的研究方法,尽管这些方法可能是相互冲突的。然而,大多数情况下,批评家应该跟着感觉走。理论往往会限制一个人的洞察力的潜在范围。T. S. 艾略特说唯一的批评方法就是要灵活运用时,他找不到比他的酒友比尔·燕卜荪(Bill Empson)①更好的例子了。与此同时,在燕卜荪看来,我们可以称之为日常感性的东西曾经是意识理论的一个部分,现在变成了无意识和习惯性的理论。开始时只是一个概念,最后却变成了一种习俗。所以理论至少就这么重要。我们还应该指出,《复合词的结构》是语言学理论的一部重要著作。燕卜荪对理论思辨的偏见也源于他作为乡绅性格中直率、不胡言乱语的一面。他轻蔑地否定了一位被他称为"奈里达"(Nerrida)②的现代法国哲学家的作品,这可能会引起弗洛伊德的兴趣。即便如此,他身上仍有许多文学理论家所缺乏的智慧,而这种智慧在他

———————————

① Bill(比尔)是 William(威廉)的缩写。

② 可能指法国哲学家德里达(Jacques Derrida,1930—2004)。

的导师身上并不那么明显。

　　我们已经看到，理查兹是一个左倾的自由主义者，而燕卜荪则坚定地站在左派一边。他是个坚定的社会主义者，并在1930年代表示，他希望能够像当时的马克思主义者奥登和他的共产党同事那样写诗。与此同时，他驳斥了不涉及政治的诗歌必然是逃避主义的指责。他认为奥登之类主张社会主义和福利国家是正确的，在这一点上，他们是共产主义的同路人。在1926年的总罢工中，他站在工人一边，而当时牛津剑桥的一些学生充当了罢工破坏者，后来他还宣布支持中国革命。他总是反对正统观念，并钦佩那些被同事视为离经叛道的人。事实上，如果他不是如此坚定地批评斯大林主义，人们就会想象他是那种秘密为苏联工作的上层社会的叛逆性怪人。

　　他认为，最优秀的文学作品往往表现出一种异议的倾向。他在《论文艺复兴文学》(*Essays on Renaissance Literature*)中写道，文学最宏大的主题是如何让个人在道德上独立于形成他们的社会。艺术作品能够给公众提供某种营养，因为它们不符合传统的道德规范，因此，在促使人们超越他们通常的界限时，让他们对这些信条有更批判性的看法。很难看出蒲伯和歌德也是如此。燕卜荪宣称，艺术的主要目的是让我们见识与自己不同的规范和习俗。这是一种有价值的情感，也是一种应有的自由主义的智慧。这真的是奥斯汀《爱玛》(*Emma*)或贝克特《终局》(*Endgame*)的主要目的吗？人们不禁要问，为什么承担这项任务的是艺术，而不是人类学或游记。人们还相信,在一个如今可能被视为后殖民感伤主义的时刻,燕卜荪并不认为其他文化的习俗总是有价值的,就像我们自己的习俗一样。

165   燕卜荪认为弥尔顿笔下的撒旦是贵族的叛逆者,很像他自己。他也很可能在弥尔顿的上帝身上发现了法西斯或斯大林主义的领袖,就像 F. R. 利维斯一样。就此而言,他比天真的理查兹要清醒得多。后来,他支持核裁军运动,反对美国的越南战争。然而,奇怪的是,他对许多现代主义作家的右翼观点持宽容态度,有时似乎支持理想化的英国阶级制度,同时也表现出一种温和的民族主义。他认为田园文学在富人和穷人之间建立了一种恰当而美好的关系,并注意到,每个有强大阶级体制的国家都需要一种艺术形式,使各个阶级感到自己是更大的整体的一部分,或者彼此和平共处。然而,这是一个必须为之努力的统一事业,因为田园诗显示了不同情感模式之间的冲突,以及它的简单主题和复杂风格之间的差异。1935 年,在政治和经济危机的阵痛中,他出版了《田园诗的几种形式》,在此书中,他似乎与他所谓的"共产主义者"保持距离,而且他自己也从来都不是一个正式的共产主义者。正如我们已经看到的,他还指出,社会的任何改善只能在有限的程度上防止悲剧,因此,即使最激进的政治也永远不足以完全修复苦难或邪恶造成的伤害。回顾 1970 年代雷蒙德·威廉斯

166 的《关键词》,他将书中关于社会主义的论点称为"宣传"。然而,他并不认为宣传本身就令人反感,所以他可能并不是轻蔑地使用

这个词。他对政治变革的局限性的认识并没有削弱他对社会进步的热情。

　　然而,如果燕卜荪认为自己在晚年属于极左,他就不太可能像女王访问谢菲尔德时那样,接受爵士头衔或为女王写假面剧剧本。尽管如此,他还是比理查兹更"现代",当然也比艾略特更"现代",因为他欣然接受了诸如"意大利刺客炸弹阴谋酿灾祸"等报纸头条的风格,这不仅为他对含混的喜好提供了丰富的素材,而且作为一种有效的写作模式给他留下了深刻的印象。与利维斯不同的是,他认为,如果这种语言的使用更普遍地流行起来,可能是对文明的好处,而不是毁灭。就与时俱进而言,他也是披头士乐队(Beatles)的粉丝,尽管他把这种对新事物的兴趣与在酒吧里玩掷硬币游戏这种更传统的消遣混合在一起。

　　不管他是多么坚定地反对墨守成规的人,燕卜荪始终是英国绅士阶级中的一员,正是因为这种拒绝墨守成规的精神深深流淌在他的血脉中。贵族的行为就好像他们是自己的法律,这使得他们有时很难与无政府主义者区分开来。据报道,燕卜荪在日常生活中就是这样做的。有些人不需要遵守惯例,因为惯例是他们制定的,因此可以容忍他们具有某种随心所欲的个人主义。燕卜荪对思想的独立性给予很高的价值肯定,这使他与主导社会的正统观念不一致,同时也使他对共产主义这样的忠诚产生了怀疑。在惯常的英国上流社会的传统中,他显得古怪、任性、直率,有时还有些乖戾;但他也表现出某种贵族式的亲切和蔼,以及那些能够享受一定权威的人的反讽和幽默。

这就是为什么他对悲剧保持警惕的原因之一,尽管一些批评家在他的作品中能够察觉到恐惧、忧郁和焦虑的暗流。这位绅士将严肃与清教徒式的中产阶级的恳切、自负的语言联系在一起,一有机会就会设法贬低这种严肃。他对流民或弱者也怀有同情,因为他自己就是个局外人,这一点,我们将会看到,是《田园诗的几种形式》的主题之一。与尽责的猎场看守人不同,这位地主暗中对偷猎者怀有敬意。燕卜荪尤其欣赏 18 世纪小说家亨利·菲尔丁(Henry Fielding),后者在某些方面是他的另一个自我:出身上流社会,和蔼、反讽、慷慨,但对男人和女人有着敏锐的判断力,对人性不抱幻想。《使用传记》包含了一篇关于菲尔丁的《汤姆·琼斯》(Tom Jones)的精彩文章。

燕卜荪的贵族背景很大程度上体现在他的散文风格中,他的散文风格轻快、地道,偶尔也会显得有些轻率。这是率性而为的贵族的一种滑稽、温和并喧闹的风格,他蔑视资产阶级的高尚。他还有一种约克郡人的直率,一种对小题大做和胡说八道的厌烦。绅士可以不用华丽的语言,因为他知道没有人会误以为他是管道工。他在《论证》中评论说,17 世纪的诗人约翰·威尔莫特(John Wilmot)①,即罗切斯特伯爵(Earl of Rochester),能够以一种普通人的方式说话,因为他是一个大贵族,是国王的宠儿。然

---

① 约翰·威尔莫特(John Wilmot,1647—1680),英国诗人。

而，他那种悠闲的、可读性极佳的散文却充满了深邃的洞察力，对 168
读者提出了很高的要求。正如迈克尔·伍德（Michael Wood）①
所说，"强有力的思考和漫不经心的陈述的双重效果是惊人的"[8]。
或者，有人可能会说，这是常识和纯粹的个性的结合。很难想象
任何一种写作形式如何做到既清晰又繁复。就像燕卜荪自己对
田园诗的定义一样，将复杂变成了简单。

　　与本书中讨论的其他批评家不同，他在某种程度上也很有
趣。他对济慈（Keats）的《忧郁颂》（Ode on Melancholy）的第一行
持弗洛伊德式的怀疑态度——"'不，不；不要去忘川；也不要去
挤……'——必定是某个人，或者诗人心中的某种力量，非常想去
忘川，即使第一行就用四重否定来阻止他们"（STA, p. 205）。
（燕卜荪在这里毫无疑问想到了弗洛伊德的否定概念，这意味着
过分强调的否定暗示无意识的肯定。）在《弥尔顿的上帝》中，他想
象一个虐待狂，他可能生活在对地狱而不是进入天堂的恐惧中，
因为根据基督教的传统，被拯救者，会从被诅咒者遭到的折磨中
获得恶意的快乐。他"安定下来，永远握住仁慈上帝的手"，看着
"老母亲被撕成碎片，比他想象的要满意得多"（MG, p. 250）。约
翰·哈芬登（John Haffenden）说，燕卜荪是"一个了不起的艺
人"[9]。

---

① 迈克尔·伍德（Michael Wood, 1948— ），英国历史学家。

要传达燕卜荪批评的精髓,最好的方式就是引述他的话。我们可以从《含混七型》中著名的一段开始,在这段文字中,他审视了莎士比亚十四行诗第 73 首的前四行:

169

> 在我身上你或许会看见秋天,
>
> 当黄叶,或尽脱,或只三三两两
>
> 挂在瑟缩的枯枝上索索抖颤——
>
> 荒废的歌坛,那里百鸟曾合唱。①

光秃秃的树枝就像荒废的歌坛,燕卜荪说,

> ……因为荒芜的修道院歌坛是唱诗班歌唱的地方。因为它们需要摆成一排,因为它们是用木头做的,有雕刻的图案等,因为它们曾经被一座有庇护作用的建筑包围,这座建筑形似森林,用彩色玻璃和花卉树叶一样的绘画来装饰,因为它们现在被所有的人抛弃了,除了像冬日天空一样的灰色墙壁,因为唱诗班男孩表现出的冷漠和自恋的魅力,与莎士比亚对十四行诗创作对象的感情十分吻合,而且由于各种各样的社会和历史原因(新教徒对修道院的破坏;清教主义的恐惧),这些原因现在已经很难一一加以说明了;这些原因,

---

① 此处参照梁宗岱先生译文,见《莎士比亚全集》,人民文学出版社,1984 年。

以及更多与这个比喻在十四行诗中所处位置有关的原因,必须结合在一起,才能赋予这句诗之美,而在心里不知道到底是何种原因的时候,就有一种含混的感觉。(STA, pp. 2—3)

在此之前,没有人能如此仔细地阅读诗歌,当然也没有来自地主贵族的这种读者。燕卜苏声称他从诗人罗伯特·格雷夫斯那里继承了这种技巧;但格雷夫斯在这方面影响燕卜苏的一部作品是格雷夫斯和他的伴侣劳拉·莱丁(Laura Riding)①合著的;因此,"细读"由于其冷静、严格的分析方法,有时被视为"男性化"的方法,其创始人之一实际上是位女性。

　　在刚刚引用的段落中,有早熟的本科生的一点炫耀,就像在那本书中的一般情况。燕卜苏暗中以让读者感到不安为乐,就像在他后来的作品《论证》中,他解读雪莱《西风颂》(Ode to the West Wind)的最后一行——"冬天来了,春天还会远吗?"——意为"虽然波旁家族夺回了王位,这是件坏事,但随之而来的愤怒会更快地带来世界革命,这是件好事"(A, p. 323)。后来,他不得不从《含混七型》中删去一些他认为乏味的俏皮话,从某种意义上说,他以娴熟的技巧阅读莎士比亚十四行诗的那种淡然的才华,本身就是一个以读者为代价的笑话,无情地将一种意思强加在另

---

① 劳拉·莱丁(Laura Riding, 1901—1991),美国诗人。

一种意思上(其中一些甚至是毫无顾忌的幻想),并愉快地期待读者的怀疑反应(莎士比亚肯定不是故意的!)。那本书的名字也是一个玩笑:因为传统上,七是一个神奇的数字,从七个小矮人到七件圣事,它似乎有一些不祥的意义,但燕卜荪将含混的类型划分为七类,实际上是相当武断的。

在有关莎士比亚的评论中,一个从句接一个从句的随意搭配不仅是一个典型的燕卜荪式勇敢的例子,而且——因为它构成了一个单一的句子——也暗示,作者为自己丰富的想象力而着迷,但又尽量不违背事实,这样可以一直写下去。这段文字让人喘不过气来的方式有某种不可调和的东西。在这一行诗和它所唤起的过多的批评洞察力之间,也有一种滑稽或反讽的不相称。正如约翰·哈芬登所言,这位批评家有面临"淹没在自己的大小便失禁中"的危险(A, p. 4)。燕卜荪的这段评论似乎并没有将自己置于它所审视的作品之中,而是就在它似乎固执地忠实于书面文字的那一刻,试图用自己富有想象力的杂技来超越它。即便它向作品致敬,它也有可能让作品黯然失色。然而,这段评论越是像魔术师凭空变出鸽子一样,从台词中提取出更多的含义,就越能说明这句台词是多么神奇地浓缩在一起,因此,它含蓄地给予诗句的赞美就越多。当我们读到文章结尾时,我们应该明白,这种烟花般的展示并不仅仅是批评家陶醉于自己的激情,而是试图理解为什么这个形象如此美丽,让人难以忘怀。最后,理智是为情感服务的;但与此同时,美被视为一种可以分析和讨论的东西,而不是穿越语言之网的神秘事物。

《含混七型》还包含了对 T. S. 艾略特《荒原》的几行诗句的分析，开头是"她坐的椅子，像金碧辉煌的宝座……"，燕卜荪对诗句的部分评论如下：

> 倾泻的东西可能是盒子、珠宝、闪光或灯光，而用其衍生词丰富其现代意义的"缤纷"，他们之间分享着丰富，带着令人眼花缭乱的奢华；因此，当一些珠宝从它们的盒子里放射出光芒的时候，其他的就像它们的盒子一样，倾泻在梳妆台上。如果指的是闪光，无论如何，倾泻既可以是主要的动词，也可以是分词。在下一行中还有一个类似的更琐碎的点，玻璃可以单独作为一个玻璃瓶，也可以与象牙（玻璃小瓶）搭配；而打开瓶塞可能只指玻璃瓶，或玻璃小瓶，或象牙的、彩色玻璃的小瓶；直到藏着，它一度被认为是相同的语法形式，将它吸引到香水上。正是因为这种语法上的模糊，才使得调制这个科学词汇能够作为一种戏剧性和抒情的高光部分而如此鲜明地突出来。（STA, pp. 77—8）

他围绕这几行诗句作了大量分析。这些分析巧妙地演示了如何仅从语法和句法就能推导出许多含混现象。然而，这是燕卜荪的典型手法，他几乎没有提及作品的氛围——一种令人腻味的异国情调，这种情调也可以在莎士比亚的《安东尼和克利奥佩特拉》(*Antony and Cleopatra*)的华丽语言中找到。(艾略特的这几行诗句是对该剧中一些台词的拼凑。)语言达到其效果的部分原因是通过在令人不安的颓废气息中营造一种壮丽的感觉。如果语言成功地创造了一种真正的美，它也暗示了存在一些不自然和幽闭恐怖的东西。就像狄更斯的《远大前程》(*Great Expectations*)里的郝薇香小姐(Miss Havisham)一样，这个女人似乎已经几十年没有走出房门了，如果她走出房门，(人们会觉得)她可能会散架，尽管微风确实从她的窗户吹进来。人们可能还希望对以下事实进行评论，即这几行诗构成一个句子，其各个从句由逗号、分号和破折号连接，这会造成一种感官超载的感觉，因为一种丰富的效果堆积在另一种效果上，而没有给我们留下时间来消化它们。"调制"这个词暗示对所有这些奢侈技巧，也许对处于中心的那个娇生惯养的女人的负面评价。这几行诗出现在《荒原》的第二章，这些诗句诋毁了女性，所以在它所描绘的语言丰富性中，有一种讽刺的意味。

燕卜荪确实时常评论情绪和情感结构，但大多数时候这些问题都被他对意义的关注边缘化了。他对不同感受的洞察力的另一个例子是他对约翰·多恩的诗《哭泣的告别》(A Valediction, of weeping)中的神秘短语"Weep me not dead"的考察，燕卜荪认为这一短语的意思可能是：

不要让我哭死过去；不要让我因你的眼泪而死；不要像

为一个已经死去的人一样为我哭泣，而事实上，我还在你的怀里；还有，不要对大海施展你的魅力，让它用同情的魔力把我淹没……(STA, p. 144)

在乔治·赫伯特的《牺牲》这首诗中，他引用了以下这一节，讲述者是基督：

> 凡路过的人哪，你们都要观看；
> 有人偷了果子，但我必须爬上树，
> 生命之树，给所有的人，除了我。
> 曾经有过像我这样的悲伤吗？

174

燕卜荪对这一诗节的解读如下：

(基督)爬上树以偿还被偷的东西，就好像他要把苹果放回去一样；但这句话本身却暗示他在偷窃，他绝不是无罪的普罗米修斯，他是罪犯。他要么替人偷东西(他看起来有罪，在树上被逮住了)，要么就像杰克在豆茎上那样往上爬[1]，带着他的子民回到天国。这句话有一种奇怪的谦卑，让我们把他看作家里的儿子；也许赫伯特借鉴了中世纪的传统，认为

---

[1] 《杰克与豆茎》(Jack and the Beanstalk)是英国著名的童话故事。

十字架是用禁果之树的木头做的。在这个比喻中,耶稣似乎是个孩子,因为他是上帝的儿子,因为他可以摘苹果而不需要偷(虽然对此有一些疑问),因为这种必需品在现实和家庭中会引起联想,还因为他明显比男人小,至少比不用爬就能摘到果子的夏娃小……另一方面,儿子从父亲的果园偷东西是乱伦的象征;在基督身上,最大的罪行与最大的德行结合在一起。(STA,p.232)

"我必须爬上树"的意思是"我必须登上十字架";但十字架传统上与伊甸园(Garden of Eden)里的那棵树联系在一起,因为夏娃从树上摘下了决定命运的苹果,所以救赎(Redemption)与堕落(Fall)发生在同一地点。在一部充满想象力的杰作(tour de force)中,燕卜荪认为基督登上十字架的同时,他也爬上了伊甸园之树,以取代那个注定人类命运的苹果,从而消除了堕落;这与他在髑髅地(Calvary)[1]的救赎行动是齐头并进的。然而,他似乎也在模仿夏娃的行为,通过他与致命的苹果和受诅咒的树的密切联系,因此他自己成了一个小偷或不法之徒。这是恰当的,因为钉在十字架上的基督确实是一种罪犯——既因为他被当局认定有罪(虽然我们不能确定是什么罪),也因为根据圣保罗(St Paul)[2]

---

① 《圣经》中耶稣被钉上十字架的地方。

② 圣保罗(St Paul)即《圣经·新约》中的使徒保罗,是早期基督教的重要人物。

的说法,他在十字架上"定罪"是为了成为人类罪恶的代表,从而通过他的复活来赎罪。因此,基督既是救赎者,又是被谴责者,就像普罗米修斯为了人类而盗火,而且还乱伦。他是个孩子,因为他是无辜的,但也因为他是一个顽皮的小坏蛋,会偷别人的东西。

燕卜荪用一连串的悖论来结束他的议论:"基督既是替罪羊又是悲剧英雄;他受人爱因为遭人恨;他遭人恨因为他像神一样;他从酷刑中解脱出来是因为他受到酷刑;他折磨他的折磨者是因为仁慈;他是人类所有力量的源泉,因为通过接受他夸大了他们的弱点;并且,因为他被排斥,他创造了社会的可能性"(STA, p. 233)。

这比将斯大林作为上帝形象在神学上更有洞察力,它巧妙地概括了燕卜荪下一本书《田园诗的几种形式》的精髓,尽管此书与《含混七型》有诸多不同,但它与《含混七型》有潜在的连续性。上述引文也暗示了这本论田园诗的书在精神上是多么地基督教化,尽管它的作者听到此言会感到恶心。

《田园诗的几种形式》以燕卜荪的另一次传奇般的辉煌开始,这次的灵感来自托马斯·格雷①的《乡村墓园挽歌》(Elegy Written in a Country Churchyard)中的一节诗:

———————————

① 托马斯·格雷(Thomas Gray,1716—1771),英国诗人。

几多宝石闪烁着最纯净的光芒，

在宁静幽暗深不可测的海底洞穴；

几多花儿开得鲜艳却是无人看，

将它的芬芳消散在沙漠的空气中。

格雷想到的是富有才华的男人和女人，因为他们卑微的社会环境，永远没有机会在世人的视野中脱颖而出。燕卜荪说，这意味着：

……18 世纪的英国没有奖学金制度，也没有人才奖励制度（carriere ouverte aux talents）。这是可悲的，但读者进入了一种不愿试图改变它的情绪中……他把社会安排与自然相比较，使之看起来似乎是不可避免的（其实并非如此），并赋予它一种不应有的尊严。此外，宝石不介意待在洞穴里，花朵不喜欢被人采摘；我们觉得人就像花卉一样，短暂、自然而有价值，这使我们误以为没有机会他也会过得更好。鲜艳的性意象带来了基督教的观念，即贞洁本身是好的，因此任何禁欲都是好的；这可能会使我们产生一种错觉，使我们觉得这个可怜的人是幸运的，因为社会使他远离了这个尘世。忧郁的语气表明诗人理解与贵族阶级相反的考虑，尽管他对这些考虑进行评判；教堂墓地里的反思是不言而喻的，这种风格具有普遍性和客观性，仿佛通过比较，我们应该接

受社会的不公正,就像我们接受死亡的必然性一样。(SVP, pp. 11—12)

这里有一两个可疑的问题:基督教将贞洁本身视为一种价值的想法是有争议的,如果一颗宝石不介意被放在洞穴里,因为它自己没有意识到这一事实,那么很难理解为什么同样麻木不仁的花朵会反对被采摘。即便如此,燕卜荪还是出色地展示了这首诗的语气和感觉是如何被它的意象巧妙地削弱的——而对穷人境况的哀叹又是如何被“对此无能为力”的暗示所限定的。诗人似乎同情卑微者的困境,但同时又用比喻暗示,在寻求尊严的过程中,这种困境是不可避免的。

对处于田园文学核心的燕卜荪来说,这种含混的关系在于他对这个术语的特殊使用。田园诗展现了贵族和农民,朝臣和乡下人;贵族必须承认他们与普通人的不同,同时也要注意他们所共有的人性。燕卜荪认为,有时候,尽可能地远离社会是一件好事。他是一个不愿墨守成规的人,对传统和羊群式的共识不屑一顾。就像佛陀的面容一样,理想对狭隘的偏见既明又盲,即视而不见,但因此能够在对他人现实的开放态度中扩展和丰富自我。“有些人比其他人更微妙、更复杂,”他写道,“如果这样的人能够避免这种区别造成伤害,这是一件好事,尽管与我们共同的人性相比是一件小事”(SVP, p. 23)。最后一句话让人想起了更善于交际、更关注社会主义的燕卜荪;因此,这是一个肯定个体差异和独立性的问题,同时继续珍视我们所共有的东西。田园诗是这种平衡的体现之一,我们将在 F. R. 利维斯的著作中发现一种不同形式的平衡。贵族不仅发现自己反映在乡下人身上,而且可以学习他们的谦逊精神。燕卜荪想象他思考:

> 我现在放弃了特殊的情感,因为我在努力寻找更好的情感,所以我必须通过想象单纯的人的情感来平衡自己。他的状态可能比我好,这是由于运气、新鲜感或神的恩典……我必须想象他的感受方式,因为精致的事物必须以基本的事物来判断,因为力量必须在软弱中习得,社交必须在孤立中习得,因为最好的礼仪是在简单的生活中习得的。(SVP, pp. 22—3)

燕卜荪从佛教中学到了与自然有机联系的价值,与世界的亲密关系预示了今天的生态思想;他认为这是唯一可以容忍的哲学,与他所认为的把自然或自然的各个部分献给复仇的上帝的卑鄙的基督教崇拜截然不同。在后一种情况下,"一人"(基督)被献祭给"众人",因"众人"而毁灭,而在田园诗中,"一人"包含了"众人",就像全知的艺术家所做的那样。替罪羊是代表全体民众而牺牲的,因此将"一人"与"众人"统一起来,就像基督一样,既是高贵的也是卑微的,是独特的也是典型的,是受害者也是救赎者,是英雄也是普通人。燕卜荪还从佛教中学到了一种平衡个人自由与社会责任的方法。佛陀自我圆满，却充满普世的仁爱。个体的差异和共同的人性，在生活过程中是一个不断权衡、妥协和矛盾的问题，而在佛教这个乌托邦的愿景中得到了调和。

此外，田园诗是燕卜荪对自己过于聪明而导致危险的警告之一。农民的通情达理必然使思辨的知识分子受到约束。阶级制度因此既受到挑战又受到支持：贵族将农民视为与他们平等，甚至比他们更好的人，但他们不能假装自己是单纯的乡下人，这就像中产阶级作家在描写无产阶级的时候，将自己想象成无产阶级的一分子一样，这是不诚实的。在《田园诗的几种形式》出版的时候，有很多这种类型的人。燕卜荪在关于这个主题的一个奇妙章节中认为，成功的无产阶级文学是田园诗的一种形式，但他显然忽略了这样一个事实：这种作品通常致力于瓦解田园诗所依赖的阶级体系。

因此，田园诗是一个反讽的问题：富人比穷人更富有，但他们也更穷。这两个社会群体发生冲突，但他们之间仍然建立了一种对等关系，而不是一种包含冲突含义的集合的含混。我们很难不将这一切看作是艺术（或批评）与大众之间关系的寓言，就像斯蒂芬·科利尼在燕卜荪的下一项研究，即《复合词的结构》中看到的关键术语一样，所有这些都以某种未公开的方式与他自己的批评过程有关。[10] 燕卜荪认为，艺术家从来没有与公众站在一起——可以肯定的是，这是一种鲁莽的概括，相比某些前现代文化，这种概括更真实地反映了现代欧洲。批评家也是如此，他们的专业知

180

识(尤其像燕卜荪所具有的丰厚的知识)使他们与大众产生隔阂。然而,文学艺术的悖论在于,它以一种复杂的、有时是高度技术性的方式处理大部分人类作为一个整体所共有的情感和处境。可以说,它既是业余的又是专业的,既是复杂的又是简单的,既是崇高的又是平凡的。美国批评家 R. P. 布莱克默(R. P. Blackmur)将其描述为"业余爱好者的正式话语"[11]。燕卜荪本人是一位学术和专业的文学批评家,但他不像一般的学者那样有专门的领域,他以一种博学的业余爱好者的风格徜徉在整个英国文学中。与脑外科手术不同,文学批评是任何人都可以尝试的东西。任何人都可以说出他们是否喜欢一本书,或者对它的情节、人物等发表一些稍微有见解的评论。当然,燕卜荪比这些人聪明得多,但这是一种我们觉得我们自己所渴望的聪明,是比我们自己更了解我们的常识的人的精明。他有一种平淡的常识,但达到了天才的程度。

因此,作家或批评家集贵族和农民于一身——既复杂又简单,孤独却又与他人相处。我们需要微妙而精致的工具来研究与我们的共同状况有关的作品,但问题是,正是这些工具产生了使我们与那种状况疏远的风险。就此而言,田园诗是一种反讽的模式。在 1930 年代的政治气氛中,知识界和大众之间令人担忧的关系在左翼是一个有争议的问题;虽然燕卜荪并没有明确强调这一背景,但它可以让人感觉到它在背景的某个地方徘徊。上层阶级的孩子和下层阶级的孩子一起上学是他所说的田园诗的一部分,即"将复杂的事物变成简单的事物"(SVP,p. 25)。这是一种崇高和世俗的共存,就像在道成肉身中一样,上帝成了一个无家可归的犹太人,生活在罗马帝国的一个偏僻角落里。将复杂转化为简单也意味着,在这种文学艺术的风格中,所谓的乡下人被要求讲正式的、精致的宫廷语言,这种语言就处在了滑稽的边缘。这就产生了将两个阶层结合在一起的效果,从而支撑了阶级体系,同时,下层社会的日常智慧可以作为对上层社会复杂学问的批判。有人可能会说,这两个阶级在语言形式上趋同,但在道德内容上难免冲突。

然而,如果说这种和谐的理想在一个大庄园里长大的人身上并不奇怪,而且他自己又是艺术家、批评家和绅士的混合体,那么,田园诗还有另外一种更具有颠覆性的一面,就像燕卜荪本人一样。首先,如果乡下人在华丽的辞藻上和他们的统治者旗鼓相当,那么阶级体系就得到了平衡和加强。如果能把复杂变成简单,那么简单就不可能依然那么简单了。与此同时,下层阶级优于上层阶级,因为他们保持着诚实、尊严和简朴,因而可以显示他们的统治者是虚伪和不真诚的。值得一提的是,燕卜荪本人在农村受教育要尊重体力劳动。他写道,田园诗的假设是,你完全可以通过考虑简单的人来谈论复杂的人的一切。就此而言,这是一种平等的形式,也是一种等级的形式。

艺术家、批评家、孩子、贵族和知识分子在不同的方面都是局外人。贵族可能站在社会的顶端,但那儿可能是个孤独的地方。

傻瓜、小丑、流浪汉和替罪羊都是局外人,至少在燕卜荪的术语中,他们也是田园诗的形象。就此而言,低反映了高,高在低中找到了对自己的戏仿。同样的情况也发生在一些伊丽莎白时代戏剧的双重情节中,燕卜荪在他的书中专门用了一章来描述。他说,小丑"具有无意识的智慧;他说真话,因为他没有什么可失去的"(SVP, p. 18)。他自己的作品被一些不以为然的同事形容为"小丑"。傻瓜之所以能洞悉一切,是因为他潜伏在社会的边缘,作为一个讽刺性的旁观者,他比社会上等人更有理智,对基本真理的把握也更坚定。他知道自己是个傻瓜,与那些表面上明智却不知道自己愚蠢的人相比,这一事实给他带来了一种智慧。同样,流浪汉对法律和权威的理解也比那些自恃主持正义的人更充分。

183   孩子还没有完全融入社会习俗,因此不太可能将这些习俗视为理所当然。相反,他们可能会觉得这些故事毫无意义、滑稽可笑,就像《爱丽丝漫游奇境记》中的爱丽丝一样,因此可能会成为社会正统观念的批判者。爱丽丝,燕卜荪在书里关于她的章节中说道,是一个具有"自由独立思想"(SVP, p. 210)的人,一个像燕卜荪一样严肃的理性主义者,因此有点像理想的文学批评家。然而,具有讽刺意味的是,自由的个人从根本上依赖于他们所歪曲的社会制度,并可能认为这是一种恶意。如果一切都是一体的,那么他们的自主性就是一种幻觉;然而,独立自主仍然可以让他们洞察到社会习俗的本质随意性,就像在《爱丽丝漫游奇境记》中的结局那样。因此,对于持相反观点的人,无论他们在道德上如何妥协,都有话要说。无论如何,关于个人的概念本身是一种含混的情况,因为你只有通过依赖社会存在形式才能成为个人。"个人"(individual)这个词最初的意思是"不可分割的"(inseparable)。

　　自由的心灵所觉察到的一部分是人类处境的不可靠,这也是一种"田园"(pastoral)的感觉。通过将自己根植于普通的人性之中,贵族可以拥有一种质朴的智慧,这种智慧宽容人类的弱点,具有包容一切的同情心。这是一种宽广、幽默的观察方式,它知道什么时候不要对别人要求太多。我们必须服膺真理、善良和荣誉这些崇高的英雄价值,但我们不应该用这些理想去恐吓他人,使他们痛苦地意识到自己的脆弱。燕卜荪自己轻松愉快的散文风格正是这种意义上的田园牧歌。这是一种人文主义者的风格——但是以一种反讽而非胜利主义的方式,也就是说,一个以扭曲的方式意识到人性缺陷而拥抱人性的人。田园诗有一种"平淡",这是一种对高调及自负的怀疑。燕卜荪在 18 世纪学者理查德·本特利(Richard Bentley)对《失乐园》的直率评论中发现了这种特质;在爱丽丝面对奇境怪异的居民时,则是一种轻快的、非常英国式的常识;而在《乞丐的歌剧》(The Beggar's Opera)①中,下层社会对上流社会有着清醒的认识。爬得越高,跌得越深:这是

184

----

① 　英国作家约翰·盖伊(Gay John,1685—1732)的讽刺歌谣剧。

莎士比亚十四行诗第 94 首的叙述者对年轻朝臣的警告。那些像年轻朝臣一样，最远离日常肉欲的人，在面对肉欲时最可能遭遇失败，这就是为什么溃烂的百合花比杂草气味更难闻的原因。莎士比亚《一报还一报》(*Measure for Measure*)中的安哲鲁(Angelo)也是如此。

这位前数学家的作品中隐含着算术的潜台词。我们已经看到，在燕卜荪的思想中，田园诗的概念是与"一"(One)及"多"(Many)的概念联系在一起的，而"一"与"多"的概念大部分是他从东方思想中派生出来的。含混可以将多种含义整合到一个术语中，燕卜荪所说的"复合词"(complex words)也是如此，我们稍后会看到。田园诗呈现出不和谐的声音和相互竞争的情感模式，但它是在一个全面的视野下做到这一点的。《弥尔顿的上帝》中的弥尔顿是一位作家，他的宗教观念和人文主义同情心相互冲突，因而造成分裂。佛陀是自成一体，但在燕卜荪看来，他以"具有反讽意味的宽宏大量"向世界呈现了多种面孔。国王和傻瓜都是个体，但他们也代表了比他们自己更多的东西——国王、英雄或贵族，因为国王是整个社会秩序的化身；而傻瓜则代表了我们共同的弱点。两者都包含众多的人，他们之间有一个秘密而神奇的同谋。事实上，任何想当国王的人都一定是疯了，莎士比亚的历史剧可以证明这一点。这些人物与艺术家、批评家或政治反叛者之间也有联系，后者同样是局外人，但正是因为这一点，他比许多局内人看得更远。因此，《失乐园》中的亚当和夏娃是与自然和谐相处的田园类型，但撒旦作为创世的批判者，是另一种意义上的田园形象。

另一个这样的角色是替罪羊，他像基督一样是个体，但他无辜的肩膀上背负着整个人类的罪孽。因此，他与恶棍或罪犯结盟，与另一个能够看穿社会存在的精心伪装的局外人结盟。个体的基督降世与众人分享命运，这是复杂事物的一个实例，从精神上说，与简单的人建立家园。他是照料他的羊群的年轻牧人，但他自己也被描绘成一只羔羊。高层的人必须向低层的人俯伏，不但要救赎那低层的人，而且要成为低层的人的一部分，并长久地学习低层的人。尽管燕卜荪对犹太-基督教的上帝有着近乎病态的厌恶，他将弥尔顿笔下的上帝比作贝尔森（Belsen）[①]的指挥官，但田园诗的愿景最具基督教色彩，因为它相信力量根植于软弱，崇高的事物（拯救）必须由世俗的事物（给人一杯水）来评判。基督教的福音就是在这样的煽情中转变的。

燕卜荪借鉴弗洛伊德理论和田园诗风格，他认为最精致的欲望是最朴素的内在欲望，如果不是这样，那就是虚情假意。正如 F. R. 利维斯按他自己独特的习语所说的那样，"人文文化，即使是其最精致的形式，也必须适当地意识到它起源并依赖于本土文化。"[12] 然而，如果你将这个问题推向极端，你就会以一种庸俗的弗洛伊德式地把所有价值都归结为主要本能而告终，这是理性主

186

[①]　第二次世界大战中德国纳粹的一个集中营。

义者燕卜荪深感警惕的一种情况。这就解释了为什么他觉得乔纳森·斯威夫特(Jonathan Swift)[①]"亵渎神灵",因为他残忍地将精神与肉体进行割裂。将最高尚的欲望看成是最普通的欲望所固有的,这并不是将每一个慷慨的动机都改写为粗野的欲望。尽管有这些保留意见,但在燕卜荪看来,文学艺术最根本的方面可能是它对人类处境的局限性的认识——即人类的迷失、浪费、脆弱和失败。就此而言,他的人文主义带有悲剧色彩。

燕卜荪最厌恶基督教的是牺牲(sacrifice)的观念。上帝,他持一种非常粗糙的神学,杀害他自己的儿子,同时从这一事实中获得一些可怕的满足。[13]这种野蛮必须与田园诗所涉及的与他人的非牺牲的团结相区别。无私值得赞扬,但自我牺牲不值得赞扬。这就忽略了一个事实:那些为"牧羊人"——这个世界上默默无闻和不显眼的人——的事业无私奉献的人,最终很可能成为政治体制的牺牲品。事实上,这是基督教信仰的核心信息的一部分。燕卜荪本人更喜欢那些为他人奉献生命的悲剧英雄,而不是那些(哈姆莱特、麦克白、李尔王、科里奥兰纳斯[②])其英雄形象使他们与整个人类隔绝的人。独善其身是好的——不然怎么能成为一个批评家呢?——但不要发展到一个人变得完全自我封闭的地步。

187

---

① 乔纳森·斯威夫特(Jonathan Swift,1667—1745),英国小说家。

② 这些人物都是莎士比亚悲剧中的主人公。

《田园诗的几种形式》讨论了莎士比亚备受争议的十四行诗第 94 首，在这首诗中，叙述者敦促一个自恋的朋友坚持他那种令人厌恶的自我专注的状态，哪怕只是因为他没有其他方法可以避免屈服于某种毁灭性的诱惑。具有讽刺意味的是，叙述者试图使他的请求更有说服力，他将他的朋友与自然"不自然"的疏远比作花朵的天真，花朵同样只为自己而存在。人类与自然的分离本身似乎是自然的，就像安德鲁·马维尔的诗《花园》（The Garden）中那样，燕卜荪用了一个华丽的章节加以论述。意识和世界之间有一种反讽的关系，因为精神既是物质环境的一部分，也不是物质环境的一部分；但这种张力本身可以在丰饶的田园精神中得到调和。这是一种诗意的模式，它知道心灵和世界之间潜在的悲剧性的分离，有教养的和简朴的，反省的和自发性的；但它包含了一种更丰富、更复杂的视野，认识到知识分子必须同大众一起学习，认识到没有低贱的东西就没有美好的东西，认识到思想是自然的一个突出部分，而不是简单地与自然区别开来。

一些评论家认为《田园诗的一些形式》记录了田园诗体的衰落，声称这就从某种程度上解释了其奇怪的主题组合。[14] 在 16 世纪和 17 世纪，由于坚如磐石的阶级制度，田园诗无疑会在农民和贵族之间划出一条确定的鸿沟。然而，在王朝复辟后的英国，田园诗这种形式的粉饰之处，即乡下人像贵族一样说话，变得更加明显，尤其对于清教徒来说，他们觉得田园诗很矫情，于是田园诗开始转向嘲讽田园诗。约翰·盖伊的《乞丐的歌剧》是燕卜荪认为的这种转变的最好例子,因为罪恶的秩序继续为道德上声名狼藉的贵族们举起一面镜子,但采取了一种故意的、自觉的方式。田园诗已经失去了它的纯真,而与《爱丽丝漫游奇境记》一样,只有在儿童的世界里才能恢复那种自然。就此而言,田园故事与英国阶级社会的演变密切相关。

有人指责他在《含混七型》中对诗歌的研究并不符合史实,燕卜荪对此感到恼火;虽然《田园诗的几种形式》也不是什么历史研究,但它肯定比前一部作品更具有社会和政治色彩。总的来说,在他的职业生涯中,燕卜荪从细致入微的诗歌分析转向了一种对历史和社会更为敏感的研究。在《含混七型》中,含混大多是语言层面上的,但在之后的那本书中,这种含混变成了(比如)穷人既比富人富有、又比富人更穷的说法。然而,在《复合词的结构》这本他自己形容为"精彩"和"出色"的著作中,语言和历史最终汇聚在一起,以至于燕卜荪不仅可以被归为文学批评家,而且可以被归为历史语言学家。就含混而言,不同含义的冲突导致了不确定性;然而,燕卜荪在这里关注的是一个单词中不同但确定的意义之间的相互作用。这意味着将某些关键词视为意义的节点或集合,或者,如果愿意的话,视为微型文本(miniature texts)。由于这些术语随着时间的推移而变化,进而反映社会和道德态度的变化,我们可以说这种研究方式具有历史意义。用 C. S. 刘易斯的话说,词语有其"传记性"。斯蒂芬·科利尼指出,对燕卜荪来说,含混是作家个人选择的一种手段,而一个复合词的结构是一种语言事实,是既定的语言实践的一部分。[15]

燕卜荪将这些词描述为"紧凑的学说"(compacted doctrines),因为它们可以被分解成许多主张或命题,而不是所有的主张或命题都相互兼容。因此,在《乞丐的歌剧》中,强盗麦克希斯(Macheath)以一种放荡、粗俗的方式使用"诚实"这个词,这意味着对社会习俗的一种傲慢的蔑视,而在同一部剧中,商人皮彻姆(Peachum)对此词则有一种更体面的共鸣。这个符号似乎成了社会冲突的一个场所。这类词语是微型系统,包含燕卜荪所称的各种含义之间的"等式"(equations)。同一术语的两个含义之间可能存在一个等式;一个词与其含义之间的等式;一个词的意义和它所唤起的感觉之间的等式;或者是所谓的"头部意义"(即此词的基本意义)和"主要意义"之间的等式,主要意义是指一个特定语境所要求的意义。你也可以将两个词语放在第三个词的标题下,例如,华兹华斯诗中的"sense"既可以指感觉(sensation),也可以指想象(imagination)。这表明两者在现实中有某种关系,因而构成一个命题或"学说"。最后,还有诸如"上帝就是爱""权力就是权利"或"时间就是金钱"这样的等式,很可能是错觉的主要来源,并且接近于通常所描述的意识形态。尽管有这些猜测,《复合词的结构》的大部分内容还是由文学批评而非语言学理论构成,正如燕卜荪在一系列精彩的章节中阐述他的复合词,如《李尔王》中的傻瓜""泰门的狗""《奥赛罗》中的诚实""《一报还一报》

的意义"等等。这些是他撰写的最杰出的文学分析篇章中的一部分。

因为燕卜荪脑海中的大多数关键词也有一种直率的、实在的、"触地"的气息,这是另一个在简单中定位复杂的例子,因此也是田园思想的延伸。燕卜荪认为,"简单事物中有一种甜蜜或丰富"(SCW,p.170),其丰沛的意蕴,可以用一种相对系统的方式表达出来。因此,我们所说的"结构"一词并不仅仅是一种随机的关联,而是某些术语不断演变的内在逻辑,它反过来植根于一种特定的社会存在形式的逻辑。它们之所以是"复合词",因为它们使集体的社会智慧具体化了。值得注意的是,《复合词的结构》的出现比维特根斯坦的《哲学研究》(*Philosophical Investigations*)早了两年,后者对语言的态度与前者大致相同。

简单与复杂是有关联的,因为将一个人称为狗,就是认为他有一种根本的真诚,这种真诚可以成为物质基础,在此基础上可以构建更精致的人性。事实上,只有在这样一个适度的基础上,才能完成任何有价值的事情,这是燕卜荪另一个无意识之中与基督教勾连的行为。生命本身就是一种双重情节,因为你只有在成为一个会死的、脆弱的动物的基础上,才能将自己塑造成一个可以忍受的人。正如克里斯托弗·诺里斯在评价燕卜荪的复合词时所说的那样,它们"有一种务实的健康的怀疑精神……这使得它们的使用者对人性的需求和随之而来的弱点有共同的认识,从而建立起对人性的信任"[16],这是一种唯物主义的伦理学,而不是理想化的人性观,后者只能以痛苦的幻灭告终。它具有一种对自身局限的反讽意识,以及对人性弱点的一种相互容忍和宽容意识,所有这些构成了田园情感。

与这种具有讽刺意味的观点相反的是意识形态上的专制主义(尽管这在燕卜荪的研究中仍有很大的隐含意义),这种专制主义以法西斯主义和斯大林主义的形式在他撰写他的前两部主要著作的那段时期非常盛行。1951 年,当《复合词的结构》出版时,法西斯主义刚刚被打败,而世界越来越深地陷入冷战。就此而言,所有这些研究都有其政治潜台词。我们已经看到,对不同意义持开放态度是典型的含混,这与在法西斯政权中发现的意义的严格确定性是不一致的,这种确定性表现为元首(Führer)、国家和祖国的僵化的能指,以及对颠覆言论的审查。它也与当时盛行的哲学潮流背道而驰,从弗雷格(Frege)和伯特兰·罗素到早期的维特根斯坦和 A. J. 艾尔(A. J. Ayer)[①],当时的哲学潮流都在寻找一种完全理性和透明的语言,清除所有的模糊和不精确。与这种幻想相抗衡的是文学批评,它从语言哲学的光滑冰面转向日常生活的粗糙地面。

我们已经看到,田园诗可以作为一种社会批判的形式,因为贵族的价值观受到了农民智慧的考验。复合词的政治含义有一

192

———————————

[①]　弗雷格(Friedrich Frege, 1848—1925),德国哲学家;A. J. 艾尔(A. J. Ayer, 1910—1989),英国哲学家。

定的相似性,因为其中许多术语属于一种与官方道德相悖的口头
语言。它们代表了所谓的反公共领域的习语,并利用大量无意识
的思维习惯,这些习惯植根于人们实际的想法、感觉和行为,而不
是他们应该思考什么、感受什么和做什么。我们在这里见证了一
种世俗的、理性主义的氛围的诞生,这种氛围与宗教正统观念的
冲突日益加剧。事实上,在燕卜荪看来,正统是意识形态的范例。
当他在《弥尔顿的上帝》中谈到"致命的信念经常占据我们的大
脑"(MG, p.169)时,他想到的正是这种情形。然而,《失乐园》上
演了一场反对意识形态的抗争,而不是懦弱地向意识形态屈服,
这是燕卜荪认为该作品如此壮丽的部分原因。"(弥尔顿的)力量
的根源,"他写道,"是他能够表达并接受对上帝的一种完全可怕
的观念,同时又以某种方式保持活力,在这一观念之下,是所有的
广度和慷慨,对每一种高尚快乐的欢迎,这些在他的时代之前的
欧洲历史上占有重要地位"(MG, pp.276—7)。他发现这部作品
既精彩又残酷,吸引人的原因正是它道德上的不一致,而不是尽
管如此。该文本对自身的官方立场给予了某种强烈抵制。

　　这是在弥尔顿的战争最激烈的时候所采取的一个引人注目
的原初立场,这场战争自从艾略特坚决拒绝以来就一直在进行,
我们将会看到在 F. R. 利维斯的批评中再次出现。燕卜荪谴责弥
尔顿的正统信仰,但发现他的艺术充满了诗意之美。在一个极其
公正的句子中,他把它描述为一个"严酷而受到催眠的世界,卓越
而古怪的孤立世界"(MG, p.126)。作为一个坚定的理性主义

者,他也很欣赏诗人用有力的论证方式,试图让那些站不住脚的事情有个合理的解释。弥尔顿体面——"体面"(decent)是一个典型的燕卜荪术语——的冲动拒绝被他的神学教条完全压制。

即便如此,《失乐园》中意识形态与人性的对立还是过于简单化了。自由主义者习惯于将各种思想体系视为思想自由发挥的障碍,是对我们自然人性的限制。然而自由主义本身,正如我们在约翰·洛克(John Locke)①或约翰·斯图亚特·穆勒的著作中,以及在其更日常的伪装中所遇到的,也是一种体系,它对某些意义和价值给予特权,在赞扬其他意义和价值的同时,排除所有的违法行为(奴隶制、威权主义、审查制度等)。如果自由主义是一种合理连贯的信念,同时也在促进人类自由方面发挥至关重要的作用,那么制度和自由不可能处处冲突。诸如女权主义之类的解放理论,它们对父权制进行系统分析,以摆脱父权制。作为一个"弑君者"②和激进的共和主义者,约翰·弥尔顿将他的一些神学教义放在为革命政治服务的位置。那些将别人的观点视为意识形态,而将自己的观点视为简单人性、实用主义或常识的人,可能是被一种存在已久的意识形态控制,这种意识形态存在已久,几乎已经习焉不察。习焉不察是任何意识形态想要持久存在的

――――――――――

① 约翰·洛克(John Locke,1632—1704),英国哲学家。

② 17世纪英国资产阶级革命中,国王查理一世被处死,引发争议,弥尔顿连续撰文为英国人民辩护,因而被称为"第一个为弑君辩护的人"。

目的。

我们已经看到,艾略特对《失乐园》的语言感到痛苦,我们很快就会看到,F. R. 利维斯也是如此。如果燕卜荪没有这样的抱怨,部分原因是艾略特和利维斯都对英语有一个规范的概念,而燕卜荪没有。他不像他们那样认为,英语的某种特殊用法比其他用法更地道、更真实、更忠实于语言的精神。他也不太喜欢文学传统的观点,对艾略特和利维斯来说,文学传统是与规范性立场紧密联系在一起的。在他们看来,传统包括那些"真实地"使用语言的作者:多恩而不是弥尔顿,马维尔而不是德莱顿,济慈而不是雪莱,霍普金斯而不是丁尼生。燕卜荪和理查兹一样,摈弃了这种偏见,这是值得赞扬的——不仅因为这种偏见的固有缺陷,我们已经领略过了,而且还因为这种偏见的极端形式会在 20 世纪中期的欧洲造成一些险恶的后果。对于哲学家马丁·海德格尔(Martin Heidegger)来说,德语是存在(Being)的真正家园,是人民精神(Spirit of the People)的所在地。可以肯定的是,这一纳粹教条和利维斯偏爱的那种感性的、世俗的诗歌是有天壤之别的,后者大声读起来就像在啃苹果。然而,两者都是精神沙文主义的类型,即使海德格尔想到的是第三帝国(Third Reich),而利维斯想到的是英国的莫里斯舞蹈。燕卜荪被称为 20 世纪英国文学的首席评论家。[17] 但他也因其自由理性主义的习惯而受到赞赏,这种习惯对奇特的无稽之谈进行冲击和解密;在一个黑暗的政治时代,过分的言辞可能会导致伤害,这是一项比以往更紧迫的任务。

4 F.R.利维斯

威廉·燕卜荪讨厌 F. R. 利维斯，这在当时的文学界并不罕见。艾略特也有同感。利维斯对燕卜荪也有类似的反感。"如果你想研究燕卜荪的性格，去找伊阿古①"，据传他曾这样说过。[1] 在很多方面，燕卜荪和利维斯都是原型：前者是世界主义者、非道德主义者、上流社会、幽默，文学兴趣广泛，生活放荡不羁；后者是个土里土气的、简朴的、道德主义的、基本上没有幽默感的、极其严肃的、出身于中下阶层的人，在文学爱好上极其排外，在生活方式上十分传统。这是骑士派头对峙圆颅党人（Roundhead）②的经典案例。还有更深层次的差异。如果说燕卜荪是个理性主义者，那么利维斯则是与他称之为宗教的人性的深度相协调，尽管他绝不

---

① 伊阿古（Iago），莎士比亚悲剧《奥赛罗》中的反面人物。

② 圆颅党人（Roundhead）原指 17 世纪英国议会中的清教徒议员，他们通常剪短发，有别于贵族议员。

是一个正统的信徒。

我们已经看到,燕卜荪是个根深蒂固的拒绝墨守成规的人,利维斯也是如此。事实上,他无疑是 20 世纪最具争议的英国批评家,虽受到一群忠实追随者的崇敬,却遭到许多学术同行的责难。然而,尽管燕卜荪特立独行,但他很容易进入都市文坛,而利维斯却固执地拒绝这么做。燕卜荪与其说是颠覆分子,不如说是个怪人,他不像利维斯那样攻击文学经典或社会文化体制。部分是出于自己的选择,部分是由于他挑起的敌意,利维斯某种程度上是个局外人,而燕卜荪不是。他是偏见和歧视的受害者,也是令人厌恶和嘲笑的对象,但某种程度上,他的同行批评家却并非如此。这两人都曾在学术界处于边缘地位好几年:正如我们所知,燕卜荪在东亚教书,远离牛津、剑桥和伦敦的文人圈子,而利维斯早期的大部分职业生涯则是在剑桥做兼职、外聘教师,没有正式身份。他五十岁时才获得了大学的正式任命,后来成为学院的研究员,在退休前三年才被任命为英语系的高级讲师。之后,他成为约克大学的客座教授;但他寻求的是剑桥大学的认可,同时他一直在谴责剑桥大学所代表的东西。

尽管他坚持认为所有严肃的学术工作都发生在学术界的边缘地带,但利维斯本人对置身于这一边缘地带并不完全满意。他的伴侣、最亲密的合作者奎妮·多萝西·利维斯(Queenie Dorothy Leavis)从未被授予任何正式的学术地位:她曾被拒绝获得大学研究基金,后来又被拒绝担任大学讲师。然而,利维斯夫妇习惯谴责针对他们的所谓阴谋（有些可能是真的），或者对他们的同事进行攻击，这对他们自己并没有多大好处。这是一个典型的案例，人们可以称之为卢梭情结（Rousseau complex）：偏执狂恰好受到了真正的迫害。（卢梭的问题更复杂，他是一个经常患病的疑病症患者。）与利维斯不同的是，燕卜荪晚年担任教授，在文学界备受尊敬，而利维斯则继续既受人咒骂又受人钦佩。就正式的公众认可而言，很难想象弗兰克·雷蒙德·利维斯爵士（Sir Frank Raymond Leavis）会是什么样子，尽管他去世前不久出人意料地接受了荣誉勋爵封号（Companion of Honour），这是英国公民的最高荣誉。

利维斯 1895 年出生在剑桥，父亲是一名乐器商人，他的祖先是乡村工匠。除了第一次世界大战期间在贵格会（Quaker）①救护队担任过一段时间的医疗勤务兵外，他一生都住在剑桥，先是在一所文法学校求学，然后进入大学学习历史和英语，最后在同一所学校当英语老师。他一生都带着剑桥口音，是典型的剑桥本地，而不是大学城的剑桥口音。与无拘无束、爱好冒险的理查兹和燕卜荪相比，他几乎没有什么特别的经历。他既没有遭到中国土匪的袭击，也没有被日本出租车司机吸引。然而，他确实将剑桥变成了一场影响遍及世界的运动的中心，并改变了英语研究的性质。

---

①　贵格会（Quaker）是 17 世纪中叶在英国兴起的一个基督教教派。

198   如果说 T. S. 艾略特已经重新绘制了文学地图,利维斯则进一步推动了这个项目。他不断地测绘、连接、比较、对照,追踪连续性的路径,探究彼此之间关系——展开他称之为"放置"(placing)的活动。事实上,他将艾略特的项目推向了一个没有留下多少值得尊敬的声誉的地步。真正伟大的英国小说家只有简·奥斯汀、乔治·艾略特、亨利·詹姆斯、约瑟夫·康拉德和 D. H. 劳伦斯,其中两个根本不是英国人。狄更斯起初被人唾弃,后来又受人尊崇。中世纪几乎完全被忽略了,尽管利维斯表达了他对乔叟而不是但丁的偏爱,之所以如此,部分原因可能是对艾略特的贬低,部分原因可能是对欧洲大陆的爱国主义讽刺。埃德蒙·斯宾塞最终被废黜。因此,英国文学实际上是从莎士比亚开始的。利维斯和艾略特一样,对玄学派诗人以及伊丽莎白和詹姆士时代的剧作家有极高的评价;他也对弥尔顿发起了猛烈的攻击,比起他那些温和的同事来,他的攻击要激烈得多。(顺便说一句,这种攻击中有一种反讽意味,因为弥尔顿和利维斯都是激进的、爱国的、有清教徒思想的、持异见的公共知识分子。)

尽管约翰·班扬(John Bunyan)①是一位值得钦佩的作家,但德莱顿和复辟时期文学却没什么价值。艾略特对 18 世纪的大部分作品都不太热心,而利维斯则赞扬了蒲柏和斯威夫特,以及塞缪尔·约翰逊和当时一些更小众的作家。我们稍后会看到,他有

---

① 约翰·班扬(John Bunyan,1628—1688),英国作家。

理由欣赏所谓的古典时代(Augustan age)，而艾略特则不然。跟后者一样，他描绘了从17世纪到当下，很大程度上逐渐恶化的感性历史；但与艾略特相比，他认为的恶化幅度要小得多，因为艾略特很大程度上忽视了浪漫主义，浪漫主义与他的古典气质不相适应，也没有为他自己的诗歌实践提供多少资源。他似乎也没有受到19世纪小说的启发。相比之下，利维斯发现两者都有很多优点。19世纪，当诗歌陷入倦怠和多愁善感时，欧洲最优秀的文学创作之一的现实主义小说开始崭露头角。正是艾略特对这种体裁明显的冷漠加深了他的文学悲观主义。事实上，尽管利维斯经常被指责品味过于狭隘，但在某种意义上，艾略特甚至更排外，至少在谈到他的第二故乡的文学时是这样。

　　如果艾略特对浪漫主义者漠不关心，利维斯则对他们严加区分。华兹华斯、柯勒律治和济慈大多入选，而拜伦和雪莱则无疑落榜。从那时起，真正杰出的诗人在维多利亚时期的荒凉诗坛上找不到，直到我们遇到了杰拉德·曼利·霍普金斯，他的名字在当时的文学界几乎不为人知。事实上，T. S. 艾略特的作品也遭冷遇，利维斯是他早期诗歌的第一批拥护者之一。他也是叶芝的早期倡导者。埃兹拉·庞德的《休·塞尔温·莫伯利》(*Hugh Selwyn Mauberley*)当时还不太出名，却广受好评，但他的《诗章》却遭到猛烈抨击。詹姆斯·乔伊斯的《尤利西斯》(*Ulysses*)也受到了粗暴的对待。弗吉尼亚·伍尔夫(Virginia Woolf)和她在布卢姆斯伯里的同行被斥为一群稀有的唯美主义者和社会寄生虫，

199

而 W. H. 奥登和他的同行则因他们时髦的左派倾向而受到指责。
现代最优秀的小说家和文学评论家无疑是 D. H. 劳伦斯。从莎
200   士比亚、本·琼生、玄学派诗人、詹姆士一世时代剧作家到蒲柏、
华兹华斯、济慈、霍普金斯和艾略特,诗歌传统源远流长;而从斯
宾塞、弥尔顿到雪莱、丁尼生和斯温伯恩,这部分遗产则要贫乏
得多。

利维斯和艾略特之间的相似和差异都值得注意。利维斯从
艾略特那里借鉴了"非个人化"和感性分离,以及传统的概念——
尽管他的传统不像艾略特那样是一个近乎神秘的实体,而更偏重
于作者个人。两人都认为传统承载着价值,是根据当下的需要和
倾向对前辈的选择,而不是已故作家的中立性质的编年史。两位
批评家都认为全部英国文学是一个有机整体,并灵活地适应了其
社会和历史语境。他们有个共同的信念,即作家必须完全生活在
他们所处的时代,创造出适合当代情感习惯和经验形式的文学技
巧。利维斯认为艾略特在早期诗歌中就做到了这一点。

艾略特不是一个学者,而利维斯,虽然他自己是学术界的一
员,却把文学研究者视为文学批评家的敌人。在他看来,学术研
究孕育出的认知习惯与富有想象力、敏锐洞察力的头脑是不相容
的。这两位思想家都是文化悲观主义者,见证了他们所推崇的社
会秩序堕落为腐败的现代时期,尽管他们的理想文明位于不同的
世纪。虽然利维斯比艾略特更重视道德价值在文学艺术中的作
201   用,但两人都关注语言和情感。如果说他的许多批评观念都来自

后者,那么他的大部分道德观念则是受到 D. H. 劳伦斯的影响。正如我们所看到的,他对浪漫主义和现实主义小说的看法比艾略特更开放,而艾略特对中世纪、现代主义实验和欧洲大陆文学则比利维斯更能接受。两位批评家都认为诗歌的语言是一种感官的、几乎是生理的东西,抵制理性主义的抽象化。两人都不迷恋一般理论。然而,利维斯是一个自由思想的人文主义者,而艾略特既不是自由主义者也不是人文主义者。如果说保守的艾略特专注于社会秩序,那么自由主义的利维斯则专注于个人成就。艾略特信仰上帝,而利维斯则将他的信仰放在被称为"生命"之神的世俗版本上。

利维斯是根据什么标准做出非常确定的判断的? 部分原因在于他关于英语的独特观点。他认为这种语言形式,具体的、可触摸的、感官上特殊的东西,在某种程度上是自然的,它反对抽象的、一般或理论的东西。在它最好的时候,也就是在它最富有诗意的时候,英语不只是表示事物,而且还体现或"实现"它们。语言呈现它所说的,创造它所传达的,所以你不能将文字和它们所记录的经验隔开。正如利维斯所观察到的约翰·多恩的一些诗句,它们似乎言出必行。这就是利维斯所称的"创造性探索"(creative-exploratory)写作形式,而不是一种似乎只是反映其内容的写作形式。改变词语,就改变了意思或体验,但"请走边门"不是这种情况。你可以将这句话改写为"请从边门走",意思并没有改变。诗歌是不能诠释的。因此,利维斯与燕卜荪意见相左,后者认为解读一首诗的意思并没有什么不妥。他还迷上了奥格登和理查兹所说的"文字魔法"(word magic),意思是相信词语和事物的融合。

　　一个有说服力的例子出现在利维斯对济慈的《秋颂》(To Autumn)的分析中,在这首诗中,诗人描写秋天的寓言性形象:

> 有时,你像拾穗人一样
> 抬着头稳稳地跨过小溪

利维斯认为,在从一行诗过渡到另一行诗的过程中,我们就应该像拾穗者那样维持自身的平衡运动。同一段落中一个不那么有说服力的例子是他对"长满苔藓的屋前老树"的评论:

> 在"长满苔藓的屋前老树"句中,那些拥挤的辅音的作用是显而易见的:那里耸立着树木,它们的树干和树枝结实粗壮,枝叶缠绕浓密。"屋前老树"(cottage trees)这个词语的读音也暗示着咬起来清脆的口感,以及牙齿咬住成熟的苹果时流出的汁液,我想(感觉是这个意思)这并不稀奇。(CP, p. 16)[2]

你可能会想,如果这并不稀奇,那么外星人绑架也不稀奇。

更有启发性的是他对塞缪尔·约翰逊的诗《人类欲望的虚幻性》

(The Vanity of Human Wishes)中的一句——"正因为如此,稳健的罗马人震撼了世界"——的洞察,他说:"'稳健的'(steady)这个词将陈词滥调的'震撼世界'(shook the world),变成了罗马军团的感觉打击乐"(R, p. 118)。

利维斯所做的就是选择一种特殊的英语——生动的、有力的、朴实的、强壮的、惯常的——在其中找到这种语言的精髓,这样那些以这种方式写作的人就会受到赞扬,而那些不以这种方式写作的人就会被扔到外面的黑暗中。对他来说,诗歌是圣约翰(St John)在更崇高的语境中所说的"道成肉身"。换句话说,他对语言的概念是规范性的,而不是单纯描述性的。从一开始就有完整的价值判断。人们可能称之为感官特性的东西确实在诗歌中得到了珍视;但正如我们从艾略特身上看到的那样,这在浪漫主义和后浪漫主义时期比在格雷的《挽歌》的时代更真实,而要求诗歌或语言作为一个整体这样做肯定是不合理的。塞缪尔·约翰逊认为,特殊性相对来说并不重要,而普遍性则是至高无上的利益。

托马斯·怀亚特(Thomas Wyatt)、约翰·克莱尔(John Clare)、阿瑟·休·克拉夫(Arthur Hugh Clough)或克里斯蒂

娜·罗塞蒂(Christina Rossetti)①的作品并不特别生动或有力，但他们也无意如此。济慈用了"沁人心脾的"(cool-rooted)这样精致的形容词，而约翰·克莱尔可能只会写"红色"。霍普金斯的语言丰富多彩，而叶芝却很节俭，只用有限的词汇，主要是一些没有感觉的词，比如"面包""傻瓜""石头""鸟""冷"等。他是一个同样出色的诗人。正如经验主义哲学的传统所表明的那样，英国文化中相当多的人确实厌恶抽象和理论的东西，但这绝对并不总是一种美德。对于 19 世纪的批评家威廉·黑兹利特(William Hazlitt)②来说，它意味着像猪一样在感官的食槽中打滚，无法上升到思想的尊严。即便如此，英语中生动感性的诗歌确实是一份重要的遗产，而利维斯是这方面的一位杰出鉴赏家。

204

因此，他暗示，其他的语言只是表明客体和经验，而不是"实现"它们。有人怀疑他的主要对象是法语，这是一种糟糕的语言，不能实现它的目的。从巴尔扎克到普鲁斯特的法国小说实际上已被一笔勾销。换句话说，这里有某种语言上的沙文主义在作祟，这是利维斯自称英格兰本土主义者(Little Englander)的几种方式之一。事实上，他所称的"创造性探索"的语言运用一般而言

---

① 托马斯·怀亚特(Thomas Wyatt, 1503—1542)、约翰·克莱尔(John Clare, 1793—1864)、阿瑟·休·克拉夫(Arthur Hugh Clough, 1819—1861)、克里斯蒂娜·罗塞蒂(Christina Rossetti, 1830—1894)为英国不同时期的诗人。

② 威廉·黑兹利特(William Hazlitt, 1778—1830)，英国批评家。

在某种程度上是正确的，如果这意味着语言在构成一种经历或精神状态方面发挥关键作用，而不仅仅是再现它。"生存还是死亡，这是一个问题"的语言巧妙而不唐突，这同样适用于"嘿，躺在汗臭污垢的眠床上"①，此句中，尖锐的单音节和嘶嘶的声音传达出一种愤怒和厌恶的感觉，而紧密排列、纹理密集的元音则增强了这种感觉。然而，用模拟的术语来描述这种效应，就像用词语以某种方式"体现"或"实现"一种情景，则是一种误导。实际情形是，语言本身的物质性——这样密密的、锯齿状的台词，发音需要费很大的力气，嘴唇、舌头和发音器官也很费劲——让我们想到了它所描述的物质性。这是一个类比的问题，而不是实现的问题。

　　因此，诗的语言不应该是简单的陈述性的，就像一套修理洗衣机的指令。（然而，这是利维斯思维灵活的一个标志，他将塞缪尔·约翰逊的诗《人类欲望的虚幻性》视为一部伟大的作品，尽管在他看来，约翰逊并没有意识到文字的创造性探索的使用，这篇诗歌的风格相应地是陈述、反思和阐述性的。）最有效的文学艺术必须是真实的而不是朦胧的，充分的实现而不是模糊的暗示，诗意的而不是浪漫的。作为姿态和表现的语言赢得了批评家的认可。他谈到了语言的"身体和行动"，他评价杰拉德·曼利·霍普金斯说："他的言词和短语既是声音、思想和意象，也是行动，而且

_____

① 这两句台词出于莎士比亚悲剧《哈姆莱特》。

必须……要用身体和眼睛来解读"(NB, p. 172)。T. S. 艾略特对语言的"整体"也有类似的利用。事实上,这种对诗歌的看法深受艾略特自身批评的影响。正是身体或"大脑肌肉"的缺乏,才导致了维多利亚时代的许多诗歌在精神和智力上的贫血。然而,在这个问题上走得太远,就有可能将"通行证"卖给唯美主义者、形式主义者和象征主义者,他们关注的是文字本身,而不是它们想要记录的东西。这正是利维斯认为弥尔顿很可悲的地方,弥尔顿的语言,通过引人注意,在读者和意义或经验之间进行了干预。丁尼生和斯温伯恩也因为陶醉于词语本身的音乐性而受到抨击,而利维斯的清教倾向认为这是一种令人厌恶的自我放纵。

因此,词语不可能是透明的——仅仅是意义的载体或媒介——但也不可能是自主和自我关注的,与现实生活经验隔绝。有些时候,利维斯更喜欢前者而不是后者,比如当他写到那种有生命和身体的诗歌时,"我们几乎不像是在阅读文字的排列"(LP, p. 108)。语言,就像一个训练有素的朝臣,当它消失的时候,似乎是最好的。同样,他对弥尔顿《科玛斯》(Comus)中的一个段落作了评论,说这些词语似乎从我们的注意力中消失了,我们"直接意识到一些感觉和知觉的东西"(R, p. 49)。然而,大多数时候,弥尔顿对文字有感觉,而不是通过文字来感觉,就像在《失乐园》中被认为是矫情迂腐的措辞。这首诗的问题在于,利维斯所暗示的"陡峭的节奏"和语言的"倾斜和曲折"不再是对经验的表达,而是死记硬背,好像是自动操作的。就好像词语在一个层次上移动,而意义在另一个层次上移动。语言在表达中已经被切断了它的生命来源。虽然人们明白这是什么意思,但指责一个诗人对语言有感觉似乎很奇怪。

这与亚历山大·蒲柏的情况不同,他的每一行"我们可以想象一条非常灵活而复杂的曲线,表示阅读中声音的变调、重读和变化的音调和语速;这条曲线从一行到另一行都在变化,这些诗句之间微妙地相互作用"(R, p. 31)。这是一篇很好的分析文章。相比之下,弥尔顿放弃了英语①——也就是说,这是利维斯自己的解读版本。通过生硬的姿态、可预见的重音和单调的仪式化诗句,他表现出对英语语言"内在本质"的不够敏感,从外部加以处理,而不是把它作为生活经验的表达。利维斯甚至将这种看似机械的语言方式比作砌砖。

那么,如何避免一种仅仅指示或指涉世界的语言,同时避开一种已经脱离世界的语言呢?答案就在于诗歌这种类型,在这种类型中,语言的整体可以表达经验的整体。当利维斯谈到一首诗或一部小说时,他指的就是这种完全"实现"。语言必须是微妙的、感性的、有力的和紧凑的——但这些特质来自它们所表达的经验或情境,而不仅仅来自它们本身的实质。这里似乎存在两种对诗歌语言的观点,这两种观点并不容易相互调和。一方面,这种语言本质上是表达性的,这意味着它必须依附于经验,作为忠

①　尽管弥尔顿用英语创作了他的主要作品,但他更看重拉丁语。

实的媒介；另一方面，诗的语言是创造性探索，这意味着词语实际上构成了体验。"一个人最生动的情感和感官体验，"利维斯写道，"不可避免地与他实际使用的语言有关"（NB, p. 82）。莎士比亚在写《李尔王》时，可能并不是先有这样的想法，"你们的头上没有片瓦遮身，/你们的腹中饥肠雷动，你们的衣服千疮百孔/怎么抵挡得了这样的气候呢？"[1]然后他把这个想法用词语表达出来。而更可能这个想法是在表达的过程中形成的。利维斯写道，词语的唤起式使用让诗人更能意识到自己的感受，因此语言与它们的意思和感受有着积极的关系，而不是充当被动的媒介。

利维斯认为，当诗歌植根于实际经验时，它是最好的；但从字面上理解这一点并不总是很清楚。据我们所知，莎士比亚从未用剑刺穿一个躲在幕后的老学究，但《哈姆莱特》中波洛涅斯（Polonius）的死亡却足够真实。然而，利维斯似乎主张在作者和作品之间建立一种更紧密的关系，这种强调传记的方式被理查兹断然拒绝，艾略特很大程度上也并不认同。利维斯认为斯威夫特对人类的敌意是他"生活的渠道"被"堵塞和扭曲"的结果（CP, p. 86），并将艾略特《四个四重奏》中对生活类似的厌恶追溯至作者混乱的内心状态。他还提到班扬、约翰逊和劳伦斯等作家是人们渴望见到的人。但这表明生活和艺术之间的关系过于简单。首先，即使有人认为劳伦斯是继维吉尔之后最伟大的作家，也不能确定人

---

[1]   见《李尔王》第三幕第四场。

们是否会喜欢这位喜怒无常、缺乏幽默感、吹毛求疵的作家。（利维斯指责他的许多同行忽略了劳伦斯的智慧和幽默，但这是因为人们需要功能特别强大的显微镜才能看到它们。）当谈到艺术和生活之间的关系时，我们不会因为发现但丁是一个连环杀手或华兹华斯从未见过一座山而感到困惑，这可能对我们阅读他们的作品没有任何影响。

和艾略特一样，利维斯非常重视非个人化的观点。事实上，他认为《荒原》对此揭示得太少了——"具有象征意义的《荒原》让人感觉太像托马斯·斯特恩斯·艾略特的作品了"（LA, p. 41）。作家的个人经历必须被塑造成一部作品，而不仅仅是一种自我表达。艺术作品是一种社会事实，而不是一本自传。然而，利维斯也认为，艾略特的非个人化理论在作品和创作者之间造成了太大的鸿沟，给艺术家个人留下的空间太小。他认为劳伦斯是比艾略特更优秀的文学批评家，但他并不认为体验者和创作者之间存在这种隔阂。思想保守的艾略特很大程度上忽视了创作文本的男男女女，而利维斯则像自由主义者一样尊重个人，对这种冷漠感到不安。（他实际上投了自由党的票，还在其他方面支持自由党。）艾略特和理查兹都逃离 19 世纪，那个时代将太多的诗歌作为主观的自我表达。但是，理查兹试图通过转向科学唯物主义来削弱作家的个人作用，而艾略特则走了相反的方向——走向 F. H. 布拉德雷的理想主义，对他来说，自我是一种虚构。艾略特的传统概念是反对主观主义的又一举措，因为作家的个体作用被削弱,成了远比他们自己珍贵得多的遗产的传递者。最后,利维斯通过借鉴 D. H. 劳伦斯的作品,解决了如何在保持非个人化的同时仍然重视主体性的问题,对劳伦斯来说,独特的个体自我根植于一种像宇宙本身一样非个人的深度。[3] 我们说出不是我们自己的东西。在自我的核心,存在着与它完全不同的东西。离我们最近的,也是最奇特的。

210

利维斯理想中的英语范本在莎士比亚身上得到了极大的体现,他对语言的创造性探索是无与伦比的。这种范本也可以在本·琼生的"根深蒂固、生动活泼的英国特色"和本土的健壮特性中找到(R,p. 17),也可以在约翰·多恩诗歌的"坚韧而鲜活的神经"中找到(R,p. 12)。利维斯声称,正是在多恩的帮助下,莎士比亚的语言首次进入了英国的非戏剧诗歌。然而,一旦所谓的感性分离开始了,他的批评性判断就变得有些悲观。华兹华斯因其客观、理智、自然和"正常"的感性而受到赞赏;但他的大部分十四行诗被认为是可悲的哗众取宠,而《不朽颂》(Intimations of Immortality)则被指责表现出空洞的宏大。对任何一种指责都很难提出异议。拜伦的风度的本质是一种"对礼仪和礼节的蔑视"(R,p. 149),从这句话里,我们可以听到可敬的店老板阶层的儿子的声音。受人尊敬的雪莱暴露出他对现实的把握不足,缺乏批判性智慧,不能正确地看待事物本身。充满了诗意的乏味和情感的平庸,他的诗以一种令人震惊的反传统姿态遭到谴责,被视为"重复、空洞、单调地以自我为中心,情感上常常是廉价的,所以,很快就会显得很无聊"(CP，p. 221)。这种情感不是与生俱来的，而是来自外部。利维斯说，这些东西对一个十五岁的孩子来说可能令人陶醉，但对更成熟的人来说却难以理解。

丁尼生"没有提供任何独特而有趣的当地生活以供考察"(R，p. 5)，尽管克里斯蒂娜·罗塞蒂"有她自己单薄并有限但非常引人注目的特色"(R，p. 6)，但艾米莉·勃朗特(Emily Brontë)得到了高度赞扬。对于但丁·加布里埃尔·罗塞蒂(Dante Gabriel Rossetti)①来说，情况就不一样了，因为他"对浪漫和虚伪的柏拉图主义的无耻而廉价的呼应"(CP，p. 47)。沃尔特·萨维奇·兰多(Walter Savage Landor)②作品的非个人化"是一种呆板的空空如也的风格——非个人化是因为里面什么都没有"(CP，p. 285)。乔治·梅瑞狄斯(George Meredith)③的《现代爱情》(*Modern Love*)被当时的许多批评家认为是维多利亚时期的杰出的诗篇，它是"非凡但庸俗的聪明才智作用在廉价情感上的华而不实的产物"(NB，p. 21)。维多利亚时代最杰出的诗人是杰拉德·曼利·霍普金斯，他的表述性语言、感受的精确、有力和生动的言说节奏使语言恢复了它被剥夺的某种特质。他的作品体现了形式与内

①　但丁·加布里埃尔·罗塞蒂(Dante Gabriel Rossett，1828—1882)，英国诗人、画家。

②　沃尔特·萨维奇·兰道(Walter Savage Landor，1775—1864)，英国作家。

③　乔治·梅瑞狄斯(George Meredith，1828—1909)，英国诗人、小说家。

容的统一(利维斯从艾略特那里继承的另一个观点),因此"技术的胜利就是精神的胜利"(NB, p. 182)。相比之下,托马斯·哈代(Thomas Hardy)只有少数几首诗可以说是真正伟大的,因为它们的作者"以一种粗俗的方式写作,混合了书面语、口语、平淡无奇、传统诗意、迂腐和乡村风格"(NB, p. 59)。这是亨利·詹姆斯口头上称赞他为"善良的小托马斯·哈代"的一种常见的赞助形式,我们将看到雷蒙德·威廉斯对此提出异议。

至于乔治时代①运动,它"可以被公正地认为是一场'运动',因为它几乎不能被视为其他的什么"(NB, p. 62)。鲁伯特·布鲁克(Rupert Brooke)②经历了一段漫长的青春期,尽管利维斯以其独特的鉴赏力挑出了当时还不太出名的爱德华·托马斯(Edward Thomas)③,他对托马斯的独创性、技巧的精妙和独特的现代情感给予了高度评价。他还称赞了同样默默无闻的战时诗人艾萨克·罗森伯格(Isaac Rosenberg)④,他对罗森伯格娴熟技巧的评价甚至高于托马斯,认为他比威尔弗雷德·欧文(Wilfred Owen)⑤更优秀。艾略特的《J. 阿尔弗雷德·普鲁弗洛克的情歌》

---

① 指英王乔治五世(George V,1865—1936)在位期间(1910—1936)。

② 鲁伯特·布鲁克(Rupert Brooke,1887—1915),英国诗人。

③ 爱德华·托马斯(Edward Thomas,1878—1917),英国诗人。

④ 艾萨克·罗森伯格(Isaac Rosenberg,1890—1918),英国诗人,死于一战。

⑤ 威尔弗雷德·欧文(Wilfred Owen,1893—1918),英国诗人,死于一战。

代表了与 19 世纪唯美主义和感伤主义的决裂，开创了一种完全
现代的意识形式。它代表了感性历史上的一个重大的转变或重
要的转折点。这首诗清晰地表达了一个完全活在他那个时代的
人的情感模式，在利维斯看来，这就是一个价值指标，它的技巧和
体验是不可能分离的。相比之下，庞德的《诗章》既空洞又霸
道——这种霸道与作者的法西斯主义和反犹主义自然契合。逐
渐成熟的叶芝展现了一种迷人的"简洁、硬朗、有力、讽喻"的写作
方式（NB, p. 42），但 W. H. 奥登却因为过于理智、不够成熟和过
度华丽而被打了折扣。他也成了美国公民，尽管他出自"英国上
流社会、公立学校和牛津大学"（AK, p. 151），因而将四宗大罪合
而为一。他年轻时曾是马克思主义者的事实对他也没有任何
好处。

利维斯声称，批评性判断的典型形式是"事实如此，不是
吗?"，这在法庭上会被视为诱导性问题。它既不是直白的不可知
论"是这样吗?"，也不是独断论的"就是这样"。它征询他人的同
意、异议或限定，在利维斯看来，这是批评方法固有的协作过程。
文学判断是自己的事，否则什么也不是；然而，就像语言不是个人
的私有财产一样，批评也从来不是个人的私有财产。语言更像是
"远古人类生活的产物或沉淀"（LP, p. 44），就像深刻影响了利维
斯的艾略特所认为的那样。他认为，"语言即生活"（AK, p.
183）。就像语言一样，文学作品是合作过程的创造，而不仅仅是

个人的产物。它只存在于纸上思想的汇聚。你不能单指一首诗；相反，它存在于一些虚拟的或主体间的空间中，因为字里行间是由读者群体重新创建的。

对利维斯来说，文学是认知的，我们知道理查兹并不这么看，而艾略特的看法有些模棱两可。文学作品让我们获得有关社会和个人的知识，而不是简单地冲击我们的本能或纠正我们冲动之间的失衡。事实上，与重要小说家提供的社会史相比，职业历史学家的作品给利维斯的印象则很空洞，也缺乏启发性。然而，我们说的是一种独特的社会知识形式，与统计数据或可衡量的趋势无关。相反，文学作品处于利维斯所说的"第三领域"（third realm），位于极端的客观性和异想天开的主观性之间。它是所有最重要的人类活动发生的地方，它的另一种说法是广义的"文化"。文学作品不像腌蛋、手机那样是一种客观现象，但也不是纯粹的主观现象。它不能放到实验室里进行分析，但它也不能简单地存在于单个读者的心中。批评性判断可能会像算术中的错误计算一样出错，但它不会以同样的方式出错。将一首诗的基调描述为忧郁，这不仅仅是一种主观感受；事实上，我们只有在共享一种语言和生活形式时，才会接受忧郁的概念。即便如此，批评性判断也无法得到科学的证明。例如，有人可能不同意，但在水的化学成分上没有分歧。说到文学，真理和意义的核心是不断的对话，这就是批评。利维斯观察到，意义是思想可以相遇的地方——尽管他可能会补充说，这也是思想可以碰撞的地方。

　　"批评家的目的，"利维斯说，"首先，是尽可能敏感和完整地意识到他所关注的这个或那个对象；批评实现过程中隐含着一定的价值"（CP，p. 213）。批评家必须掌握作品的具体内容，"感受它"，而不是肤浅地泛泛而论。因此，批评必须区别于理论和哲学："智力的重要作用可能在于它对具体事物的敏感关注、对复杂性的认知以及对现实的敏锐反应，而与理论的严谨性或完整性无关，也不介意被指责为不能进行严格的思考"（EU，p. 143）。比如，马修·阿诺德的批评——利维斯对这个人物的评价很高——揭示了"灵活性、敏感性、持续而细致的感触，以及与清醒和良好的价值感密不可分的智慧……"（MBC，p. 38）。有相当多的文学类型揭示了"严肃思考的能力不足"，尽管他们中没有多少人将这一缺陷合理化，使其成为他们的批评方法的一部分。如果说哲学是一种精确的思考，那么批评则是一种精确的感觉，但这种感觉是由一种特殊的、高度自律的智力所决定的。乔治·艾略特有句话说得好："将分析热情化为创造"（GT，p. 61）。有人可能注意到，利维斯对理论的谨慎，在某种程度上也是思想的紧张。例如，他对乔治·艾略特小说中的知识或约瑟夫·康拉德对世界的看法几乎没有发言权。他的阅读紧扣文本不放。

215

　　到目前为止，读者应该至少已经了解两件事了。首先，利维斯是一个态度激烈的论战性批评家。他曾经批评自己的一幅肖像看起来太仁慈了。对于那些文雅的人来说，一切争论都有失风度，这种态度使他们不喜欢他。其次，应该清楚的是，他运用的是一种独特的批评语言,这种语言很大程度上是他自己发明的。他喜欢使用的词汇包括成熟的、有创造力的、具体的、重要的、精细的、严肃的、智慧的、正确的、微妙的、灵巧的、复杂的、强健的、强烈的、敏感的、自觉的、镇定的、精致的、文明的、节制的、有序的、有机的、完整的、精确的、尽责的和训练有素的。事实上,他的句子有时似乎包含了对这些关键词的一种仪式化的重组,例如,当他评论济慈的《夜莺颂》(Ode to a Nightingale)时,他说"丰富的局部具体性是对整体的包容性把握的局部表现。细节所展示的不仅仅是一种非凡的意识强度,更是一种非凡的贴切和微妙的感触;一种真切的感触,一种有效的组织方式"(R, p. 245)。这种语言只能是利维斯的,或者是一个非常优秀的戏仿者的。

216   然而,这份术语清单省略了可能是所有利维斯概念中最核心的一个词:"生活"(Life)①。利维斯相信,伟大的文学作品比其他任何东西都能让我们感受到更强烈的生命力,让我们的创造力得到更大的发挥。有人可能会反驳说,如果我们只有在阅读《米德尔马契》(*Middlemarch*)或《虹》(*The Rainbow*)②时才觉得自己最有活力,那我们一定处于非常糟糕的状态。文学固然重要,但也没那么重要。然而,大多数情况下,利维斯会支持这样的判断:伟大的文学作品不仅是美好生活的例子,而且展示了日常生活中

---

① 此词有两个含义:生命、生活;我们依据上下文选择相应的词义。

② 前者为乔治·艾略特的小说,后者为 D. H. 劳伦斯的小说。

最能改善生活的东西，以及我们如何实现它。就此而言，它们是"道德的"。

然而，我们如何确定什么是"为生活而艺术"，什么不是呢？像"人"这个词一样，"生活"也徘徊在描述性和规范性之间。它可以指我们实际的生活方式，也可以指我们应该如何生活。在纯描述性的意义上，"生活"这个术语包括暴力、贪婪、盗窃、酷刑等，我们假设利维斯不是特别热衷于看到文学作品宣传这些。他是在规范的意义上使用这个词的，指的是那些我们应该尊重的生活的表达；但他没有给我们任何方法来区分这些行为和其他行为，比如说种族灭绝。也许是创造性生活造就了不同，但种族灭绝以其可怕的方式亦具有创造性。它包括想象力和智力，以及带来一种以前不存在的状况。"富于想象力的"（imaginative）这个词并不总是肯定意义的，尽管绝大多数文学类型似乎是这样想的。"共情"（empathy）的概念也是如此。施虐狂就需要起码的共情心理。

当被要求用更概念化的术语来阐述他对生活的定义时，利维斯拒绝这样做。这是因为给生活下定义就等于把它杀死，这样就会弄巧成拙。利维斯和尼采都认为，生活是定义的敌人。所以我们似乎又回到了直觉上。也许我们从骨子里就能感觉到什么对生活有益，什么对生活无益。但直觉主义是一种教条主义。这是无可争辩的。你要么感觉到了，要么没有。有人可能会碰巧觉得所有亚美尼亚人生来就有从国家揩油的欲望，就是这么回事。此外，这种直觉主义实际上只适用于一群志同道合的人，就像（我们稍后会看到)聚集在利维斯周围的那种人。如果我们有很多相同的情况,我们就不需要争论什么才算生活得好(传统的道德问题),因此我们一开始就倾向于认同。诚然,直觉在抽象思维中起一定的作用,就像哲学家们将一个命题看作是反直觉的。但仅仅依靠直觉是鲁莽的。与此同时,有人可能会说,虽然利维斯没有说明他所谓的生活是什么意思,但他向我们展示了什么是生活,而这种展示就是他批评的全部要点。他对文学文本的许多描述都非常善于将我们的注意力吸引到巧妙的细节、激情的强度、灵巧的反讽和生动的描绘等方面。他的原则在批评实践中得到了具体实现。

然而,这是否意味着所有真实的文学作品都必须是肯定生命的? 从《贝奥武甫》(*Beowulf*)到索尔·贝娄(Saul Bellow)①,所有值得一读的东西都能被征召到精神健康运动中吗? 有时候,利维斯似乎是这么认为的。这当然是他最尊敬的作家 D. H. 劳伦斯提出的一个命题,对他来说,生命必然会胜利。如果一个人证明不能成为生命的传递者,它就会抛弃那个人,并在其他地方找到它的化身——比如一条蛇或一条鳄鱼,在劳伦斯看来,它们和人一样珍贵。对他而言,人类并不比其他生命形式的动物具有内在的优先权。此外,劳伦斯认为,深不可测的生命力量将永远占

① 《贝奥武甫》(*Beowulf*),英国古代长篇英雄史诗;到索尔·贝娄(Saul Bellow,1915—2005),美国小说家。

上风,这不仅是一种精神决定论的形式,而且还带有一种粗俗的必胜信念的味道。在他看来,男人和女人本质上是生命的工具,他们自己没有什么力量。自发性实际上意味着被动状态。他的小说中没有真正的悲剧,因为承认人类的崩溃和失败,用他自己的话说,就是"糟蹋生命"。

就他而言,利维斯承认悲剧的现实,他推崇的所有文学作品,包括《小杜丽》(*Little Dorrit*)、《黑暗之心》(*Heart of Darkness*)、《诺斯特罗莫》(*Nostromo*)①和《荒原》,都不能说在任何非常明显的意义上能够提升生命。正是由于他们对自己所描绘的悲惨境况的敏锐感受,他们的想象力和语言的完整性,他们才可以说是造就了生命。这儿,"生命"与其说是内容,不如说是如何面对的问题。即便如此,我们可以想象,利维斯可能不愿意承认,也许会有一位真正的文学大师(想到了塞缪尔·贝克特),他对人类的看法是完全消极的。的确,他认为贝克特的同胞乔纳森·斯威夫特是一位伟大的作家,尽管他被认为厌恶人性;但很难理解为什么,因为他也发现斯威夫特野蛮、极度自私,而且根本不像威廉·布莱克那么聪明。他对艾略特《四个四重奏》的高度评价是有严格限制的,因为他正确地看到了它对日常生活的厌恶。

利维斯有时被描述为一位道德家,从约翰·班扬到乔治·奥威尔,英国道德思想有丰富的传统;但这意味着什么需要具体说

219

①　《小杜丽》是狄更斯的小说,后两部是康拉德的小说。

明。这并不是说文学应该教给我们某些道德价值；毋宁说，文学是道德的一种形式，实际上是最丰富的道德形式。在 19 世纪的社会进程中，道德观念从康德的责任和义务逐渐转变为一种更慷慨、更宽广的概念。当我们谈到马修·阿诺德、乔治·艾略特和亨利·詹姆斯时，"道德"指的是人类行为中体现的品质和价值。它关注的是人类生活的紧密交织；因为这也是文学的主题，尤其是现实主义小说，文学和道德或多或少成了同义词。"道德"一词开始摆脱它的说教意味，以及它所暗示的规则、规范和禁忌，取而代之的是一个人如何评估生活经验的问题。在一个传统道德的正统观念对男人和女人逐渐失去控制的时代，小说成了世俗版的《圣经》。"上帝之死"使文学批评获得了新生。小说教会我们如何生活，不是通过给我们提供一系列规则，而是通过戏剧化的人类处境来教导我们如何生活。在允许我们进入个人内心生活的同时，小说允许我们在人物的社会环境中看到他们，将他们置于特定的历史中，并根据这些状况对他们的行为做出判断。鉴于这些因素的复杂性，以及想象性同情的习惯，现实主义小说倾向于重视道德判断的困难，随之而来的是对平衡、细微差别和宽容意识的需求。换句话说，道德是一种自由的形式，即使并不是所有的实践者都是如此。

利维斯研究英国小说的《伟大的传统》(The Great Tradition)将其主题视为英国文明中最具创造性的道德力量之一。他仅仅挑选了五位无可争议的伟大小说家，这引起了许多人的嘲笑和愤慨;但他并没有说这些是唯一值得一读的作家,他还顺便称赞了其他一些作家。即便如此,他经常受到指责的狭隘和苛刻,显然是这部著作的一个特点。沃尔特·司各特(Walter Scott)被轻蔑地贬为脚注,狄更斯降格为一个纯粹的娱乐人物,笨拙的托马斯·哈代也未能达标,詹姆斯·乔伊斯缺乏对生活的真实感受,在简·奥斯汀之前,没有真正杰出的英国小说。约翰·班扬是个例外,他"在说英语者的良心中有着不可估量的地位"(GT, p. 11),但他也只是一个脚注。勃朗特姐妹是在正文后面的注释中处理的。特罗洛普(Trollope)、盖斯凯尔(Gaskell)、萨克雷(Thackeray)①、梅瑞狄斯和弗吉尼亚·伍尔夫都被轻快地赶了出去。塞缪尔·理查逊(Samuel Richardson)②的《克拉丽莎》(*Clarissa* is)"令人印象深刻",但作为篇幅最长的英文小说,它需要大量的时间来阅读。此外,(理查逊)"越是试图与女士和先生打交道,他就越显得不可容忍地粗俗"(GT, p. 13)。18世纪作家劳伦斯·斯特恩(Laurence Sterne)的《项狄传》(*Tristram Shandy*)是文学中最优秀的反小说之一,这部滑稽的、原型现代主义(proto-modernist)的作品不仅在"琐碎"方面不负责任,而且绝对令人

221

---

① 特罗洛普(Anthony Trollope, 1815—1882)、盖斯凯尔(Elizabeth Gaskell, 1810—1865)、萨克雷(William Thackeray, 1811—1863),这三位都是英国小说家。

② 塞缪尔·理查逊(Samuel Richardson, 1689—1761),英国小说家。

讨厌。

另一方面,利维斯认为奥斯汀、艾略特、詹姆斯和劳伦斯远远超过特罗洛普、盖斯凯尔和萨克雷,这当然是正确的,尽管他高估了康拉德,并对二流的中篇小说《黑暗之心》持有一贯的夸大看法。总的来说,他对品质的嗅觉很敏锐,尽管在《英语诗歌的新方向》(*New Bearings in English Poetry*)中,他大肆赞扬了一位不知名的诗人,即他以前的学生罗纳德·博特拉尔(Ronald Bottrall),他在当时几乎没有人听说过,此后也没有人听说过。这种严重的偏爱在后现代文化中并不流行,因为后现代文化对"等级制度"没有什么好感。当然,事实是,虽然人们可以迷恋排名和等级,但歧视行为是日常社会生活的一个常规特征,很难理解为什么文学应该与之隔离。那些在民粹主义浪潮中否认它的知识分子才是真正脱离常规的。为什么我们可以对摇滚乐队和足球评头论足,却不能对诗歌或室内乐说三道四呢?

利维斯当然太注重排名了;但他的评估欲望必须在他所斥责的文学环境中进行判断,这种环境有时似乎觉得做出价值判断既专横又无礼。在《共同的追求》(*The Common Pursuit*)的题词中,利维斯引用了罗伯特·格雷夫斯《告别一切》(*Goodbye to All That*)中的一段话,在这段话中,身为牛津大学英语系学生的格雷夫斯因胆敢偏爱某些作者而遭到了学术委员会的指责。绅士不会容忍文学经典中有劣等物品,就像他不会容忍酒窖中有劣酒一样。具有奇怪的历史讽刺意味的是,这种对鲜明区别的老式敌意被后现代主义复兴了,后现代主义谴责厚此薄彼,认为这是"精英主义"的表现。但把昆汀·塔伦蒂诺(Quentin Tarantino)的作品排在《玛丽阿姨》(*Mary Poppins*)之前并不是精英主义。将反种族主义看得比种族主义更重要,或者给饥饿的人提供食物而不是让他们挨饿,这难道是不可接受的吗? 认为价值判断是精英主义的观点不就排除了那些持相反观点的人了吗? 关于文学评价,剑桥大学批评家格雷厄姆·霍夫(Graham Hough)所做的评论或许是最敏锐的,他在二战期间被日本人俘虏,他后来说,当你发现自己关在战俘营里,患着痢疾,但身边有叶芝的诗集,你就会发现哪些是伟大的诗歌。

我们稍后会看到,利维斯对品质的关注与他所认为的英语学习具有重要的社会功能有关。与此同时,我们应该注意到,他认为他所讨论的小说最有价值的是什么。他选择的五位小说家都被认为"以重要的体验能力、对生命的虔诚的开放态度和显著的道德力度而著称"(GT,p. 17)。这是否适用于康拉德(他从叔本华和尼采那里继承了一种近乎虚无的倾向),或者这些劳伦斯式的术语是否真的适用于简·奥斯汀,这无疑是一个值得考虑的问题,而"虔诚的开放态度"似乎更像是乔治·艾略特,而不是简·奥斯汀的典型特征。利维斯认为,乔治·艾略特从她的福音派背景中为小说带来了一种对生命完全尊重的态度。她的道德标准是清教徒式的,和利维斯本人一样,都来自体面的小资产阶级家庭。他没有提到,这位思想解放的知识分子与她的情人以非婚姻关系一起生活。调和清教徒式的价值观与对生命虔诚的开放态度,也可能是一种压力,无论"生命"这个难以捉摸的概念如何定义。

这里有明显的阶级敌意。当利维斯谈到乔治·艾略特时,他"赞赏诚实、贞洁、勤奋和自我克制",但也"反对放荡的生活、鲁莽、欺骗和自我放纵"(GT,p. 23n),他这是引用大卫·塞西尔勋爵(Lord David Cecil)①(英国贵族和牛津大学学者)的话,后者更像一位骑士而不是圆颅党人。(顺便说一句,塞西尔似乎没有意识到,这个世界上很少有讨厌真实、赞美欺骗的人,所以他的观点的力量多少有些减弱。)利维斯合理地指出塞西尔的话是贵族对小资产阶级的屈尊俯就,他同时认为这些价值观都是他自己所珍视的,他说"在我看来,启蒙运动、唯美主义或世故会给人一种愉悦的优越感,从而导致平庸和无聊,而从平庸中会产生邪恶"(GT,p. 23n)。就其道德的深度和严肃程度而言,伟大的英国小说是对上流社会的轻浮作风、布卢姆斯伯里的唯美主义者、社会寄生虫、附庸风雅的业余批评家和牛津学院派的批判。简·奥斯汀听到这个消息肯定会感到惊讶。然而,奥斯汀本人就是绅士阶级的讽刺作家,就此而言,利维斯的阶级本能无疑是有根据的。

224　　就像他之前的理查兹和后来的雷蒙德·威廉斯一样,利维斯对"美感"(aesthetic)这个词持怀疑态度,他认为这意味着以牺牲

① 　大卫·塞西尔勋爵(Lord David Cecil,1902—1986),英国批评家。

道德内容为代价关注艺术形式。这是将美感与形式主义或唯美主义等同起来,就像有些批评家错误地只看到艺术应该提供美、价值和独特体验的问题一样。利维斯声称,在重要的英语小说中,形式和内容之间没有这样的区别。简·奥斯汀对"构思"的兴趣,即她组织材料的原则,与她的道德价值观密不可分。利维斯问道,"有哪位伟大的小说家,他对'形式'的专注,不是因为他深刻地认识到他对丰富的人类利益或复杂的利益所负有的责任?"(GT, p. 40)。像《爱玛》这部作品的形式完美必须从奥斯汀的道德关注和她与"生命"的接触的角度来看。相比之下,亨利·詹姆斯后期的作品,其蜘蛛网般的风格,过度的拐弯抹角和挑剔的辨别力,并没有充分体现对道德价值的感觉。正如另一位批评家所说,詹姆斯嚼得太多了。利维斯宣称,他是一个"活得不够"的作家(GT, p. 181),尽管有人可能会补充说,他正是在这种无能的基础上创作了某种壮丽的文学作品。《使节》(*The Ambassadors*)被认为是一部无力的文字辞藻,而《鸽翼》(*The Wings of the Dove*)则是一部过分模糊和令人难以忍受的多愁善感的作品。就这两部作品而言,形式掩盖了内容。

利维斯宣称,没有所谓的"文学价值"。文学作品的价值在于它对日常生活中隐含的价值的回应,以及它探索这些价值的深度和复杂性。然而,他也要求文学作品应该充分"组织",这听起来像是一种文学价值。康拉德的《诺斯特罗莫》"形成了一种丰富、微妙但高度组织的模式"(GT, p. 211),尽管利维斯敏锐地察觉到

225

它的核心有一些空洞。詹姆斯最好的小说里"精神旺盛的生物有丰富而充满活力的生命"(GT, p. 179),这让它们听起来更像农场里的动物,而不是小说作品。一部作品的每个方面都必须对整体的意义有贡献;没有懈怠或冗余的空间。乔伊斯的《尤利西斯》因其随意性、缺乏任何中心组织原则而受到指责。(事实上,它的书名说明是有其组织原则的。)

艺术作品必须紧密统一的要求至少和亚里士多德一样古老;但在利维斯所在的时代,它受到了现代主义的挑战,现代主义认为,一部作品没有理由不可以是碎片化、不和谐或内部冲突的。尽管利维斯很少使用"现代主义"这个词,但他对这些理论并非完全不感兴趣:因此他对《荒原》和其他一些实验性文本表示赞赏。劳伦斯的一些小说,尤其是《虹》和《恋爱中的女人》(*Women in Love*),在他看来,在形式上比当时任何其他作品都要大胆创新。即便如此,他很大程度上仍然坚定地坚持现实主义诗学。真实的生活和真实的体验是小说的主要根源,太多的形式实验可能会失去与这个基础的联系。这种危险在古斯塔夫·福楼拜(Gustave Flaubert)的作品中得到了最突出的体现,在他的作品中,我们发现了一种与对生活的厌恶有关的对写作技术的迷恋。詹姆斯·乔伊斯正走向同一条死胡同。形式主义对外行来说是一个特别的陷阱。

226   利维斯偶尔会把小说描述为"戏剧诗"(dramatic poem),也就是说它不是一部小说。他的意思是,我们必须打破对人物和故事情节的传统分析,以便将欣赏作品作为一个有组织的主题和意象模式。小说主要是语言作品,而不是人物、心理和情境。(顺便说一句,威廉·燕卜荪并不赞同这种观点,他认为,关于人物性格的讨论,尽管在当时已经过时,但仍与以往一样重要。)然而,在讨论小说作品时,利维斯经常回到传统的人物、事件、情节和叙事上,忽略文本的艺术性,而是将它当作现实生活的一部分。此外,尽管他像理查兹和燕卜荪一样致力于所谓的细读,但他经常引用大量的、有时甚至长达一页的文学作品,而并不对它们进行细致的语言考查。

那么,小说就是伟大的"生命之书"。在《伟大的传统》中,查尔斯·狄更斯只有一部作品符合这一标准:怪诞讽刺的《艰难时世》(*Hard Times*)。这部分原因是它篇幅不长,可以构成一个有机的整体,不像作者的其他作品那样"包罗万象",部分原因是,它是狄更斯唯一一部明确地关于"生命"的小说,将机械的功利主义信条与马戏团自发的活力进行了对比。利维斯说"生命的惊人和不可抗拒的丰富性是这本书无处不在的特点"(GT,p. 257),而其中一个马戏团演员茜茜·朱佩(Sissy Jupe),她是劳伦斯式女主人公的原型,代表了"从深层本能和情感泉源中自由而丰富的生命"(GT,p. 254)。不清楚小丑和空中飞人将如何改变无情的工业资本主义,这提供了这本书的社会背景。他们可能会提供一种无政府主义的替代方案,但那是另一回事。在葛擂梗(Gradgrind)身上,功利主义被简化为冷酷无情的数字运算,这忽视了功利主义对维多利亚社会的一些开明改革起了作用的事实。利维斯注意到了小说的一些缺陷——例如,它对工会运动的尖刻讽刺,工会运动在维多利亚时代的英国更像是一种积极的社会力量,而不是驯狮者。他还注意到这部作品用一种伤感的态度对待它的糊涂的、汤姆叔叔式的工人阶级主人公史蒂芬·布拉克普尔(Stephen Blackpool)。然而,这些缺陷最终被抛诸脑后。我们被告知,"就狄更斯的轻松和广度而言,除了莎士比亚,肯定没有更伟大的英语大师了"(GT,p. 272),就此而言,他的小说中只有一本能从文学史的垃圾堆中拯救出来,这就很奇怪了。

然而,这种特别的尴尬后来得到了弥补。在《伟大的传统》中,狄更斯被认为不过是一个了不起的艺人,后来,在与奎妮·利维斯(Queenie Leavis)合著的一部长篇研究《小说家狄更斯》(*Dickens the Novelist*)中,狄更斯又重新得到了认可。我们现在知道,他是"最伟大的创造性作家之一"(DN,p. ix),而把他贬为艺人是完全错误的。然而,令人惊讶的是,没有人承认这正是利维斯本人二十年前所做的。界线已经改变了,但如果要保持一种绝对可靠的权威,就必须悄悄地压制这种大转变(volte face)。正如梵蒂冈官员所说的,天主教会可能推翻对避孕的禁令,这意味着教会将从一种确定状态转向另一种确定状态。

如果利维斯被狄更斯的作品所吸引,那么面对劳伦斯的作品就不需要这种洗心革面的顿悟。的确,他早期的一本关于劳伦斯的小册子尚有保留意见:它认为《虹》单调乏味,并认为艾略特指责《虹》的作者精神上有缺陷并非完全没有根据。利维斯还对《查泰莱夫人的情人》(*Lady Chatterley's Lover*)大加赞赏,但他理所当然地认为这部小说是二流的(尽管他在法庭上为其出版辩护)。然而,二十五年后《小说家 D. H. 劳伦斯》(*D. H. Lawrence*:*Novelist*)出版时,我们几乎看不到丝毫对"我们最后一位伟大作家"的批评("最后"的意思不仅是"最新的",而且——现代文明已经破产了——是指我们不太可能再看到另一个像他这样地位的人了)。像"伟大""天才"和"超越"这样的形容词彼此紧跟着。今天来读这篇赞美劳伦斯的文章是很奇怪的,因为历史已经让很多读者几乎读不懂劳伦斯了。也许除了《查泰莱夫人的情人》受审的传言,他们中的一些人只知道他是一个种族主义者、性别歧视者、精英主义者、厌女者、恐同者、信奉"血统等级"的反犹主义者,但这并不是当今将他从图书馆下架的最有力的动机了。这些丑陋的观点几乎不能从利维斯彻底净化过的叙述中收集到——与其说是因为他压制了这些观点,不如说是因为他似乎没有意识到这些观点。这是对其研究对象的一种很片面的看法。

　　然而,还有一种偏见认为劳伦斯不过是一个可怕的政治不正确的例子。毫无疑问,他持有一些令人不快的观点;但他同时也是一位才华横溢的艺术家,创作出了现代英国小说的一些杰作,尽管他的才华并不均衡,而且时断时续。如果政治上令人厌恶的艺术总是粗制滥造的艺术,那倒是方便,但事情并不那么简单。此外,即使从政治角度来看,劳伦斯也有很大的价值。他可能有性别歧视和同性恋恐惧症,但作为一个矿工的儿子,他也是工业资本主义的严厉批判者。这是一个涉及他所谓的"将人的所有精力都投入到纯粹的利益竞争中"的体系。[4] 他说,占有是一种精神疾病。我们甚至对自己也别有占有欲。正如劳伦斯在《虹》中对汤姆·布兰文(Tom Brangwen)的评价,"他知道他不属于自己"。我们是自己的管家,而不是自己的业主。我们也将对方视为不可简化的"他者",而试图决定他者的存在是一项重罪。

在劳伦斯看来,人类对自然的支配是现代人文主义的灾难性后果。一种专横的意志切断了人类与生物世界的感性接触。劳伦斯的目的还在于恢复男女之间自发的创造性生命的流动和回溯,这种流动被清教徒的道德和机械的社会所抑制和破坏;小说是他实现这一目的的主要手段。如果《查泰莱夫人的情人》是一次大胆的表现,那并不是因为它说到了阴茎和阴道。这部小说是勇敢的,因为尽管如此——流亡、愤怒、孤立、近乎绝望——但劳伦斯最终拒绝否认他所认为的人类精神中无穷无尽的创造力。他不只有厌女症和反犹主义,当我们考察雷蒙德·威廉斯对他作品的评论时,我们会看到这一点。

利维斯有时将劳伦斯的作品说成是"宗教的",意思不是说劳伦斯是一个正统的信徒,而是说属于超越自我的创造性深度的感觉是典型的宗教体验。劳伦斯并没有将这个无垠的深渊称为上帝,但他所称的自发性创造的生命无疑是基督教对恩典的一种诠释。换句话说,他是一个十足的形而上学作家,就像约瑟夫·康拉德一样,只是有一种截然不同的方式;这就指向了所谓的英国小说伟大传统中一个很奇怪的方面。就文学品质而言,书中收录的两位作家可能很般配(尽管也有争议),但将康拉德和劳伦斯与简·奥斯汀和亨利·詹姆斯放在一起就有些不协调了。前两者解决了人在宇宙中所处位置的最基本问题。他们证实了利维斯在他的作品中多次提出的"为什么? 我们最终靠什么生活?"。相比之下,奥斯汀、艾略特和詹姆斯更关注文明,而不是宇宙。他们是礼仪和道德的大师,而不是与众不同和超越的大师。

　　这种反差对应了利维斯本人的两个相反方面。一方面,他是社交能力、"生活优裕"、文明交往和道德修养的倡导者。亨利·詹姆斯"创造了一种理想的文明的情感;一种能够通过最微妙的变化和暗示进行交流的人性;一个细微的差别可能涉及整个复杂的道德经济"(GT,p. 26)。说到詹姆斯的中篇小说《德莫福夫人》(*Madame de Mauves*),利维斯认为作者是在期待一种文明,"在这种文明中,属于一种成熟的社交艺术的礼仪应该是美国人道德修养的最佳指标,是一种严肃的态度,这需要一种成熟的人文文化"(GT,p. 160)。相比之下,詹姆斯的同胞之一,F. 司各特·菲茨杰拉德(F. Scott Fitzgerald)"连最基本的礼仪都不懂,而人们认为这种礼仪能使文明交往成为可能"[5]。菲茨杰拉德是个酒鬼,这也许与他的不良判断有关。礼仪和社交显然不是肤浅的事情;相反,它们深入到文化和道德的最深处。例如,本·琼生将他根深蒂固的、活泼的英国风格与文明的优雅结合在一起。对利维斯来说,如果 17 世纪诗人安德鲁·马维尔代表了英国文明的极致,那是因为他既温文尔雅,又善于思考。

在 18 世纪早期,所谓的"良好状态"(Good Form)在道德上仍然很重要。它属于常识、正确的判断和礼貌、文雅的谈吐的公共领域。"古典时期"的美德,用利维斯一个有洞察力的句子来表达,包括"措辞和语气的轻松确定,动作和姿态的整洁平衡,观点的优雅稳定和均衡的礼仪"(R,p. 148)。17 世纪诗人托马斯·卡鲁(Thomas Carew)①透露出一种"世故的殷勤",而不是什么"放荡和卑鄙——不是什么'狂热骑士'(Wild Gallant);它那温文尔雅的自信中丝毫没有复辟时期的傲慢"(R, p. 16)。在利维斯看来,人们的感性从 17 世纪后期复辟时期的放荡风气,转向了艾迪生(Addison)②和蒲柏时代那种矫情的道德严肃性。"秩序"这个232 词对蒲柏来说并不是空谈,而是"一个富有想象力的概念"(R, p. 92)。礼貌绝不是肤浅的客厅用品,它是为文化和文明服务的。有人可能会补充说,不管利维斯对文明有何正面评价,他自己的散文风格几乎不是文明的典范。一位批评家在利维斯的写作中发现了一种清教徒式的虔诚,一种对炫耀和温文尔雅的厌恶。[6] 他为了不加掩饰的真理牺牲了良好的仪态和亲切的态度。

---

① 托马斯·卡鲁(Thomas Carew,1594—1640),英国诗人。

② 艾迪生(Joseph Addison,1672—1719),英国作家。

当利维斯怀有一种公民心态时,他极力反对任何个人与社会之间的根本区别——他对此表示怀疑,认为这种对立不过是一种浪漫幻想。他甚至认为,严肃文学不可避免地倾向于社会学,即使它为我们提供了一种其他任何东西都无法提供的社会知识。他声称,小说的基本真实是个人的社会本质。对一个自由主义者来说,这是一个有点令人惊讶的观点。然而,这是贯穿利维斯作品的社会性重点。他认为,如果没有公共剧场,就不可能有一种欣欣向荣的戏剧,而反过来,如果没有一个真正的社区,这也是不可能的。如果不考察影响莎士比亚表达方式的社会背景,莎士比亚的成就就是无法解释的,而约翰·班扬的作品则是英语语言这一合作成就的成果。与此同时,利维斯意识到将艺术和个体社会化的危险,他坚持认为社会只存在于个体生命的实体中。他告诫说,"如果没有杰出的个人……就没有什么重要的艺术"(AK, p. 179)。在他内心,自由主义者似乎在与社群主义者交战。然而,这两种观点可以和解:塞缪尔·约翰逊是一个"充满活力和活泼个性的天才"(CP, p. 104),但他也重视礼仪、社交和社会习俗。在某种程度上,利维斯认为社会是一个持续经营的企业,即使意味着他无须意识到这一点。

因此,利维斯对 18 世纪早期的兴趣部分源于他的信念,即繁荣的文学需要活跃的公共领域。他希望为他自己的时代重建的,正是这种由自由精神、公正的智慧所激发的明智的判断和文明的辩论的领域。如果说艾略特对这段历史没有那么着迷,很大程度上是因为他在寻找一段对他自己的文学艺术有益的过去,也就是说,这是一个冲突和分裂的时代,而不是优雅和整合的时代。然而,同样是尊重社会习俗,严肃和肤浅之间只有一线之隔。"我们在《闲话报》(*The Tatler*)和《旁观者》(*The Spectator*)上看到的积极、集中和自信的文明令人印象深刻,"利维斯写道,"但不需要深入分析,就能从这些乏味的刊物中看出一种文化的弱点,这种文化使'绅士成为绅士'的标准"(CP, pp. 103—4)。你需要抵御野蛮人和浪漫的个人主义者,保护礼仪,但你如何做到这一点,而不会把通行证卖给利维斯尖刻地称之为布卢姆斯伯里的"鸡尾酒文化"? 让利维斯感到厌恶的是,就连艾略特也置身于这样的环境,将先锋派的实验换成了复杂的闲聊。他甚至抱怨布卢姆斯伯里文人称艾略特为汤姆(大家都叫他汤姆),而很难想象弗吉尼亚·伍尔夫称利维斯为"弗兰克"(Frank),或者甚至允许他进入她的圈子。后来的艾略特(他不喜欢劳伦斯,这让利维斯觉得是一种冒犯)将自己出卖给了这个小圈子,在利维斯看来,这是一个与精英相反的群体。精英代表一个时代最敏感、最具先锋意识的良知,他们培养价值观,没有这些价值观文明就会灭亡,并保护这些价值观不受庸俗的银行家和政治家的影响;而小圈子是一群封闭的、自我欣赏的社交闲人,他们的主要功能是享受自己的优越感。

关于礼仪(civility)的概念还有其他问题。利维斯是个异教徒,他很大程度上倾向于反社会,至少在当前的社会形态下,而不是顺从社会。如果他设法维持一种社会理想，那么这种理想就违反了他所属的社会秩序。他用"不法之徒"（outlaw）来形容自己和他的追随者。蒲柏的"敌意与文雅的巧妙结合"（R, p. 93）是另一种敏锐的批判性洞察，它表明你既可以持异见，又可以同时优雅，但利维斯本人却过于尖锐地将天平向前者倾斜。有人说他是一个有礼貌的人，但他也培养了一种波西米亚风格。E. M. 福斯特（E. M. Forster）①和利维斯一样，是一个致力于批判性智力自由发挥的自由主义者，也是一个描写文明的人际关系的小说家，但他对文明却感到一种极端的不满；而利维斯在早期的研究中对福斯特赞不绝口，后来就像对待其他许多作家和同行一样，对他表示了强烈的不满。（这其中就包括温文尔雅的理查兹，他给利维斯留下一张便条，祝贺他成为荣誉勋爵，但得到的回复只有一句话，"我们拒绝和您有任何接触"。）说到底，福斯特的礼仪是不够的，尽管在给理查兹的信中暗示，利维斯可以比理查兹更能从中获益。

　　亨利·詹姆斯，一个或多或少是英国上流社会常客的作家，可能是社会优雅的缩影，确实，他的教养有时表现得近乎荒谬；但他也在一封私人信件中承认，"我只相信绝对独立的、个人的和孤独的美德，也只相信安静地不与人交往（必要时可以闷闷不乐）的美德。"利维斯借用这句话作为《共同的追求》的题词之一，并对挪

235

———————

① 　E. M. 福斯特（E. M. Forster，1879—1970），英国小说家。

威小说家克努特·汉姆生（Knut Hamsun）①作了评论："挪威作家协会给他发了个纪念杯，但他要求他们将上面的铭文刮掉，送给别人。"

这——除了荣誉勋爵爵位——是真正的利维斯的圈子。没有哪个公共知识分子比他更不容易受到文化权威的蛊惑。礼仪的另一个问题是它不够深刻。詹姆斯可能是一流的作家，但他缺乏劳伦斯的精神深度。利维斯是个世俗主义者，他和许多不信教的人一样，仍然渴望超越。和艾略特一样，他拒绝理查兹那种认为文学可以取代宗教的渴望；但劳伦斯的作品，实际上，一般意义上的文学作品，恰恰在他的思想中起到了这种作用。在一个无神的世界上，文学是具有终极价值的避风港。

从 1932 年到 1953 年，利维斯担任剑桥评论杂志《细察》（Scrutiny）的主编，该杂志具有全球影响力，改变了文学研究的面貌。在现代英国，无论是英语研究还是其他人文学科领域，没有哪个项目可以与之相比。尽管杂志致力于严格的判断，但它的刊名本身就有点吓人。它源于一个拉丁语术语，意思是"捡破烂"，而从糟粕中甄别出文学上的黄金正是利维斯和他的同事们要完成的任务。很大程度上，正是通过《细察》，利维斯才在世界

---

① 克努特·汉姆生（Knut Hamsun, 1859—1952），挪威作家。

范围内产生了如此强大的影响力,而当时他还抱怨自己几乎没有赢得公众的认可。(他带着一种典型的乡土口吻说,剑桥没有给他教职。)与本书迄今为止讨论的其他人物不同,他所拥有的是一所学校——一大群各国信徒,他们的角色是通过传播利维斯教义来向他们的同行和学生传播福音。

简言之,《细察》不仅仅是一本杂志,且是一场激进的运动。它在中学和高等教育领域都取得了一些显著的成就,还有很多学生(包括我自己)从一个卧底的第五纵队①利维斯派英语老师那里吸收了它的价值观,而没有意识到这个事实。到 1940 年代末,从高等教育到中学教育,从成人教育到教师培训学院,国家教育系统的每个层面都有利维斯信徒。利维斯和丹尼斯·汤普森(Denys Thompson)的《文化与环境》(*Culture and Environment*)被用于成人教育课程,还有一份由英语学校教师创办的利维斯派的杂志。1930 年代的异端思想在接下来的十年里成为文学的正统思想。到第二次世界大战结束时,《细察》的思想已经成为英国文学教学的主导。

由于《细察》同人形成了某种共同体,而且他们也对整个现代文明采取了一种严阵以待的姿态,他们可以将文明对话和文化反叛这两种美德结合在一起。一部分是先锋,一部分是精英,他们

237

---

① 第五纵队(fifth-columnist),通常指试图帮助潜在入侵者的秘密颠覆组织的成员。

的目标是创造"聪慧的、受过教育的、道德上负责和政治上开明的公众"[7]。这可不是一个温和的提议。1944年的《教育法》(Education Act)允许家境不太富裕的学生接受高等教育,以前的工人阶级和中下阶层知识分子组成了一个新的阶层,其中许多人就像利维斯本人一样,有着地方的根源,他们觉得《细察》对"良好的状态、良好的品味和纯文学"的坚决拒绝直觉上很有吸引力。他们很清楚,这样的价值观与社会特权是如何深刻地交织在一起的,因此,在一种感性的决定性转变中,权力从美学家、业余爱好者和绅士派学者手中被剥夺了。在一些保守派的圈子里,《细察》因其狭隘、宗派主义、自命清高和准宗教狂热,以及对对手进行口诛笔伐的习惯而受到谴责;但利维斯本人却成为英语世界最受关注的批评家之一,他对当代文化的悲观诊断得到了广泛认可。

奎妮·利维斯是该杂志中最好战的阶级斗士之一,她丈夫曾说她身上有足够的能量将欧洲炸成碎片。无论从性别、阶级和种族来看,她在剑桥都是局外人——她曾在大学就读,在那里,女性还很少,她的父亲是北伦敦中下阶层的一个布商,她作为正统犹太人长大。她家人拒绝将她嫁给一个非犹太人,因此遭受了另一种形式的排斥。当利维斯发现自己不能在大学任教时,奎妮成了养家糊口的人。她处于学术界的边缘,比大多数圈内人士更清楚地看到文学标准与社会设定之间的紧密联系。"献身于人文学科的一生,"她写道,"意味着并非从事一种职业,而是追求最高尚的利益,这种追求会使其成员享有较高的社会地位;文学欣赏必须遵循与其他社会优势群体表达的相同的法则。文学规则被看作就是学术性英语俱乐部的规则。"[8] 在对弗吉尼亚·伍尔夫的《三个畿尼》(*Three Guineas*)的猛烈抨击中,与其说伍尔夫激进的女权主义吸引了她的注意力,不如说她属于一个有产权的文化精英。今天对伍尔夫的一些评论揭示了相反的盲点。奎妮·利维斯对伍尔夫的着迷远不及她的父亲,维多利亚时代的作家莱斯利·斯蒂芬(Leslie Stephen),她称赞后者是公共知识分子,而不是学者。她还指出,对 T. S. 艾略特早期诗歌的抵制来自反对1926 年大罢工的同一阵营。顺便说一句,有趣的是,她不喜欢劳伦斯,这有点像坎特伯雷大主教(Archbishop of Canterbury)的妻子宣称自己是激进的无神论者。

《细察》对现代文明的诊断是什么?在利维斯从早期到晚年创作的一系列作品中,他对现代文明及史前历史提出了一种完整的观点。[9] 在《为了延续》(*For Continuity*)一书中,他哀叹道:"传统的生活方式已经被机器摧毁,人类的生活越来越偏离自然节奏,各种文化混杂,各种形式在混乱中瓦解,以致西方的严肃文学处处流露出一种意识麻痹的感觉,缺乏方向、动力和动态性公理"(FC, p. 139)。简言之,我们的状态不是最好的。在《大众文明与小众文化》(*Mass Civilisation and Minority Culture*)一书中,我们奇怪地得知,汽车作为第二次工业革命的象征,破坏了家庭,打破了社会习俗。稍感奇怪的是,我们了解到,社会已经被大规模生产、机械化劳动、个人和商品的标准化以及普遍的情感贫困所

239

取代。电影对传统的工人阶级文化构成了强有力的威胁。利维斯抱怨说,工人阶级的男男女女现在都带着晶体管收音机,空气中弥漫着炸鱼和薯条的味道。标准被推翻了,权威消失了,传统被毁了,语言受到广告和大众媒体的威胁,传统文化的连续性灾难性地遭到了破坏。文明价值观的守护者现在与统治世界的强权隔绝了——这些强权不再代表一种知识文化,而是被庸俗的中产阶级所操纵。与艺术现代主义一样,《细察》很大程度上是被剥夺权力的知识分子对大众社会的回应,而大众社会威胁到他们自己的权威。

因此,现代文明是机械的、原子化的、无根的、物质化的和功利主义的。利维斯随后将在复合形容词"技术-边沁主义的"(technologico-Benthamite)中捕捉到这种灾难性状况的本质。杰里米·边沁,功利主义的创始人,理查兹和燕卜荪的道德洞察力的来源,现在被指控为恶棍。利维斯似乎没有意识到边沁,正如我们所知,在很多方面都是一个进步的思想家:他在 18 世纪晚期的著作中反对将同性恋定为犯罪,这可能比利维斯本人走得更远。所谓"边沁主义"一词仅仅是一种致力于物质手段而非精神目的的文明的简写。即便如此,利维斯正确地认识到,在这个伟大的进步时代,边沁主义"为富裕阶层的自满、自私和安逸的迟钝提供了支持"(MBC, p. 34)。他还注意到它对《维多利亚济贫法》(Victorian Poor Law)的责任。

在利维斯看来，C. P. 斯诺(C. P. Snow)①是当代这一信条的主要倡导者之一，他是一位自负、高傲的剑桥科学家和小说家，自认为是圣贤，是建制派人物的典型代表。斯诺曾在一次公开演讲中对他所认为的人文文化和科学文化之间的巨大差距感到遗憾，两者之间的统一性就体现在他本人身上；利维斯在一场如今已成为传奇的公开演讲《两种文化？C. P. 斯诺的意义》(Two Cultures? The Significance of C. P. Snow)中对他的论点进行了反驳。这是一场令人惊讶的、非常愉快的表演，利维斯的粗鲁几乎到了公然诽谤的地步。演讲稿的出版商要求低调处理，但遭到了坚决的拒绝。

利维斯说，斯诺在他的演讲中采用了"一种语气，人们可以说，虽然只有天才才能证明它是正确的，但人们不会轻易想到天才会采用它"(TC，p. 53)。事实上，斯诺不仅不是天才，而且"他在智力上也非常平庸"(TC，p. 54)。然而，他是一个预兆，因为尽管他自己微不足道，但他已成为广大被蒙蔽的公众所认可的圣人和才子。他所谓的对现代的洞察，其特征是"盲目、无意识和随意。他不知道自己在说什么，也没有自知之明"(TC，p. 55)。将他的论点称为思想的过程是对它的吹捧。他的演讲"完全没有学术特色，风格粗俗得令人尴尬"(TC，p. 56)。作为小说家，"他不存在；他根本就不存在。很难说他知道小说是什么……我努力回

241

———————————

① C. P. 斯诺(C. P. Snow，1905—1980)，英国科学家、小说家。

忆我在哪里听说(我梦见?)他的小说是由一个叫查理的电脑为他创作的,指令以章节标题的形式输入"(TC, p. 57)。斯诺完全不知道什么是创造性文学,也不知道它的重要性。

利维斯反对斯诺的理由之一是,斯诺将任何挑战生产力、材料标准和技术进步的人称为"勒德分子"(Luddite)①,也就是说,是怀念前工业社会的人;在斯诺看来,勒德分子中最突出的是像利维斯本人这样的文科知识分子。斯诺的一位同行、历史学家 J. H. 普拉姆(J. H. Plumb)②抱怨说,对物质进步的反感像枯枝败叶一样贯穿于文学批评之中。利维斯煞费苦心地指出,他本人没有这种偏见,也不渴望回到过去——尽管他给他的手下提供了一大箱的弹药,他雄辩地问道:"现代社会的普通成员是否比丛林居民、印第安农民,或那些有着惊人的艺术、技能和智慧但艰难生存的原始民族的成员更完整、更有活力?"(TC, p. 72)从忍饥挨饿的意义上讲,也许有些印第安农民不如西方公民活得更有保障,尽管利维斯忽略了这一事实。在任何情况下,几乎每一个诉诸将过去理想化的思想家都会补充说,过去是无法回归的。

然而,利维斯的观点是,斯诺所设想的幸福"不能被一个健全的人类大脑视为一件快乐沉思的事情"(TC, p. 72)。他的对手没有看到,伴随着现代的"能量、成功的技术、生产力和高水平的生

---

① 指 19 世纪英国工业革命时期的技术工人,他们反对机器和自动化生产。

② J. H. 普拉姆(J. H. Plumb, 1911—2001),英国历史学家。

活"(TC, p. 72),出现了道德的空虚和精神的枯竭。对一个在伦敦俱乐部备受推崇的人物进行这种批驳,结果是利维斯遭到了建制派的诋毁,而斯诺抗议说,这种糟糕的舆论剥夺了他获得诺贝尔奖的权利。认为这位平庸的小说家会获得诺贝尔奖的想法是荒谬的。斯诺的一些支持者敦促他起诉,但他选择了一种无辜受伤的姿态,同时在幕后极力打压利维斯。

利维斯对斯诺的指责不无道理,因为斯诺表现出对物质进步的粗暴信念以及对精神价值的随意态度。然而,利维斯认为科学只是达到目的的一种手段,这肯定是错误的。就技术来说可能是正确的,但科学的大部分领域不是达到目的的手段,就像《卡拉马佐夫兄弟》(*The Brothers Karamazov*)一样。研究物质世界可以是一项为了自身利益而进行的项目,因此它与人文学科的共同点比利维斯愿意承认的要多。很难想象研究软体动物或黑洞会对老年人有什么好处。此外,天体物理学家在宇宙的许多特征中发现的大美是一种与追求真理密切相关的美学问题,正如在利维斯看来,简·奥斯汀小说形式上的对称与它的道德视野有着内在的联系。利维斯向科学和技术致敬,但表现出一种典型的人文主义风格,其实,他对这两者既不情愿,也不了解。他曾经嘲笑一名戴着呼吸器的同事"靠科学维持生命"。对理查兹来说,科学是解决方案的一部分;而现在在它成了问题的一部分。为应对纯文学(belles lettres)的轻浮,你可以像理查兹那样在科学上讲究实际,像燕卜荪那样将声音的感觉和分析的技巧结合起来,或者像利维斯那样,通过科学的客观主义和文学的主观主义切入某些永恒的道德真理。在利维斯看来,理查兹在科学和人文学科之间的争论中选择了错误的一方,而这两人自早年同为剑桥英语系的坏孩子起所结下的友谊也就结束了。

　　在《细察》看来,事情并不总是像现在这样可怕。利维斯认为,在17世纪早期,存在着一种"活跃的"、以乡村为主的文化,在这种文化中,人类与环境之间的关系似乎是合理和自然的。"高雅"文化和大众文化之间并没有不可逾越的鸿沟。像罗伯特·赫里克(Robert Herrick)①这样的诗人可以是古典的,但同时又接触到民众的文化。伊丽莎白和詹姆士一世时期,所有社会阶层都拥有统一的文化,但到17世纪晚期,这种共同的生活方式就严重分化了。在从田野到工厂的过程中,乡村社会秩序被城市化和工业化的发展进一步侵蚀。单调的工业劳动使文化沦为消遣或娱乐。到了现代,土地的节奏已经被空洞的爵士乐所取代。人类与世界之间的自然关系被破坏了,这种破坏可能是不可挽回的。到了19世纪中期,这种古老的生命形式只有少数残存下来。英语的语言精神是在英格兰仍以乡村为主的时候形成的,其重要特点是当众演讲。正是这种强健有力的语言作为宝贵的遗产传给了莎士比亚、琼生和班扬,而产生这种语言的健康的、同质化的社会却逐渐

① 罗伯特·赫里克(Robert Herrick,1591—1674),英国诗人。

凋零。于是,所谓的有机社会迁移到了英语本身,或者至少迁移到了利维斯最欣赏的那些使用英语的方式。

到了 18 世纪初,随着新古典主义的兴起,以及俱乐部、咖啡馆等上层生活方式的流行,高雅文化与民间文化相隔绝,民间文化随之进入长期的衰退期。然而,同质化的阅读群体存活了一段时间。一部分受过良好教育的文学读者,从 18 世纪的《闲话报》和《旁观者》到维多利亚时代的《威斯敏斯特评论》(*Westminster Review*)这些重要的伦敦期刊接受了必不可少的熏陶。换句话说,利维斯将他对乡村的热爱与对文明的尊重结合在一起。然而,在 19 世纪初期,通俗小说越来越多地受到感伤主义和煽情风气的入侵,而 19 世纪末,大众出版和大众新闻的出现进一步降低了标准。奎妮·利维斯宣称,所有这一切都必须由“一群有防卫意识的少数人”[10] 来抵制,尽管有人认为她并没有分发枪械的想法。

245

托马斯·哈代也许是最后一个能将严肃和通俗结合起来的作家。在他之前,查尔斯·狄更斯以无与伦比的气魄和才华做到了这一点。事实上,我们被告知,在狄更斯的时代,演讲仍然是一种植根于现实文化的流行艺术,在此情况下,很难看出有机社会是如何在两个世纪前灭亡的。利维斯声称,礼仪文化在 17 世纪晚期与大众文化隔绝了,但他也特别喜欢乔治·斯特尔特

(George Sturt)[①] 的一部作品,《车铺》(*The Wheelwright's Shop*),它似乎表明,至少有机社会的某些方面在 19 世纪末是活跃的。无与伦比的《识字的用途》(*The Uses of Literacy*)的作者理查德·霍加特(Richard Hoggart)[②]认为,这种社区生活似乎一直以工人阶级团结的形式存在到第二次世界大战结束。因此,对于有机社会的失宠到底是什么时候发生的,有很多争论不休的观点。

即使一种理想的乡村秩序在 17 世纪的某个时候消失了,艺术家或知识分子也没有完全被它的消亡所毁灭。取而代之的是一个文人雅士和文明交往的公共领域,一直持续到 19 世纪中期。各种文学类型可能已经成了少数现象,但文学仍然可以利用积极响应的阅读公众的存在。然而,到了《细察》的时期,就连这种情况也不复存在了。普通民众被媒体和大众出版市场所劫持,而所谓文人则很大程度上被《细察》所鄙视的文化机构——英国广播公司(BBC)、英国文化协会(British Council)、所谓的公立学校、"高端的"报纸和期刊、都市文学沙龙、英国皇家文学学会(Royal Society of Literature)、像布卢姆斯伯里文化圈这样的高雅小团体所控制。有一次,利维斯还另外提到"营销人员、公关人员、(牛津、剑桥的)学院院长、学术带头人、内阁大臣的朋友和教育改革

---

① 乔治·斯特尔特(George Sturt),英国作家,生平不详。

② 理查德·霍加特(Richard Hoggart,1918—2014),英国文学教授和文化学者。

家"(LA，p. 25)。在民众和官员之间进退两难，《细察》杂志发现自己陷入了典型的小资产阶级的双重困境，既蔑视下层的民众，又蔑视上层的社会精英。利维斯夫妇既不喜欢大众，也不喜欢上层阶级。

有机社会当然是个神话。"在历史的每个时刻，"哲学家让-吕克·南希(Jean-Luc Nancy)①写道，"西方都沉浸在对一个已经消失的更古老的社会的怀念中，惋惜失去了温馨、友爱和欢乐。"11在公元前 1 世纪，奥维德已经在他的《变形记》(*Metamorphoses*)中哀叹黄金时代(Golden Age)的逝去，尽管与往常一样，很难知道他对此到底有多认真。"失落的天堂"最受欢迎的地点之一是中世纪时期，尽管在 1370 年代，诗人威廉·朗格兰(William Langland)②就记录了饥饿的雇农中普遍存在的社会动荡。伊丽莎白时代的诗人菲利普·锡德尼(Philip Sidney)③的田园浪漫传奇《阿卡迪亚》(*Arcadia*)就是在一个公园里写成的，这个公园是通过对整个村庄的圈地并驱逐佃户而建成的。17 世纪早期，英国乡村充斥着疾病、早逝、艰难困苦和繁重的劳动。土地很大程度上被用作资本，几乎一半的劳动人口是薪资者而不是农民，失

247

---

① 让-吕克·南希(Jean-Luc Nancy，1940—2021)，法国哲学家。

② 威廉·朗格兰(William Langland，1332—1400)，英国诗人，著有《农夫皮尔斯》(*The Vision of Piers the Plowman*)。

③ 菲利普·锡德尼(Philip Sidney，1554—1586)，英国政治家、作家。

业率高到足以威胁公共秩序。"大量证据表明,"C. B. 麦克弗森
(C. B. Macpherson)写道,"英格兰在 17 世纪接近于一个占有欲
强的商业社会。"[12] 这就是利维斯所描述的"原先的优良秩序"(R,
p. 34)。

所以没有从快乐的花园跌落到工业主义。这不是一种社会
秩序让位于另一种社会秩序的问题,而是工业资本主义逐渐取代
与之相连结的农业资本主义的问题。在工业革命之前的几个世
纪里,资本主义社会关系就已经在英格兰乡村地区拓展。此外,
虽然工人的工作条件是肮脏和受压榨的,但从长远来看,他们的
生活条件比传统农村劳动力在某些方面有所改善,当然这是有争
议的。就此而言,斯诺的说法是有道理的。

《细察》杂志的一些撰稿人警告说,不要将农村劳动者悲惨贫
困的生活浪漫化。奎妮·利维斯和其他人一样,意识到将"快乐
的英格兰"(Merrie England)理想化的危险。正如罗伯特·J. C.
杨(Robert J. C. Young)在另一种情况下所言,"那些没有机会接
触现代生活的人,一旦有机会,通常也会想要现代生活。那些在
意识形态上拒绝现代生活的人往往是那些已经拥有现代生活的
人"[13]。无论如何,利维斯并没有像一些批评家所建议的那样,将
英格兰塑造成一个有机的老英格兰,而怀旧本身也没有什么问
题。在某些方面,过去确实比现在更可取,正如在其他方面,现在
是对过去的改进。中世纪的英国没有核导弹,但也没有麻醉药。
无限进步的幻想就像利维斯认为历史是衰落的一样片面。卡

248

尔·马克思认为,现代是一个令人振奋的解放时代,但也将它视为一个漫长的噩梦。他还认为这两种叙事是紧密交织的。

对于一个如此热衷于精细判断的群体来说,《细察》对当代文明的看法不分青红皂白,令人担忧。就流行文化而言,利维斯毫无疑问会认为约翰·韦恩(John Wayne)和约翰·柯川(John Coltrane)①之间没有什么不同,假设他知道他们中的任何一个。从这个奥林匹斯山的高度,流行的文化景观无一例外显得贫瘠。现代性几乎毫无保留地被谴责为精神荒原。没有人试图在河流污染与医药和卫生的进步之间取得平衡,没有人试图在小报的影响力与妇女日益增长的权益之间进行权衡,也没有人试图用扫盲、民主和公民权利的普及来抵消所谓“低俗小说”(pulp fiction)的大量出版。在这种没有灵魂的情况下,我们需要的是培养一个文明的、受过教育的读者群体,就像 18 世纪和 19 世纪的期刊所拥有的那样;而《细察》将构成这类读者的核心。通过一项社会和文化改革计划,我们不仅要关注文学,还要关注整个现代文明的命运。但这将构成一个具有自我意识的精英阶层,不像艾略特笔下的地主贵族和保守知识分子的混合体,而是一个彻底的精英阶层。利维斯认为,只有少数精英才有生命和希望。脱离所有的党派利益,这个群体将在一个堕落的时代扮演创造性价值观的守护

249

---

① 约翰·韦恩(John Wayne,1907—1979),美国电影演员;约翰·柯川(John Coltrane,1926—1967),美国爵士乐演奏家。

者。因此,它将代表罕见的英国现象,一个独立的知识阶层。文学批评是发展一种自由、非专业、公正的智慧的最佳训练场地,这种智慧可以批判性地影响整个社会的存在。文学本身是人类价值的重要宝库——事实上,是人类遗传性智慧的宝库。正如《细察》的一位作者所言,"英语根本就不是一门学科。它是存在的条件"[14]。《细察》对英语学习的力量的信心被不合理地夸大了,然而这一定程度上是因为它的外行的前辈们完全贬低了这门学科。《细察》杂志对这个世界的奎勒-库奇(Quiller-Couches)[①]做出了反应,以强烈、甚至过度严肃的态度对待这门学科。

　　文学批评是智力和感知力的双重训练,自然是跨学科的。因此,理想的英语系应该包括经济、政治、社会和宗教思想的科目。我们知道,利维斯自己从历史转向英语,而奎妮·利维斯则认为自己是一位文化人类学家。学校对文学的关注也不会局限于英语写作。利维斯对美国文学有着长期的兴趣,尽管他讨厌他所看到的英国社会的美国化(或"白痴化"),《细察》杂志还发表了对法国、德国和意大利作家的评论。经过改造的英语系将在一个更大的批评论坛(大学本身)充当人文价值和审慎判断的中心。大学将成为"人类意识的中心:感知、知识、判断和责任"(TC, p. 75)。

---

①　奎勒-库奇(Quiller-Couches)是阿瑟·托马斯爵士(Sir Arthur Thomas, 1863—1944)的笔名,阿瑟·托马斯是英国作家、批评家,编有《牛津英语诗集》(*Oxford Book of English Verse*, 1900)。

英语系将培养作家、编辑、记者和其他知识分子组成的阶层，他们将对政治权力产生真正的影响，同时帮助培养社会非常需要的高素质的阅读大众。参与社会和政治事务应该属于那些受过严格训练和具有感知力的人的事情，文学批评可以提供这种感知力的训练。换句话说，英语在培养有教养的行政人员和公务员方面扮演着传统中古典文学所扮演的角色。某种公共领域可以从大学内部创造出来——当然，这是一种反讽，因为大学某种程度上取代了原来的师徒契约。18世纪咖啡馆里那种世俗的、温文尔雅的谈吐，庆幸自己没有迂腐的学究气，最终回到了牛津、剑桥的回廊里。

因此，改革堕落社会的方法就是通过教育。教育的主要动力是大学；大学的核心是人文学科；人文学科的女王是文学，通往文学的大道是文学批评。利维斯认为，如果你相信人性，没有什么比保持大学的理念更重要了。事实上，很难看出，对于物种的命运来说，维持大学的理念是否比毒品交易或防止性交易更重要。此外，在利维斯提出英国大学的理想时，在他看来，英国的大学正经历着急剧的变化，每况愈下。在他看来，1960年代高等教育的扩张并不是一种积极的改变。他对不久之后席卷全球的学生革命浪潮持同样悲观的看法。他称之为"工业"规模的教育是少数精英文化的敌人。然而，如果说他对这一发展持强硬的精英主义观点，那么他也是第一批认识到大学注定成为经济加油站的公共知识分子之一，就像今天大部分大学所做的那样；正是在这种趋势下,他强调了高等教育的重要性,因为它是批判性智力自由发挥的家园,这与工业资本主义的优先事项是相悖的。

就此而言,《细察》政治上大体上属于左派。如果利维斯能活着看到这一切,他很可能会衷心地支持绿色运动(Green movement)①。在他年轻的时候,他甚至考虑过某种形式的经济共产主义的可能性,同时又拒绝了马克思主义,因为他认为马克思主义否定了人类精神的自主性。无论如何,马克思主义还不够激进:它只是没有灵魂的工业秩序的另一个版本,这种工业秩序侵蚀了创造性生活的源泉。利维斯认为,这是"我们'资本主义'文明的典型产物",他将"资本主义"一词加了醒目的引号,是为了不让人觉得它与他所摒弃的那种批判形式是共谋的。[15] 他还说,他厌恶集体主义思想。即便如此,他还是饶有兴趣地阅读了托洛茨基(Leon Trotsky)的《文学与革命》(*Literature and Revolution*),并在 1956 年,当一些上流社会的无赖威胁要解散一场反对西方入侵苏伊士运河的抗议活动时,他主动伸出了援手,并说他擅长于一场混战。不管这个说法在身体上(他在第一次世界大战时中过毒气,自认为是残疾人)是否正确,作为隐喻肯定是正确的。[16]

然而,如果《细察》杂志具有左派的社会良知和对特权阶级的蔑视,它也可能再现左派的一些不那么令人愉快的特征。有时,

————————

① 指西方上世纪 80 年代兴起的提倡生产和使用对环境无害的消费品的大众运动,这一运动的倡导者主张抑制经济和人口增长,保护自然环境。

杂志的经营者表现得就像托洛茨基组织中最极端的宗派主义分子，排斥那些偏离党派路线的成员，在每一次温和的异议背后都能发现恶意的敌人，并且花更多的时间互相争斗而不是去攻击对手。这些冲突很大程度上要归咎于利维斯分子严阵以待的性格，但它们也反映了左派本身固有的紧张和矛盾。英语研究是该杂志的核心，但《细察》对以他们的名义所做的许多工作持怀疑态度。英语研究的重镇是大学，然而大学越来越受制于庸俗的理性。英国人所主张的人文价值构成了文明的本质，但实际的文明是贫瘠和机械的。利维斯认为，只有在剑桥大学，《细察》的想法才可能成型；然而，真正的剑桥大学却把他和他的伙伴推到了边缘，拒绝给他们一些最热心的追随者授予讲师职位。因此利维斯发表了著名的宣言："我们是，也知道我们是剑桥——本质上的剑桥，尽管有剑桥"（TC，p. 76）。就像中国套盒一样，文明的重要中心是大学，大学的心脏是英语研究，大学的模范是剑桥，剑桥的精髓是《细察》。然而，在每一个层面，理想都与现实背道而驰。正是在这些压力下，利维斯分子在创造性生活的事业中可能是有害的，并且在公正的观念上表现出强烈的党派色彩。

253

　　因此，利维斯人生的最后几年被一种失败的酸楚感所困扰，也许并不奇怪。他说，他让《细察》停刊，因为他失败了，但也因为任何有智慧的评论都无法在现代生存。说到失败，他想到的是他被证明没有能力撼动剑桥，但这并不完全正确。杂志停刊后的几年里,剑桥英语系有一个利维斯派,很多学生都受到了这个学派的影响,甚至模仿利维斯大师独特的口音和手势。他出版的作品很大程度上受到的欢迎比他抱怨的批评家所暗示的要慷慨得多。在剑桥大学之外,他的精神也给国际学界烙下了不可磨灭的印记。

尽管如此,在他生命的最后几年里,他的情绪依然低落。《我的剑不会休息》(*Nor Shall My Sword*)猛烈抨击"我们的绝症"(NSS, p. 180),包括性放纵、学生骚乱、毒品和旷课。如果有人要对这一切提出替代方案,那么除了"创造力"(creativity)就没什么可说的了。该书还谴责了要求提高工资的工人、对文法学校的破坏,以及那些希望为大英帝国赎罪的软心肠的自由主义者。利维斯坚称,英国人在印度做了大量的创造性工作,他自豪地称自己为英格兰本土主义者。认为印度或"黑非洲"可以有民主的假设是可笑的。他的愤怒发泄在移民、学生激进分子、鼓吹社会同情的开明自由主义者、"多元种族主义"、吉米·亨德里克斯(Jimi Hendrix)①以及那些不认为精英是永恒存在的人身上。他一直对女权主义持怀疑态度,在《伟大的传统》一书中大度地指出,乔治·艾略特有"一个极其精力充沛、杰出的头脑,在任何方面都不会因为是女性而受到损害"(GT, p. 96n)。亨利·詹姆斯笔下的

① 吉米·亨德里克斯(Jimi Hendrix, 1942—1970),美国摇滚歌手。

年轻女主人公黛西·米勒(Daisy Miller)①"完全没有受过教育，没有一个聪明的男人能长久地忍受她，因为她无法与人交谈：除了容貌、金钱、自信和衣服，她没有什么可取之处"(GT，p. 159)。书中还提到简·奥斯汀的"老处女的局限"(R，p. 125)。利维斯对强壮有力的语言的偏爱暴露了他的男性主义偏见。这个宣称"学者是敌人"(TC，pp. 75—6)的激进分子，听起来就像个脸红脖子粗的上校，从他的俱乐部向《每日电讯报》(*Daily Telegraph*)发射信件。

　　总的来说，这就是利维斯被人们记住的方式，到目前为止，人们还记得他。正是精英主义、狭隘主义、宗派主义以及后来的反自由主义在文化记忆中挥之不去。鲜为人知的是，在这个文雅的业余爱好者和唯美的装腔作势者视文学鉴赏为品酒的高级形式的时代，他在将英语确立为一门严肃的道德和知识学科方面发挥了关键作用。雷蒙德·威廉斯是利维斯在剑桥大学的一名学生，他写道，"利维斯对学术主义、布卢姆斯伯里文化圈、都市文学及其文化、商业出版社、广告的一系列攻击，第一次吸引了我"[17]。他补充说，利维斯对教育的热情是另一个吸引人的地方。如果说他是爱争辩的，更不用说粗暴的辱骂，那部分原因是，英语学习的转型对他来说至关重要，尤其是那些在学术界之外产生共鸣的问

255

---

① 亨利·詹姆斯的同名小说的女主人公。

题。毫无疑问,他和他的同事们高估了这一学科的重要性。当人们做出反应时,通常会反应过度。1960年代初,利维斯阵营中两个最热心的追随者之间爆发了一场斗殴,其中一个现在是著名小说家。这场冲突的起因源于对乔治·艾略特的至高无上地位的分歧。

为了从那些轻视英语的人手中夺回英语,利维斯准备向整个文化和学术机构发起挑战。凭借令人印象深刻的勇气,他从不害怕因坚持原则而激怒那些可能帮助他在早年摆脱贫困的人。他是一个极为正直的人,无论个人会付出什么代价,他都坚持自己的立场。他预言性地警告说,大学会成为愚蠢的功利主义的牺牲品,这种功利主义以食品厂的方式衡量结果。他还是一位优秀的教师,对学生全身心投入,他建议学生培养知识杂交,而不是满足于狭隘的视野。他有关文学研究的概念在当时显得异常开阔,涉及历史、宗教、经济学、社会学和人类学。在流行文化方面,他的辨别能力可能失效,但他的抗议绝对是正确的,普通男女理应得到比大众报刊、通俗小说、广告和电视所提供的平庸媚俗更好的待遇。他不仅对文学研究有强烈的责任感,而且对整个社会的生活质量也有强烈的责任感。他还是一位批评界的先驱,在霍普金斯、艾略特、庞德、叶芝、爱德华·托马斯、艾萨克·罗森博格等作家的声誉尚未确立之前,他就为他们提供了支持。

作为一位批评家,利维斯所作的判断可能过于严格,但结果证明大多数判断是充分合理的。他将奥赛罗的高贵描述为"迟钝而残忍的利己主义的伪装",这让研究莎士比亚的学者感到震惊。"自怜会变成愚蠢,凶残的愚蠢,这是一种疯狂和自欺欺人的激情"(CP, pp. 146—7)。这是一个极为准确的评价,亦即拒绝以他膨胀的自我形象来评价人物。演员劳伦斯·奥利弗(Laurence Olivier)[1]在舞台上对这种诠释进行了测试,并取得了优异的成绩。利维斯可以成为一位杰出的文学分析家,他将一种新的语言引入文学研究。他能说出一些非常贴切的看法:萨克雷的"俱乐部成员的智慧",马修·阿诺德的"单薄、甜蜜、沉思的忧郁",叶芝早期散文中偶尔出现的"油滑的韵律",庞德的"有节奏的柔韧",《荒原》中"丰富的混乱",《凯尔特的薄暮》(Celtic Twilight)[2]中"催眠般的模糊"。尽管他有许多明显的缺点,但那些认为他只是一个精英主义的老顽固,他最喜欢的小说家不过是个厌恶女性的同性恋者的人应该重新考虑一下了。

---

① 劳伦斯·奥利弗(Laurence Olivier,1907—1989),英国著名演员和导演。

② 叶芝的一部散文诗作品。

5 雷蒙德·威廉斯

"奎妮在 30 年代就完成了这一切，"这是 F. R. 利维斯对雷蒙德·威廉斯工作的评价。[1]他大概想到了 Q. D. 利维斯在她的《小说与阅读大众》(*Fiction and the Reading Public*)中对流行文化的批判；然而，尽管该书确实是一项开创性的研究，但它很难与战后英国最伟大的社会主义思想家的著作相提并论。然而，在《细察》的众多成就中，它确实是后来被称为文化研究的一个来源。如果说它对待流行文化的态度是非常消极的，那么它也承认流行文化日益增长的影响力。然而，正如威廉斯自己指出的那样，还有一个更重要的因素在起作用。对报刊、电影、广告和大众传媒的批评分析最早是在 1950 年代的成人教育运动中开始的，当时威廉斯本人和研究工人运动的历史学家 E. P. 汤普森（E. P.

Thompson)①以及文学和文化批评家理查德·霍加特都在这一领域工作。²

　　1921年,威廉斯出生在离英格兰边界不远的威尔士的一个小村庄,打个比方说,他一生都生活在僻远的乡村。他被夹在英格兰和威尔士之间,夹在城市和乡村、中产阶级和工人阶级、知识分子和流行文化、流动的经历和对家乡的爱之间。我们还可以将脑力劳动和体力劳动的分工也加入到这些两极分化中来:他在乡村做过一些筑篱和挖沟的工作,对材料工艺有非常好的感知能力,对农活如何操作也有实际的理解,这与典型的知识分子不同。总之,他的唯物主义不仅仅是一种理智的行为。

　　威廉斯的父亲是一名铁路信号员,往上几代都是雇农。威廉斯在剑桥大学读英语系,但因参与第二次世界大战而中断了学业。二十二岁时,作为反坦克团的一个中尉,他参与了欧洲大陆的军事行动,并将盟军的行动视为与苏联红军团结的一种形式。几年后,他因为拒绝参加朝鲜战争而被剥夺了军职,但成功避免了因这种行为而入狱。回到剑桥大学读完学位课程后,他做出了一个政治决定,参与成人教育运动并在工人教育协会(Workers' Educational Association)教书,他后来将这一工作经历描述为事业(vocation),而不是职业(profession)。这是一项非常有价值的

——————————

① E. P. 汤普森(E. P. Thompson,1924—1993),英国历史学家,著有《英国工人阶级的形成》(*The Making of the English Working Class*)。

工作——尽管正如威廉斯曾经自嘲地对我说的那样,有时这可能是教医生的女儿(当时的大学生以男性为主)而不是儿子的问题。在 1950 年代后期,他参与了早期的新左派运动(New Left)和核裁军运动(Campaign for Nuclear Disarmament),凭借他开创性的研究《文化与社会:1780—1950》(*Culture and Society 1780—1950*),他被聘为剑桥大学的讲师,后来又升任教授。他于 1988 年逝世。[3]

威廉斯的教职在戏剧专业,这是一个在实践上和理论上都与他有关的专业。他写了两部电视剧和一些话剧剧本。在他的许多非虚构作品中,有一种悄无声息的戏剧性和强烈的情感张力,使人联想到以批评家身份写作的艺术家。他也有一些颇为奇特的言论。在他成熟时期的作品中,戏剧是他所称的文化唯物主义的典范,即将文化研究作为一系列物质实践;但他关于这个主题的早期作品却远非如此。《从易卜生到艾略特的戏剧》(*Drama from Ibsen to Eliot*,1962)和《表演的戏剧》(*Drama in Performance*,1954)出版于威廉斯仍深受利维斯影响的时期,它们是传统的文学批评作品,几乎没有涉及它们所讨论的戏剧创作的社会状况。相反,这些戏剧被简单地视为一组有待考察的文本,这是威廉斯后来断然拒绝的一种方法。

即便如此,将剑桥学派的细读理论应用于戏剧还是一个相对初步的举动。威廉斯的实验,用他自己的话来说,是将文学批评的技巧运用到舞台上,而后来的威廉斯在他认为“与之一起腐烂”

(PL，p. 240)的文化中，将完全背弃批评。[4] 在早期，他还没有找到自己独特的声音，也没有找到将自己的政治与自己的知识兴趣结合起来的方法。事实上，在另一篇受利维斯影响的研究《阅读与批评》(*Reading and Criticism*，1950)中，他在讨论约瑟夫·康拉德的中篇小说《黑暗之心》时，没有提到帝国主义。同样值得注意的是，在《从易卜生到艾略特的戏剧》中，他会声称道德问题不属于文学批评的范围，而质疑艾略特戏剧中隐含的价值观就会超越该学科的适当边界。当得知这些研究的作者认为自己是共产主义者时，当时的读者无疑会感到惊讶。正如威廉斯后来所说的那样，在他成为真正的学术界成员之前，他是一个"相对可靠的学者"，意思是当时他还在成人教育领域工作，而当他成为一名大学教师时，他就变得不那么正统和可接受了(PL，pp. 211—12)。

尽管如此，这些早期的作品，连同《电影序言》(*Preface to Film*，1954)——与迈克尔·奥罗姆(Michael Orrom)合著——都具有预示 1970 年代和 80 年代那个具有创新精神的、革命性的威廉斯的力量。他已经专注于人们可能称之为形式政治的东西——一种具有强大政治含义的完整的观看或感受方式，亦是艺术作品的结构和惯例所固有的，而不仅仅是其可提取的内容。《从易卜生到艾略特的戏剧》是对其中一种形式的批判，即戏剧自然主义，其目标是逼真——也就是说，通过在舞台上表现一个熟悉的世界来创造现实的幻觉。在他后来的作品中，威廉斯承认了 19 世纪晚期自然主义的激进性质：它以好战的世俗态度拒绝超自然事物,它关注穷人和被忽视的人,它揭露文明社会倾向于压制的肮脏现实,它将人类视为环境的产物的唯物主义观点,它与社会主义运动和开明的科学世界观的密切联系。

261　　　　然而,自然主义追求艺术的逼真性是另一回事。在《从易卜生到艾略特的戏剧》中,威廉斯意识到自然主义的局限性,甚至是任何一种艺术表现形式的局限性。还有更深层次的现实,以及内在的现实,这是对日常世界的描绘所不能揭示的。贝托尔特·布莱希特(Bertolt Brecht)说,将工厂搬上舞台,对了解资本主义毫无帮助。所以这种戏剧形式具有政治影响。在威廉斯看来,自然主义戏剧的另一个特点是语言的贫乏,他以利维斯式的风格将其与现代工业社会的陈词滥调联系起来。萧伯纳戏剧中情感的贫乏就是一个很好的例子。威廉斯声称,在现代社会,日常语言的戏剧性表现不如莎士比亚时代令人满意。在前工业时代的爱尔兰,J. M. 辛格(J. M. Synge)[1]是个例外,他曾被描述为唯一一个能同时用英语和爱尔兰语写作的人。

　　威廉斯认为,严肃的戏剧需要丰富的通用语言;它还需要艺术家和观众之间的情感共同体,而这在"机械化"的社会秩序中是无法蓬勃发展的。相比之下,辛格在爱尔兰西部发现了一个表达的共同体,也许更仁慈的说法是,他所有的角色听起来都差不多。确实,威廉斯承认,辛格剧中充满诗意的对白,有时不过是一种语

---

[1]　J. M. 辛格(J. M. Synge,1871—1909),爱尔兰剧作家。

言上的"调味品",达不到莎士比亚的水准,而在他的同胞肖恩·奥卡西(Sean O'Casey)①的"形容词狂欢"中走到了极端(DIE,p. 117)。即便如此,辛格语言的光彩夺目是基于威廉斯对一种有机生命形式的看法,而奥卡西的对话,除了形容词狂欢,反映了城市的单调、苍白的语言。(他没有注意到,都柏林,这个所涉及的城市,也诞生了所有现代文学作品中语言最丰富的一部作品,即詹姆斯·乔伊斯的《尤利西斯》。)

262

威廉斯曾经说过,在剑桥对他影响最深的是利维斯和马克思主义,而此时,似乎利维斯占了上风。然而,他对自然主义的批判本身就是一种隐含的政治形式。威廉斯后来认为,像易卜生、左拉(Zola)和斯特林堡(Strindberg)这样的自然主义作家属于中产阶级的一部分异见者,他们对中产阶级的价值观怀有敌意,但又无法果断地与它的世界观决裂。人们可能会由此看到威廉斯自己在战后政治平静的英国的处境的寓言,作为一个社会主义者,他感到社会变革缺乏任何可靠的力量。但还有另一个政治含义。自然主义呈现给观众的是个一眼就能认出来的、细致逼真的世界,通常是一个客厅;但这种非常坚固的结构可能表明,我们正在目睹的生命形式不受变化的影响。戏剧形式中隐含的政治信息("这种情况将会持续下去")可能会与其内容相冲突,后者可能会呼吁社会变革。

---

① 肖恩·奥卡西(Sean O'Casey,1880—1964),爱尔兰剧作家。

自然主义的房间的形象在威廉斯的作品中一次又一次地出现,因为人物被困在一个封闭的空间里,他们的命运被他们几乎或根本无法控制的外部力量所决定。契诃夫(Chekhov)的作品就是一个很好的例子。一种带有强烈政治意味的考察人性的方式被具体化在一种特定的艺术形式中。男人和女人不再是自己历史的作者。他们无法掌握形成他们的力量的本质。因为自然主义的框架无法将这些力量直接带到舞台上,我们只能观察到人物对这些力量的被动反应,就像一个人可能会"从窗口盯着他的生命被决定的地方"(DIB, p. 335)。不能直接显示的东西只能间接暗示,主要通过象征主义手法:海鸥、樱桃园、高塔、野鸭、山峰、白马等。

威廉斯终于走出了他那间与世隔绝的房间,他写下了著名的《文化与社会 1780—1950》,开始了新的政治活动形式。欧洲戏剧已经与后来的易卜生、斯特林堡等人的作品决裂,他们最终放弃了自然主义,转向表现主义(Expressionism)。如果戏剧想要揭示现代生活中痛苦的主体性,就需要抛弃沙发和餐柜,转而利用梦境、幻想和无意识的欲望。其结果是一个人物分裂和融合的世界,过去和现在融合,在自我与他人、内在与外在、形象与现实、有意识与无意识之间不再有任何牢固的边界。或者,你也可以从私人房间里杀出一条路,进入贝托尔特·布莱希特的公共领域,创造一种可以将社会现实直接投放到舞台上的戏剧形式。《大胆妈妈和她的孩子们》(*Mother Courage and her Children*)①没有客厅。这些戏剧技巧在电影和后来的电视中找到了它们的对应物，因此威廉斯从戏剧批评家到流行文化理论家的过程是合乎逻辑的。

　　总的来说，威廉斯偏爱现代主义的戏剧实验和小说中的现实主义。在《漫长的革命》(*The Long Revolution*)中，他呼吁一种新的现实主义，意思是"这是一种根据人的素质来创造和判断整个生活方式质量的小说"(LR, p. 278)。这个观念来自匈牙利马克思主义批评家捷尔吉·卢卡契(Georg Lukács)②的著作。真正的现实主义拒绝那种将世界缩小为一个孤独的个人意识的小说，但也拒绝将个人仅仅看作环境的作用。相反，人物本身保持着威廉斯所说的绝对目的，而社会，并不简单地表现为"背景"，而是代表了他们的行动和关系的生活实体。正如他在对英国小说的研究中所说的，"一种独特的生活，在某时某地，有其自身的独特性，但说的是一种共同的经验"(EN, p. 192)。

　　就此而言，现实主义是与威廉斯的社会主义人文主义(socialist humanism)最接近的一种形式。他反对这样一种社会，不仅切断个体生命之间的联系，而且使男人和女人沦为社会整体的产物。可以说，现实主义是资本主义和斯大林主义的解药。他与卢

264

---

① 布莱希特的一部剧作。

② 捷尔吉·卢卡契(Georg Lukács, 1885—1971)，匈牙利哲学家和文学批评家。

卡契的不同之处在于后者的信念，即现实主义必须包含逼真性，以可识别的方式呈现一个熟悉的世界。正是这一点，构成了这位匈牙利批评家对现代主义实验顽固的敌意。相比之下，威廉斯在剑桥生活过，在那里，乔伊斯、爱森斯坦和超现实主义（Surrealism）在大学生社会主义圈子里受到尊崇，所以对他来说，现实主义可以接纳各种形式技巧。这是一种观察的方式，而不是像斯丹达尔（Stendhal）或托尔斯泰（Tolstoy）那样写作。尽管如此，他对小说现实主义的推崇是不言而喻的：一种观察世界的特殊方式，无论它采用何种文学形式，都是最优越的。总的来说，威廉斯不喜欢一种他认为抽象、疏远、苍白和分析的艺术，而所有这些都可以被视为现代主义的写照。如果他欣赏那些以形式的纯粹和心理的深度与世界保持距离的文学作品，那就违背了他更深层次的爱好。

　　《从易卜生到艾略特的戏剧》问世十多年后，威廉斯出版了一部更有争议的戏剧研究著作《现代悲剧》（*Modern Tragedy*，1966）。他确信自己在生活中遇到了各种形式的悲剧，而他发现，传统思想的文学研究者告诉他，这是不可能的。悲剧关注的是君主的死亡和强者的衰落，而不是普通男女的不幸。它涉及对神灵、英雄、神话、命运、献祭、宇宙秩序、苦难的崇高和人类精神的升华的信仰。由于这一切在现代民主的平凡世界中都不复存在，悲剧也随之消亡。就此而言，威廉斯著作的标题本身就是一种反抗的姿态。悲剧似乎并没有随着让·拉辛(Jean Racine)①而消失,至少对这位思想家来说没有消失。因此,该书代表了一种大胆的政治干预,从日常意义上捍卫悲剧,反对学者们的贵族式蔑视。这部著作带有一种冷峻、讽刺性的愤怒,这与威廉斯早期的作品大相径庭。在接下来的研究中,我们会反复听到这种音调。

"战争、革命、贫穷、饥饿;人沦为物品,从名单上除名;迫害和折磨;当代殉教的多种形式;无论事实多么确凿,在悲剧的语境下,我们都不会被感动。我们知道,悲剧与其他事情有关"(MT,p. 62)。在威廉斯所关注的保守派学者看来,埃斯库罗斯(Aeschylus)是悲剧,而奥斯维辛(Auschwitz)不是。其中一些学者指出,纳粹集中营证明了人性的恶毒,证明了任何政治变革都无法治愈人类状况的根本之恶。然而,对于人文主义的威廉斯来说,这意味着错误地将一个特定的历史事件概括为一种贬低整个人类的观点。他是提出这一观点的为数不多的作家之一,即"当人们创建集中营时,其他人会冒着死亡的危险摧毁它们"。事实上,他自己也曾为别人冒过死亡的危险。在他的职业生涯中,威廉斯一边怀抱希望,一边敏锐地意识到人类的残酷和腐败。他也意识到,在一个以"未来的普遍丧失"(PM, p. 96)为特征的世界里,希望的美德注定显得多么天真和迂腐。

事实上,悲剧与希望在他看来并不相互排斥。并不是所有舞

① 让·拉辛(Jean Racine,1639—1699),法国悲剧作家。

台上的悲剧都以死亡和崩溃告终。相反,新生命的出现,无论多么脆弱和不稳定,都是古典悲剧情节不可分割的一部分。威廉斯以一种富有想象力的方式,将这一事实与现代政治革命的性质联系起来。他认为,"在任何不能使所有成员都具有充分人性的社会,都需要革命。因此,在所有存在低贱种族群体、失地的农夫、雇工、失业以及任何被压制或歧视的少数人的社会中",它都是一项必不可少的工程(MT, p. 77)。这并不是大多数学者在 1960 年代中期的话语方式,尽管在那个动荡的十年结束时,他们中的少数人已经开始接受这样的观点。《现代悲剧》是在全球反殖民运动的时期写成的,这一系列事件总体上代表了现代晚期最成功的政治革命。威廉斯认为,这些分散发生的权力夺取构成了一个完整的行动,他认为这是"在一种深刻而悲剧性的无序状态中不可避免的工作"(MT, p. 75)。这一行动之所以是悲剧,并不因为它以失败告终,而是因为它被迫为正义和自由付出了可怕的高昂代价。生命若要蓬勃发展,就必须经历可能的死亡。我们不能否认解放的必要性,但也不能否认解放带来的痛苦。这两者在一种悲惨的情况下联系在一起。因此,悲剧并没有随着欧里庇得斯(Euripides)、高乃依(Corneille)或易卜生而结束。相反,悲剧是威廉斯写作的世界的基调。

《文化与社会 1780—1950》(1958)第一次给威廉斯带来了广泛的赞誉。正如许多有影响的作品一样,它的影响不仅是其内在价值的问题,而且是时代精神的问题。在一个战后相对富裕的世界里,持不同政见的小说家、剧作家和电影制片人、文化研究的出现、新左派政治和核裁军运动、冷战、苏伊士运河纷争中的帝国主义崩溃,以及 1956 年匈牙利起义引发的共产党危机,威廉斯的书真实地反映了 1950 年代末英国的状况。一方面面对斯大林式的马克思主义,另一方面面对严重妥协的劳工主义,他几乎没有政治资源。因此,他回溯英国的社会思想,以建构自己的激进传统。《文化与社会》所代表的正是这个卓越的事业。

268

相关的遗产是对工业资本主义的道德和文化批判。它试图将社会思想建立在普遍人性的理念之上,而不是建立在政治、社会学和经济学的专业语言之上。因为这些领域的许多思想家都被传统观念同化,这在很大程度上留给了艺术家、文化思想家和自由职业的知识分子来挑战社会秩序,从威廉·布莱克、塞缪尔·泰勒·柯勒律治到乔治·奥威尔和 F. R. 利维斯。埃德蒙·伯克(Edmund Burke)[1]站在了这一潮流的源头,他认为,“在胡椒、咖啡、印花布或烟草的贸易中,国家不应该被认为只是一种伙伴关系……这不仅是活着的人之间的伙伴关系,也是活着的人、死去的人和将要出生的人之间的伙伴关系”(引自 CS, pp. 21—2)。威廉斯指出,伯克在抨击粗俗的功利主义时,“准备了一个立场,由此,工业主义和自由主义的发展将不断受到攻击”(CS,

---

[1]　埃德蒙·伯克(Edmund Burke,1729—1797),英国政治理论家。

p. 23)。与伯克同时代的威廉·科贝特（William Cobbett）①可能将中世纪理想化了，但表现出了"由于本能和经验而产生的对贫苦劳动者的感情"（CS，p. 32）。

这里还有激进浪漫主义艺术家的遗产，华兹华斯认为他们"随身带着感情和爱"（CS，p. 63）。这些人在艺术中发现了"人类的某些价值、能力和能量，而社会向工业文明的发展被认为是一种威胁，甚至是毁灭"（CS，p. 56）。因此，浪漫主义诗人与其说是一个孤独的幻想家，不如说是一个共同人性的承载者，他反对将人类仅仅视为利润榨取者或生产工具的观点。创造性的想象力既是一种政治力量，也是一种诗意力量，它反对机械生产、对功利的崇拜和强制性的政治。威廉斯写道，"艺术定义了一种生活质量，它是政治变革的全部目的"（CS，p. 211）。从席勒（Schiller）、柯勒律治到马克思、马修·阿诺德，人类能力和谐发展意义上的文化与工业主义对人类潜能的阻碍是对立的。"机制，"托马斯·卡莱尔（Thomas Carlyle）评论道，"现在已经扎根于人类最亲密、最基本的信念来源；因此，在它的整个生命和运动中，长出了无数的枝干——结出了果实，也生出了毒药"（引自 CS，p. 104）。与此同时，现金支付已经成为个人之间的唯一纽带。

对于约翰·罗斯金（John Ruskin）这样的维多利亚时代的智

---

① 威廉·科贝特（William Cobbett，1762—1835），英国政治活动家。

者来说，一个时期的艺术是衡量产生艺术的生活质量的标准。罗斯金写道，"任何国家的艺术都是其社会和政治美德的体现"（引自 CS, p. 184）。文化的两个概念——作为艺术的文化和作为整个生活方式的文化——被富有成效地捆绑在一起。文化包括存在的整体性和创造性的自我实现，而这两者在兰开夏郡（Lanca-shire）①的棉纺厂中是很难得到的。正如罗斯金在《威尼斯的石头》(*Stones of Venice*)中所抗议的：

> 从我们所有的制造业城市发出的、比他们的熔炉更响亮的呐喊声，都是为了这个——我们在那里制造一切，除了人；我们漂洗棉花、冶炼钢铁、提炼蔗糖、塑造陶器；但是，照亮、升华、提炼或形成一种完整的生命精神，从来没有进入我们对有利因素的评估。（引自 CS, p. 190）

270

在浪漫主义艺术家和马克思主义活动家威廉·莫里斯（William Morris）②的生活和创作中，这些价值观首次被用于一种特定的政治力量——工人阶级运动。"这是艺术的领域，"莫里斯评论道，"在人类面前设定一个完整而合理的生活的真正理想"（引自 CS, p. 202）。这不是将艺术作为达到道德或政治目的的工具的

---

① 兰开夏郡是英国传统纺织业的中心，也是英国工业革命的发源地。——译注
② 威廉·莫里斯(William Morris, 1834—1896)，英国作家、艺术家。——译注

问题,而是在艺术中找到一种具有政治含义的自我实现的形象。

　　20世纪"文化与社会"最杰出的继承者之一是 D. H. 劳伦斯,他出生在一个靠近农村的工人阶级家庭,威廉斯对他有着强烈的认同感。劳伦斯说,他内心的社群主义冲动比性冲动更强烈。真正的自由在于隶属一个美好的家园,而不是迷失和挣脱。民主是这样一种状态:"在这种状态下,每个人都自觉地做自己——每个男人做自己,每个女人做自己,根本不涉及任何平等或不平等的问题;任何人都不得试图去决定其他男人或其他女人的存在"(引自 CS, p. 276)。劳伦斯在另一个人面前感受到的既不是平等也不是不平等,而是(用他自己的话说)"他性"(Otherness),很少有英国作家如此精细地表达了对人、动物和物体的"此性"(thisness)或独特性的感觉。他对哲学家马丁·海德格尔所称的"任其自然"(Gelassenheit)有一种特别的感觉——即对另一个存在的纯粹给予保持开放和响应的能力,而不试图让它们屈从于自己的意志。我们不能占有对方,只有在这样的理解下,我们之间才会有真正的亲密关系。

　　威廉斯研究的许多人物都怀念一个有机社会,一个在灾难性地坠入占有欲强的个人主义、机械的思维习惯和用商业或契约关系取代个人之间的"自然"联系之前繁荣的社会。威廉斯本人否认了这种乡愁,他讽刺性地说,有机社会唯一确定的事情就是它一直在消失。这是一个与利维斯主义决裂的判断。他指出,这种理想秩序的梦想,无论我们回头看多远,都能找到。古代有一些思想家对家长权威的衰落和对神的忽视感到悲哀。威廉斯对乡村历史有足够的了解，他知道愚昧无知、智力受挫、贫困、地方专制、疾病、死亡和繁重的劳动使乡村面貌全非。这可能是他早年被描述为左派利维斯的一种方式，他分享了许多利维斯的价值观，但反对利维斯的文化精英主义，并决心打破现代工业时代意味着从创造性到愚蠢的急剧下降的神话。相反，他以一种让人想起马克思的风格，强调了现代生活赋予人类的，既有好处，也不乏野蛮。就此而言，他属于理查兹和燕卜荪的阵营，而不是艾略特和利维斯的阵营——尽管他对人类进步的可能性的信仰根植于他对人类能力的社会主义式信任，而不是某种干巴巴的理性主义。

272

　　尽管如此，《文化与社会》对它所认为的大多数作者的反动观点还是过于宽容了。即便它不忽视这些信念，它肯定会贬低它们。就此而言，这本书提供了一个全面净化的叙事。埃德蒙·伯克是殖民主义的倡导者，是革命的敌人，是私有财产的坚定捍卫者，而柯勒律治最终成了反对大众民主的英国国教托利党人。托马斯·卡莱尔是个肆无忌惮的种族主义者和帝国主义者，他崇拜强者，建议将"剩余"工人有计划地移民出去，显示出对普通民众的极度蔑视，并支持威权统治。马修·阿诺德或许是维多利亚时代的自由派领袖之一，但这并不妨碍他呼吁用国家暴力来镇压工人阶级的抗议。约翰·亨利·纽曼(John Henry Newman)①主张人类才能的和谐发展,但他的思想对他那个时代最紧迫的社会问题置若罔闻,而且当他愿意考虑这些问题时,他通常站在错误的一边。约翰·罗斯金是一个守旧派的保守党家长式主义者,他信仰等级森严的社会秩序,歌颂秩序、服从、权威和从属的美德。我们已经注意到 D. H. 劳伦斯的令人讨厌的政治信念。T. S. 艾略特也是如此,威廉斯专门为他写了一章。

的确,这些作家中的大多数都对放任主义、自由派个人主义、重商主义、统治阶级的玩忽职守以及他们统治下的人们的半贫困状况持批评态度。另外,他们为社区、创造性的想象力、个人之间的积极联系、共同的责任和精神上的自我实现大声疾呼。然而,尽管他们中的大多数人是工业主义的反对者,但很少有人是工业资本主义的批评者。只有威廉·莫里斯是一个革命的社会主义者,他认识到正是这种制度,而不仅仅是工业主义,是导致当代社会弊病的关键。就此而言,该书所推崇的大多数人物都支持一种与他们希望看到的价值观相悖的生活方式。正如威廉斯所指出的那样,T. S. 艾略特相信共同的社会秩序,而不是个人主义社会秩序,但他在实践中支持资本主义体制,这可能会破坏他自己的理想。在缺乏广泛而根深蒂固的社会主义传统的情况下,威廉斯所追溯的是一种右翼激进主义。反对自由市场无政府状态的不

① 约翰·亨利·纽曼(John Henry Newman,1801—1890),英国教育思想家。

是社会主义民主，而是秩序、权威、等级制度和家长制。这是一种非常丰富、肥沃的遗产，它在现代主义中达到了顶峰；但正如威廉斯自己逐渐承认的那样，该书轻视了右翼激进主义的一些很不光彩的特征，这是一个严重的缺陷。

《文化与社会》的结束语以其智慧和权威而引人注目。在一个政治贫瘠的时代，这是一份杰出的文献。威廉斯主张的所谓的共同文化，指的不是一种统一的生活方式，也不是（如艾略特所认为的）在不同层次共享的单一文化，而是一个参与渠道向每个人开放的社会；既是共同创造的，也是共同分享的；而这将相应地涉及比我们现在享受到的更丰富的多样性。我们正在谈论威廉斯多次提到的"有教养的和参与的民主"。这种生命形式不可能意识到自己是一个整体（事实上，它的大部分完全是无意识的），也不可能作为一个整体为其成员所拥有。它将形成一系列专门的、高度复杂的发展阶段，而不是某种简单的整体。在任何情况下，由于它永远在创造中，它永远不可能被固定和限制。在技能和知识方面的不平等将与威廉斯所说的存在平等地共存，即文化成员对彼此贡献的相互尊重。

我们需要提供生活手段和社会手段，威廉斯指的是社会主义制度；但是，用这些手段生活的人是无法事先确定的。因此，我们必须对提供的每一种价值和意义保持开放的态度，因为我们永远无法预测哪一种可能是有益的。文化本质上是不可规划的。这个词，就像威廉斯本人从乡村搬到城市一样，意味着自然生长的

274

积极倾向;尽管抚育是有意识和有组织的,但生长本身是自发的。有少数人会将自己私下的优先事项强加于这种共同的生活形式,因此他们必须遭到反对。这就是为什么工人运动的象征必须保持握紧的拳头。然而,威廉斯认为,不应该让手不能张开,手指不能伸展,从而形成新的现实。

如果一种共同文化不是虚幻的乌托邦,那是因为在威廉斯看来,这种未来的核心存在于现在。它可以在工人运动的价值观中找到,其信仰是团结而不是个人主义,合作而不是竞争,相互责任而不是个人私利。在这种政治伦理中,社会被视为"既不是中立的,也不是保护性的,而是各种发展的积极手段,包括个人发展"(CS, p. 427)。威廉斯承认,团结可能会产生负面甚至有害的影响;但正如他自己的经历所证实的那样,也有建设性的意义。在一篇与《文化与社会》同时发表的《文化是普通的》(Culture is Ordinary)一文中,他声称他曾经了解工人阶级的生活方式,"正如伟大的工人阶级政治和工业体制所表达的那样,它所强调的邻里关系、相互义务和共同进步,实际上是未来英国社会的最佳基础"(RH, p. 8)。如果威廉斯回顾他童年的家乡,那不是浪漫的怀旧,而是在寻找一条前进的路。

因此,社会主义涉及将某些现有价值观延伸到整个社会,尽管威廉斯清楚地指出,任何价值观在如此大规模的传播过程中都必然发生转变。工人阶级文化主要不是一个艺术作品的问题——事实上,大多数被称为这种文化的东西是为人民生产的,而不是由人民生产的。相反,这是工会、合作化运动、社会主义组织等机构的问题,威廉斯正确地认为,所有这些机构本身就是非凡的文化成就。重要的是,威廉斯出身的阶层给文明留下了宝贵的遗产,其重要性不亚于浪漫主义诗歌和现实主义小说。

1950 年代,左翼政治人士首次将媒体视为主要问题。《文化与社会》出版的时候,大众传播的概念开始出现。威廉斯基于两个理由拒绝使用这个术语。首先,将他人描述为"大众"(mass)本身就是观察者的一种异化症状。事实上,根本没有大众,只有把人看成大众的方式。大众就是其他众多的人。我们通常不认为我们的家人或我们自己是大众的一部分,那么为什么我们不应该将这种尊重延伸到其他人呢? 其次,大众传播的概念很难从操控的现实中解脱出来。威廉斯认为,任何真正的传播理论都必须是一种社区理论——我们应该如何与他人交谈,分享生活和经验本身就是目的,而大众传播的整个概念取决于少数人对多数人的影响。所谓大众,形成了一个面目模糊的公众,被哄骗、说服、引导、指示,其背后的主要动机是利益的积累。与此同时,公众被政治观点所灌输,即使只是通过沉默地排除某些支持现状的信念,包括新闻媒体本身的权力和财政资源。一小群亿万富翁能够影响公众舆论,以促进他们自己的利益,而这发生在一个所谓的民主国家。令人惊讶的是,尽管我们从理查兹和利维斯、乔治·奥威尔和理查德·霍加特那里了解到流行文化的现状,但直到威廉斯的作品,这种对日常生活的贬低才被置于资本主义的背景下,资

本主义利用数以百万计的男人和女人的无知或文化经验不足，以

从中获取丰厚的收益。对理查兹或利维斯夫妇来说，提出这样的问题意味着他们超越了自由主义的界限。在他们看来，解决问题的方法在于教育，而教育更多地是一种防御策略，而不是变革策略。

威廉斯则没有这么长远地看问题。在名为"政治与文学"（*Politics and Letters*）的系列采访中，当被问及他对传媒大亨鲁珀特·默多克（Rupert Murdoch）[①]这样的企业家的看法时，他直言不讳地回答说，这些人必须被赶走。他还发表了一份简短而有原创性的研究报告《传播》（*Communications*），该报告没有简单地哀叹广告的浮华或小报媒体的煽情，而是提出了改变新闻媒体所有权和管理的具体建议，以便使它们免受市场扭曲的影响，同时又不屈服于国家控制的危险。即便如此，他还是拒绝接受艾略特和利维斯夫妇的悲观论点，即文化标准已经出现了灾难性的下降。燕卜荪，正如我们所知，采取了与威廉斯类似的观点，而理查兹相信文化已经退化，但也相信复兴的可能性。威廉斯也同样清醒：确实有很多劣质的艺术、新闻和娱乐作品，但也有一些极好的流行文化，以及芭蕾舞、歌剧、博物馆、艺术展览和古典音乐的观众也有显著增加。"你会在国家大剧院看到媚俗的东西，"他说，

[①]　鲁珀特·默多克（Rupert Murdoch, 1931—　），美国著名的新闻和媒体经营者。——译注

"但也可以在（电视）警匪片中看到极具独创性的戏剧"（RWCS，p.163）。他可能还提到了电影——这是一种他在学生时代为之着迷的文化形式，他是最早在剑桥大学讲授电影的人之一，电影佳作迭出，同时仍然广受欢迎。

威廉斯像他的一些小说所表明的那样，并没有将工人阶级理想化。在这些小说中，他对工人阶级的刻画很大程度上是清晰而清醒的，他对威尔士工人阶级男女在他曾经的家乡的谈吐有着敏锐的听觉。他所提出的作为价值来源的，不是一般的工人生活，而是体现在政治制度中的合作伦理和共同责任。在他还是个孩子的时候，他就在父亲的活动中遇到了这种伦理，他的父亲参加了1926年的大罢工，是当地工党分支的秘书。将劳动人民浪漫化的中产阶级知识分子通常不会把民众描绘成参与罢工、纠察队、停工和示威的人，这些行动可能会对他们自己的利益构成威胁。

然而，威廉斯的父亲是政治活动家这一事实，让他在一般劳动人民中显得不那么典型，这也让威廉斯更容易反驳这样一种观点：普通男女都有物质至上的思想，对政治漠不关心，对宾戈游戏（Bingo）比对布尔什维克主义（Bolshevism）①更有热情。威廉斯

①　宾戈是英国人喜欢的一种填格子游戏，通常在游戏厅进行，有赌博色彩；布尔什维克主义是20世纪初俄国革命党人以马克思主义为标志的政治思想。——译注

非常幸运地体验了他出生时所处阶级的最佳状态；虽然这给他的作品带来了很多宝贵的东西，但这也使他产生了对普通人能力的信任，以及对一般人的信任，这种信任有时过于轻信。他不愿意承认人类的行为有多么可怕——部分原因是，他认为这将对保守主义的观点做出太多让步，即人性天生腐败，而部分原因是与他自己的成长经历相悖。在他的创作中，他有时使用"人类"这个词作为一个褒义词，似乎酷刑和种族灭绝并不属于人类。例如，他写到那些"用人类的声音回应死亡和痛苦"（MT，p. 204）的人，但如果说纳尔逊·曼德拉（Nelson Mandela）用人类的声音说话，那赫尔曼·戈林（Hermann Göering）①也用人类的声音说话。

威廉斯从他成长的这个有着紧密联系的社区学到了个人和社会的不可分割性。如果他坚持这是一种社会和文学信条，那这是一种基于实际经验的信条。事实上，他在《漫长的革命》中指出，"个人"（individual）一词最初的意思是"不可分割"（indivisible），即与整体不可分割。与大多数批评家不同，他没有受到自由个人主义文化的熏陶，因此比那些逐渐了解其局限性的人更容易发现其局限性。就此而言，他的社会背景不仅仅是关于他的传记事实。这就是为什么他看待社会正统的角度使它看起来比其他人更可疑。只是因为他意识到另一种生活形式，他就更有可能

①　赫尔曼·戈林（Hermann Göering，1893—1946），纳粹德国的重要领导人。——译注

感受到某些设想的社会偏见或历史相对性。今天的许多后殖民主义批评家也是如此。

他还从自己的成长背景中获得了一种对普通生活的创造力的信任,这在现代批评中是不多见的。对许多信奉形式主义和现代主义的人来说,日常生活是异化的和不真实的,只有通过断裂或疏远,它才能显示出一些优点。唯一有价值的艺术是以创新、实验的风格打破常规。威廉斯利用自己对日常生活的积极体验,对这种美学提出了质疑。艺术家的任务既是确认和巩固共同的意义,又是打破它们。这也是对现代主义含蓄的指责。它也反对后现代主义,因为后现代主义只有在背离日常生活、违反日常规范、蔑视日常习俗的事物中才能找到价值。

从威廉斯后期作品的立场回顾《文化与社会》,人们会被其柔和的语气所感动。如果它是现代左翼政治的关键文献之一,那它远不是一份令人不快的文献。它的风格是合理、谨慎和节制的。这当然是它取得非凡成功的原因之一,也是它得到学术机构成员赞赏的原因之一。他们对威廉斯随后的研究,如《漫长的革命》,就没有那么热情了。许多读者不无道理地认为《文化与社会》是自由主义者的作品,而不是社会主义者的作品,讽刺的是,这种误解可以说开启了威廉斯的公共事业。因为正是基于这项研究,他获得了剑桥研究基金,但学术界却发现他们邀请了一个野蛮人进入他们的城堡。威廉斯后来发现,他已经不认识写了这部"突破性"作品的人了,他轻蔑地将其描述为"第一阶段激进主义"(PL,

p. 107)。他评论说,书中讨论的作者提出了正确的问题,但给出了错误的答案。很难想出比这更简洁的方式来概括这本书了。如果他说起这项研究时似乎不屑一顾,那是因为当他正在超越它的时候,人们用它来定义他的身份和工作。

威廉斯的兴趣之一是小说,他本人就是小说的实践者;他对这个问题的思考在《从狄更斯到劳伦斯的英国小说》(*The English Novel from Dickens to Lawrence* 1970)中体现得淋漓尽致。1840 年代,当英国成为历史上第一批以城市居民为主的国家的时候,小说"带来了新的感受、新的人物、新的关系;带来新认识、新发现、新的表达节奏;小说定义社会,而不仅仅是反映社会"(EN, p. 11)。小说在"内心感受、体验和自我定义"方面有了深刻的变化(EN, p. 12)。勃朗特姐妹、狄更斯、伊丽莎白·盖斯凯尔等人的小说并不是简单地描绘一个迅速变化的社会秩序;相反,它赶上并帮助定义社会发展的节奏和感觉习惯,它的感知模式和意识形式。小说不仅仅是历史的反映,还揭示了历史的某些方面,否则这些方面就是不可知的。小说表明社会不是其人物的静态式背景,而是"一个进入生命、受到塑造或变形的过程"(EN, p. 13)。因此,历史以现实主义的形式和风格呈现出来。随着社会的转型,人的主体性也在转型;而小说,在记录这种感觉和身份危机的同时,也借用了一些术语来表述它。

威廉斯关于狄更斯的评论就是一个例子。狄更斯是英国第一位伟大的都市小说家,但城市并不仅仅作为人物背景和社会环境出现在他的作品中。从他描写人物的方式也可以看出这一点,他常常以某种单一的固定特征来表现人物:说话的方式、古怪的走路姿势、奇特的面部特征等。威廉斯声称,这是"一种属于在大街上看男女行人的方式"。这是我们对行人的一种快速的、片面的感知,我们只是在繁忙的十字路口偶尔撞见他们。行人的身影在人群中出现片刻,很快又被人群吞没了。我们不像对乔治·艾略特笔下的乡村人物那样全面地看待他们,因为在城市这个陌生的空间里,其他人的生活是无法接近的。他们只是以生动的外表存在,没有任何历史或复杂的内涵。狄更斯笔下的个体经常是相互碰撞而不是相互联系,相互指责,东拉西扯,而不是进行有意义的对话。在这个由巧合和偶遇形成的巨大网络中,人们生活在各种社会缝隙中。他们形同陌路,即使小说的情节有时揭示了他们之间隐秘的关系。所有这一切,虽然属于某种严重的疏离和脱节的症状,但也因其不断的创新和变化而令人兴奋,因此,与简·奥斯汀或乔治·艾略特那种"分析和理解的可控语言"(EN, p. 31)不同,狄更斯自己的风格是一种修辞、展示、戏剧性、情感共鸣和公共劝诫的风格。通过这种方式,我们可以发现历史隐藏在他的作品中,而不仅仅是对济贫院和债务人监狱的描绘。

　　为了更全面地理解这一观念,我们需要理解威廉斯的"情感结构"这一关键概念。这个概念几乎是一种矛盾修饰,因为"结构"意味着一些相当坚实的东西,而"情感"则更难以捉摸和难以

282

理解。正如威廉斯所言,"它就像'结构'所暗示的那样坚固而明确,然而它却在我们的活动中作为最微妙、最不明显的部分起作用"(LR, p. 48)。它反映了文学批评的双重性质,即处理情感,但又用分析的方法。或者,人们也可以将它看作是批评与社会学之间的桥梁,因为后者主要研究结构,而前者更多地考虑生活体验。威廉斯的大部分工作都是在这两者的交汇点上进行的。正是这种对生活体验——"这是对特定地点和时间的生活特质的一种感知"(LR, p. 47)——的强调,使艺术能够对人类文化进行更具有社会学意义的研究,而没有这种研究,艺术必然是不完整的。利维斯的影响在威廉斯对这一概念的描述中挥之不去。"情感结构"还表明,情感是共享的和社会性的,而不仅仅是主观的。情感结构是一种精确的历史情感模式,既可以是一个时代的典型,也可以是一个群体、一种艺术潮流或一件艺术作品的典型。就此而言,这一概念可以作为一种广泛的历史跨度和更具体的现象之间的联系。在相同的艺术作品或社会条件下,也可能存在相互冲突的情感结构。

这是马克思主义者运用的一个新概念。正如迈克尔·莫里亚蒂(Michael Moriarty)教授所指出的那样,在马克思主义传统中,几乎没有其他作家认为人类对历史的反应本质上不是通过话语或信仰,而是通过感觉来中介的。[5] 这一概念的优点是,威廉斯可以避免使用"意识形态"一词,因为他将意识形态与确定的教条和抽象的思想联系在一起。(事实上,这个概念还有一些不那么理性的版本。)意识形态与情感结构不是同义的;但后者是一个主导性力量寻求自身合法性的方式之一,而"意识形态"是这个过程在思想层面的传统名称。然而,也有一些抵触或对立的情感结构,以及艺术作品或社会生活的延伸,那儿主导的力量和反抗的力量会发生冲突。因此,对威廉斯来说,权力不仅仅是信条,更是情感和体验的问题。

284

　　然而,这种观点的缺点之一是,它对体验的概念投入太深,这是一种比威廉斯似乎会承认的更难以捉摸、更含混的现象。马克思指出,资本主义的潜在机制并没有出现在我们的日常经历中,而对于弗洛伊德来说,无意识只能间接地在人的经验中略窥一斑。此外,你的经历可能与我的不一致,同样的经验可能导致我们得出不同的结论。正如我们所看到的,威廉斯的政治观点部分源于他的成长经历,但你也可以经历几乎相同的童年和青春期,得到非常不同的政治立场。很多人就是如此。威廉斯这个新词的传统叫法也许是"感性"(sensibility),这个词既可以用来形容某一部作品,也可以用来形容一个时期或整个社会。我们可以说萨克雷《名利场》(Vanity Fair)的感性,也可以说维多利亚时代晚期的感性。威廉斯可能觉得,"结构"是一个比"感性"这个模糊的概念更精确、更有分析力的概念;但他并没有以任何扩展的形式进行这种结构分析。

　　威廉斯有时将情感结构看作是一种情感模式,这种情感模式仍然是新兴的,还没有形成一种明确的形状。可以说,这是一种仍处于流动或悬浮状态的情感。他认为，所有社会都是由占主导地位的价值和意义之间复杂的相互作用组成的，包括从过去继承而来，但现在（或残余）仍然活跃的价值和意义，还有那些逐渐形成（新兴）的价值和意义。总有一些情感还不能完全表达出来——萌芽中的"冲动、克制和语气的元素；特别是意识和关系的情感元素"（ML，p. 132）——还没有形成一种意识形态或世界观，这可能是艺术灵敏的触角首先察觉到的。威廉斯尤其被安东尼奥·葛兰西（Antonio Gramsci）[①]的霸权观念所吸引，他认为这意味着一个统治阶级的文化是如何渗透到整个社会生活过程中的——不仅仅是思想，还有某些形式的生活经验。[6] 在威廉斯看来，霸权（hegemony）是一个比文化或意识形态更重要的概念——部分原因是它提出了权力的问题，而权力问题不一定适用于文化的概念；部分原因是它的根源比思想更深，而意识形态的概念并不总是如此。如果说它比文化更有政治针对性，那么它也比意识形态更复杂、更内向。即便如此，他仍想坚持反对马克思主义的某种悲观主义，即没有任何一种统治秩序能够耗尽人类所有的精力和意义，人们可能称之为实践意识的东西往往与"官方"信仰相冲突。[7]

在他对英语小说的研究中，威廉斯将勃朗特姐妹的世界描述

① 安东尼奥·葛兰西（Antonio Gramsc, 1891—1937），意大利马克思主义理论家。——译注

为一个"欲望和饥饿、反叛和苍白的传统的世界：欲望和满足的条件与压迫和剥夺的条件在一个单一的经验维度中深刻地联系在一起"(EN, p. 60)。人们可以以此来解释当时的英国社会，当时的饥饿是实实在在的(1840年代有时被称为"饥饿的40年代")，早期工业资本主义的毁灭性影响也包括反叛和剥夺。但它也是对勃朗特姐妹小说情感结构的一种描述，其中的饥饿是一种隐喻(虽然也是现实)，欲望与传统的冲突，希刺克厉夫(Heathcliff)和简·爱(Jane Eyre)①等人物上演了一场对权威的难以抑制的反抗。历史通过某种反复出现的情感模式，间接而自发地侵入勃朗特姐妹的写作。威廉斯写道，"当真正发生混乱，它不一定会出现在罢工或机器故障中"(EN, p. 65)。

　　艺术和社会之间的另一种中介是传统，在威廉斯看来，传统本质上是社会关系问题。例如，考虑一下现实主义小说中无所不知的叙述者的传统，它具有权威判断的含义，广阔的视野，以及通过大量的人物和情景来引导统一叙事的能力。我们不难将这一叙事模式的自信与中产阶级的历史鼎盛时期联系起来，这可以将现实主义小说列为其最辉煌的文化成就之一。人们可能会将其与现代主义小说中破碎的世界进行对比，在现代主义小说中，可

286

---

①　希刺克厉夫和简·爱分别是艾米莉·勃朗特的小说《呼啸山庄》(*Wuthering Heights*)和夏洛蒂·勃朗特的小说《简·爱》(*Jane Eyre*)中的主人公。——译注

能不再有任何不容置疑的真相、坚实的基础或居高临下的视角，而只有一系列冲突的视角和令人不安的含混。随着中产阶级社会进入第一次世界大战前后的动荡时期，文学形式的危机源于更深层次的动荡。在威廉斯看来，文化形式和文学常规有其历史基础。

《从狄更斯到劳伦斯的英国小说》挑战了许多标准的批评观念。简·奥斯汀忽视了她所处时代的重大历史事件，比如拿破仑战争，这是一个批评界的老生常谈；但威廉斯指出，在当时，没有什么历史事实比她所接触的地主家庭的命运更重要了。奥斯汀的小说并没有将背景设定在某个永恒且宁静的乡村，而是设定在一个继承、地产、从商业和殖民剥削中获得财富、涉及地产的联姻以及其他一些财富来源之间复杂而互动的世界。尽管不乏优雅和礼仪，但这是一个极度贪婪的社会，土地、贸易和殖民资本之间的联系日益紧密。尽管由此产生了冲突和不稳定，但在威廉斯看来，奥斯汀设法达到了一种显著的统一基调——一种道德上的沉稳和确定的判断，反映了她所在的社会阶层的自信和成熟。她用某些道德行为的绝对标准来衡量传统的上流社会秩序，以及试图跻身其中的社会攀登者，她并且对笔下的许多人物未能达到这些标准发表了一些尖刻的评论。很难想象，思想开明的乔治·艾略特或亨利·詹姆斯会像奥斯汀那样，对他们笔下某个人物的去世发表评论，认为这是他父母的一次好运。但奥斯汀也是一个彻底的唯物主义作家，对一处乡村住宅的价值或一块土地产生的收入有着敏锐的眼光。正如威廉斯所指出的,当她看着一片田地时,她看到的就是这些东西,而不是任何一个在那里干活的人。雇农很大程度上是隐形的。乡村只有在与乡绅的住宅相关时才会变得真实;除此之外,它基本上就是一个可以散步的地方。

威廉斯本人对乡村社会的熟悉也使他能够打破许多关于托马斯·哈代的神话。哈代的小说不涉及农民,这是有充分理由的,因为在他写作的英国,农民几乎不存在。这一阶层或多或少被 18 世纪晚期的圈地运动赶出了这片土地。取而代之的是资本主义地主、佃农、雇工、商人和工匠。《林地居民》(The Wood-landers)中的格蕾丝·梅尔伯瑞(Grace Melbury)不是一个普通的乡下姑娘,而是一个成功的木材商人的女儿。苔丝·德伯菲尔德(Tess Durbeyfield)在家说西部乡村的方言,外出时说标准英语。引诱她的不是一个邪恶的贵族,而是一个退休制造商的儿子。她也不是愚昧的乡下丫头,作为一个养家糊口的小商人的女儿,她在一所公办学校接受了相当不错的教育。威廉斯指出,哈代本人就像乔治·艾略特和 D. H. 劳伦斯一样,被人骄傲地形容为"自学成才"或无师自通的人,尽管这三位作者都接受了比他们的大多数同胞更好的教育。"自学成才"在这里可以理解为"没有上过寄宿学校或牛津剑桥"。

哈代人物的悲剧源于环境,而非命运。威廉斯认为,这种悲剧也不是惯常的乡村生活方式受到城市文明的入侵和破坏的结果。农村和城市之间没有重大冲突,尤其因为在英国社会,典型

288

的城市资本主义关系首先在农村扎根。如果说哈代笔下的威塞克斯(Wessex)①是一个不稳定的生存之地,那很大程度上是因为它内部的破坏性力量:贫穷、租赁和小资本农业的危险、土地的租用,以及工匠、庄家、商贩、佃农等阶层的逐渐减少。小说中另一个不稳定的因素是哈代自己与这个社会环境的关系,作为一个小本经营的农村建筑师的儿子,他从内部了解这个社会环境,然而,他也是一个受过教育的观察家,一只眼睛盯着这个地方,另一只眼睛盯着他的作品的都市读者。

威廉斯认为,这种含混是哈代语言运用的内在特征。如果苔丝交替使用威塞克斯方言和一种更"正确"的说话方式,哈代本人则夹在两种文体之间,一种是对乡村社会的直接描述,用的是局内人的通俗语言,另有一种是更精致、更自觉、更"文学"的写作风格,这种写作风格的目的是为中产阶级的都市读者所接受,对他们中的许多人来说,农村是一个充满乡巴佬的地方。他称这两种话语方式为"家常的"和"文雅的",并认为两者最终都不会达到哈代的目的:正如威廉斯所言,"谈吐文雅的人说话不够有力,人性方面很迟钝,而说家常话的人则被无知和习惯上的自满所挫败"(EN, p. 107)。形式,同样是社会和历史的:文体的混乱是更深层次的社会危机的症状。威廉斯在 D. H. 劳伦斯的作品中也发现

① 原指英国历史上的一个王国,后成为一个地理概念,一般指英国西南部的多塞特郡(Dorset)。——译注

了类似的矛盾,在能言善辩和不善表达之间,有归属感和没有归属感之间,归属感和精神自由的需求之间,他认为劳伦斯是他那个时代最有天赋的英国小说家。

如果说威廉斯对奥斯汀、勃朗特姐妹、狄更斯、乔治·艾略特和哈代的研究有启发性,那么他对约瑟夫·康拉德、亨利·詹姆斯、詹姆斯·乔伊斯和弗吉尼亚·伍尔夫的研究给人的印象显然就没那么深刻了。人们在讨论康拉德时,不可能不考虑他的形而上学或哲学视野,但威廉斯和利维斯一样,在哲学方面很薄弱,并将康拉德作品的这个方面弃之不顾。他对 D. H. 劳伦斯的处理也是如此,而劳伦斯的形而上学观念对理解他的小说至关重要。至于最优秀的英语小说家之一亨利·詹姆斯,威廉斯似乎对他感到奇怪地不安。和解读奥斯汀一样,他强调詹姆斯在矫饰的外表下是个非常彻底的唯物主义者。他的小说大多关于财富、占有和剥削,但威廉斯莫名其妙地认为他将历史排除在他的艺术之外。他还认为他是一个现代主义者,而主要不是一个现实主义者,对他来说,小说成了自己的主题。"詹姆斯的意识,"他写道,"……几乎是意识唯一的客体和主体"(EN, p. 135)。对于晚期的詹姆斯来说,这可能是正确的,尽管这也是有争议的,但这是对他整个创作的嘲弄。乔伊斯《尤利西斯》中的都柏林与其说是一个真实的城市或"可知的社区",不如说是一个象征性的抽象。一个可知的社区正是《尤利西斯》所描述的;的确,在今天这个后殖民时代的规模很小的首都,这种情况某种程度上是真实的,在这里,每个

290

人似乎都和其他人一起上过中学或大学。据说这座城市的音响效果很好。乔伊斯的小说仍然被誉为伟大的艺术作品，但最令人惊讶的英语先锋文学作品，同一作者的《芬尼根守灵夜》（Finnegans Wake），威廉斯只用几句话就把它打发走了。D. H. 劳伦斯的《恋爱中的女人》是作者最冒险、最富有想象力的实验之一，这本书得到了应有（即便相当敷衍）的好评；但最终，威廉斯选择了更现实的《查泰莱夫人的情人》，它对日常生活的感觉，超越了前一部作品的"抽象的象征语言"。这是一个极其错误的判断。

威廉斯对现代主义的敌意扭曲了他对这些现代作家的看法，最明显的就是他对弗吉尼亚·伍尔夫的厌恶。在他看来，她的小说中，他所珍视的日常现实已经被剥离，只剩下一个孤立的、脱离实体的意识。在《海浪》（The Waves）①中，"所有的家具，甚至人的肉体，都已经从窗户里消失了，我们只剩下感觉和声音，空气中的声音"（LR, p. 279）。但为什么人们要期待伍尔夫像巴尔扎克（Balzac）或屠格涅夫（Turgenev）那样写作呢？威廉斯是在伍尔夫成为女权主义偶像之前做出这一判断的，他对伍尔夫艺术的批评中并没有隐含对女权主义的厌恶。事实上，他在著作《漫长的革命》中列出了他所称的"基于生命的产生和培育的复杂关系"（LR, p. 114），并将政治、经济和文化列为任何一个社会的主要部门。一种社会秩序，如果不把人的出生和照料作为主要关注点，

---

① 弗吉尼亚·伍尔夫的一部小说。——译注

而是将其作为提供潜在劳动力的一种方式,这种社会秩序必将受到抵制。威廉斯指出,爱的成长和爱的能力是社会发展的基础。1961年,即《漫长的革命》出版的那一年,无论政治左派还是其他派别,这些都远远不是人们所接受的立场。

威廉斯另外说到,"几乎不可能怀疑人类繁殖和养育的绝对中心地位,以及它无可置疑的物质性"(PL, p. 340),并注意到性是传统上被马克思主义排除在外的主题之一。事实上,他本人对此几乎没有什么明确的看法;事实上,他的作品中有一种清教徒式的回避,就像在利维斯的作品中有类似的拘谨的倾向一样。然而,他从一个具有启发性的新角度探讨了现在相当时髦的身体问题,他认为"语言和身体之间存在着非常深刻的物质联系"(PL, p. 340)。早在《漫长的革命》一书中,他就对诗歌节奏对"血液、呼吸和大脑生理机制"的影响感兴趣(LR, p. 24)。这与艾略特对诗歌对心灵深处的影响的关注是相似的。与后现代文化不同的是,对后现代文化而言,生物学在很大程度上是一种尴尬,威廉斯保留了一种唯物主义的观点,即人类是物质有机体。无论我们获得怎样崇高的精神境界,我们首先还是物质性存在。

威廉斯对英国乡村社会的描述在《乡村与城市》(*The Country and the City*, 1973)一书中得到了更大规模的拓展。他发现此书比他的其他任何一本书都更难写,也许是因为此书触及了对他自身身份至关重要的问题。除此之外,该项研究还从威廉斯自己的祖先,即被剥削的雇农的立场出发,考虑了英语诗歌中的庄园传统,将这些豪宅视为"石头上的权威宣言"(CC, p. 106)。他写道,"在漫长的征服、盗窃、政治阴谋、联姻、敲诈和金钱力量的过程中,很少有财产所有权能够经受住人道立场的调查"(CC, p. 50)。传统上,文学批评并不用这些术语来讨论像本·琼生的《致彭斯赫斯特》(To Penshurst)或托马斯·卡鲁的《致萨克瑟姆》(To Saxham)这样的诗歌杰作,这本书遭到了许多批评家的冷遇。然而,值得注意的是,我们所拥有的最早的田园诗歌之一,维吉尔的《牧歌》(Bucolics),结合了对乡村生活的理想化,以及为那些被作者所生活其中的罗马政权驱逐的小农的困境而表达的愤怒的呼喊。

293　　《乡村与城市》以明确的唯物主义方式描述了斗争、剥夺和赤裸裸的抢掠的历史,这是位于明信片般永恒的英格兰乡村形象之后的现实。值得注意的是,除了几句简短的轻蔑的议论,几乎没有对燕卜荪的《田园诗的几种形式》进行任何讨论。也许部分原因是威廉斯和其他大多数读者一样,觉得该书令人费解。但无论如何,他开始不喜欢细读式的文本批评,认为这是一种避免更普遍的问题的方法。他显然没有意识到燕卜荪的书具有很强的政治性。就城市主题而言,人们的关注明显少于农村,因此这项研究缺乏启发性。威廉斯不喜欢城市生活,尽管他相当可疑地声称"需要"访问外国城市。他从未在比剑桥更大的城市生活过,也不像利维斯那样是个大城市人物,更不用说一个国际化的大都市了。然而,就像所有的社会主义者一样,他是个国际主义者,相信全球的无产者联合起来。

从《文化与社会》开始,我们很难给威廉斯的知识工程取一个名字。作为批评家、社会学家、小说家、文化理论家和政治评论员,他是书商的噩梦,因为书架上没有明显的位置可以放他的作品。根据他在《文化与社会》一书中所叙述的传统,他也是一位圣贤或道德家——可以说,是他自己戏剧中的最新角色。他自己在《漫长的革命》的开篇就说,"没有任何一门学科能让我对自己感兴趣的问题进行深入研究"(LR, pp. ix—x)。而最后,他自己促成了这样一门学科的诞生,即文化研究。因为文化的概念关系到一种生活方式的质量,所以对文化的研究主要来源于文学批评是合适的,文学批评同样致力于经验的价值和质量问题。文学批评也是一门界限模糊的学科,它涵盖了从死亡到诗歌格律的一切,因此它比大多数学科更容易拓展其他领域的探索。事实上,在威廉斯的研究中,它拓展得如此之多,我们稍后会看到,界限几乎消失了。

他最终用一个术语来定义他的知识工程,那就是文化唯物主义(cultural materialism),其起源可以在《漫长的革命》一书中找到。该书包括对大众传媒和读者群体的发展、标准英语的演变、英国作家的社会史和戏剧形式的研究。自从《文化与社会》出版以来才过了三年,但《漫长的革命》一书的语气却明显更加粗暴。前一部作品使用像"共同文化""相互的责任"和"社区的手段"这样的术语几乎作为社会主义的委婉语,后一部书则公开谈论阶级和资本主义。尽管如此,标题中提到的革命并不是那种街道上血流成河的革命。它标志着一个已经开始的进程:民主、工业、识字、教育和新的交流形式的逐步扩展。总之,革命是渐进的,包括政治、经济和文化三个方面。

有人可能会注意到,这在古典马克思主义的术语中不能算作一场革命,因为革命包括权力从一个社会阶级转移到另一个社会阶级,而且通常涉及暴力对抗;但威廉斯与马克思主义的关系始终是复杂而暧昧的。他通常被描述为马克思主义者;尽管他在学生时代做了十八个月的共产党员,但他明确与《文化与社会》中的信条保持距离。《漫长的革命》当然是反资本主义的,但正如我们刚才所看到的,它的革命概念并不是决定性的政治决裂;虽然《现代悲剧》提到了武装革命,但它主要是反殖民主义而不是反资本主义的。几年后,当威廉斯发展他的文化唯物主义理论时,他相当谨慎地说它与马克思主义"兼容",而不是作为马克思主义的一个方面。

马克思主义者的定义并非不言自明,这一事实使问题变得更复杂。有些思想家在否定马克思的一个或几个关键学说的同时,也宣称自己是马克思主义者;当威廉斯开始写作时,一些有时被认为是马克思主义的思想已经广为人知。这些思想包括共产主义、革命、异化、社会阶层、阶级斗争和国家的阶级性质。使用价值(use-value)和交换价值(exchange-value)的概念,虽然不是这些术语本身,可以在亚里士多德的著作中找到。亚当·斯密(Adam Smith)和让-雅克·卢梭(Jean-Jacques Rousseau)都相信物质生产在社会事务中的首要地位,从某种意义上说,西格蒙德·弗洛伊德(Sigmund Freud)也是如此。生产力与生产关系的矛盾是马克思所特有的少数命题之一,也是他的最具争议性的论题之一。而威廉斯几乎没有对马克思主义思想中这个被认为是不可或缺的特征作任何评论。

即便如此,毫无疑问,到了《马克思主义和文学》(*Marxism and Literature*,1977)的时候,威廉斯的立场已经决定性地转向了革命左派。从这个意义上说,他的职业生涯挑战了这一陈词滥调,即这个街头战斗的年轻煽动者,成熟起来并进入平静的中年。他的观点的发展与 1960 年代末到 1970 年代中期这段时期吻合,这段时期是左翼政治势力短暂兴起的时期。威廉斯甚至在中国文化大革命时期积极发表言论。[8] 这也是各种新马克思主义理论涌入英国的时期,其中文化、语言、艺术、意识和传播被赋予了比威廉斯学生时代的马克思主义所赋予的更关键的角色。由于卢卡契的工作,葛兰西、戈德曼(Goldmann)、萨特(Sartre)、布莱希特、巴赫金(Bakhtin)、本雅明和阿多诺(Adorno)[①]对英国左翼的

296

———————

① 戈德曼(Lucien Goldmann,1913—1970),法国批评家;萨特(Jean-Paul Sartre,1905—1980),法国哲学家;巴赫金(Michael Bakhtin,1895—1975),俄国文艺学家;阿多诺(Theodor Adorno,1903—1969),德国哲学家。——译注

影响越来越大，似乎马克思主义赶上了威廉斯，而不是相反。这个理论现在有了一种人文主义的、非教条主义的版本，他可以很容易地融入其中，并且似乎符合他一直以来反对马克思主义的主要原因：事实上，它将文化和交往置于次要地位，而不是主要地位。文化和交往属于所谓的上层建筑，而不是物质基础，这是威廉斯永远不能接受的情况。

早在《漫长的革命》一书中，他对这种思想的否定就已经很明显了。在题为"创造性思维"（The Creative Mind）的一章中，他认为交往永远不亚于现实；相反，只有通过语言和解释才能构成现实。艺术传统上被认为是创造性的，与日常意识形成对比；但在威廉斯看来，这种区分是错误的，因为我们的整个日常活动都依赖于学习、描述、交往和解释。感知本身是创造性的，艺术只是它的一个特例，没有专门的特权地位。在主体和客体的相互作用中，意识不断地重组现实，反过来又被现实重组。威廉斯后来的一些作品用这个例子来反驳正统的马克思主义主张，即文化和交往在社会存在中只占次要的、衍生的地位。他认为，相信这一点就是将这些活动非物质化，因此正统马克思主义的问题在于它不够唯物主义。它没有将文化理解为一种像采煤或纺织那样的物质性实践。这是对的，但可能没有抓住重点。大多数马克思主义者认为，文化和交往是物质性实践，而不是最终的决定性因素。它们不是历史变革的主要推动力。

威廉斯认为，文化唯物主义可以纠正的正是这种文化的降格。他认为，文化本身是一种生产方式，它涉及某些特定的社会关系和历史条件，对这种生产方式的分析应该取代传统意义上的文学批评。交往手段也是生产手段，一方面是因为它产生了一种产品（言说、新闻、艺术、信息等），另一方面是因为它是整个物质生产的组成部分。同样，语言不仅仅是一种"媒介"，它还积极地产生意义。它是社会活动的组成部分，是社会交往过程中不可或缺的部分。它不是现实的反映，它本身就是现实；它不是一个封闭的系统，而是一个生产过程。

　　威廉斯在《关键词》中直接讨论了语言的问题，这是一项非常 298新颖的历史语义学研究。此书探讨了构成文化和社会性词汇的一系列术语（阶级、民主、精英、现实主义、传统、文学、知识分子等）的复杂、冲突、有时中断的历史。它展示了意义是如何通过创新、互动、迁移、转换、重叠和延伸产生的，以及语言的历史是如何作为思想史的物质主体的。在此书的背后，就像在 I. A. 理查兹的语言学著作背后一样，隐藏着柯勒律治的信念，柯勒律治在他的《文学传记》（*Biographia Literaria*）中相信文字是人类灵魂的活体或器官，他还记录了他所谓的语言的自然生长和偶然变化的周期。考虑到用语的不同，这离《关键词》研究课题已经不远了。

　　此书也可以被称为威廉斯的《复合词的结构》——尽管燕卜荪误读了这本书，认为语言对思想和行为施加了决定性的力量，给了《关键词》相当负面的评价。（威廉斯实际上认为，对"阶级"这样的术语的理解对解决实际的阶级斗争没有多大帮助。这与自由理性主义者形成了对比,I. A. 理查兹就是例证,燕卜荪或许也有同感,他们认同这种观点,即冲突可以通过消除误解来解决。)即便如此,威廉斯和燕卜荪一致反对理查兹的观点,即意义可以完全归结为语境。语境至关重要,但在威廉斯看来,术语有"其自身的内在发展和结构"(K, p. xxxiv),不能简化为语言环境。对他和燕卜荪来说,它们都是微型文本(mini-texts),将一系列复杂的历史线索编织在紧凑的空间里。《关键词》将一百三十多个单词分解成不同的历史成分,可以说,解构了语言的织锦,揭示出语言形成过程中杂乱无章的拼接。

　　值得补充的是,威廉斯有自己的关键词,这些关键词在他的作品中经常出现:复杂的、困难的、多样的、可变的、具体的、活跃的、变化的、连接的、延伸的、成长、形式、关系、协商、意义和价值、感觉、体验。其中有的词——例如"活跃的"(active)——如此频繁地重复作用,以至于几乎完全失去了意义。"复杂的"(Complex)和"困难的"(difficult)是为了防止庸俗的马克思主义被过分简化;"成长"(growth)、"变化"(changing)和"可变的"(variable)属于一种可疑的信念,即变易通常是积极的,而"多样的"(diverse)一定程度上是对斯大林主义一致性(uniformity)的打击。在后现代文化中,多样性和多元性已成为某种口头禅,与信念和承诺很难调和。相比之下,威廉斯作品的一个显著优点是,在他看来,多样性和承诺并非不相容。事实上,他几乎从一开始就在使用"多样性"(diversity)这个词。他毫不怀疑,一个真正的社会主义社会,鉴于它将使更多的公民积极参与,将不可避免地比我们目前的社会秩序更加复杂和多样化,在目前这种社会秩序中,意义和价值很大程度上由少数人决定。

这种观点认为,文化是一个社会得以体验和交往的符号系统,是任何社会、政治或经济形态所固有的。这对文学研究有启示意义。只要马克思主义为我们提供另一种解读文本的方式,它就会仍然困在与它所反对的批评相同的范式中。在威廉斯看来,这也不是一个将两个固定的、可认识的实体(艺术和社会)联系起来的问题,因为这两个实体都是从整个社会过程中抽象出来的。相反,我们需要的是决定性地转向新的领域,将"写作"(不仅仅是作为近代历史性发明的"文学")作为一种物质的和历史的实践来研究。这种态度将承认"我们不能将艺术和文学同其他种类的社会实践分开,使它们受到相当特殊和截然不同的规律的制约"(PMC,p.44)。

在一个文化和传播迅速发展为大型企业的时代,威廉斯拒绝区分主要(物质生产)和次要(艺术、文化)的观点显然是有道理的。即使文化唯物主义不是一种局限于先进资本主义的方法,但它肯定是由先进资本主义证明的。它对政治行动也有影响,正如威廉斯写道,"一场成功的社会主义运动的任务不仅是事实和组织的任务,也是感觉和想象的任务"(RH,p.76)。然而,农田和音乐厅都是物质性的这个事实并不一定意味着它们在塑造历史进程中具有同等的重要性。必要时我们可以没有音乐厅,但没有

300

食物就不行。人类需要庇护所，但他们不需要脱衣舞夜总会。威廉斯在《政治与文学》一书中承认马克思主义理论的这一方面之前，曾有一段时间忽视了它。他也比以前更充分地认识到，对于 301 马克思主义来说，像法律、艺术、政治、宗教等领域是超结构的，不是因为它们比血汗工厂更少物质性，而是因为在其他更令人钦佩的事情中，它们有助于使血汗工厂成为可能的社会合法化。

因此，文化唯物主义研究的是在不断变化的历史环境中，真实的人类主体生产艺术的条件。它包括"对作品创作和变动的具体关系的分析"（PM，p. 173），并将文学视为语言和意义的一种形式。在他的《文化》（*Culture*）这本小书中，威廉斯不再关注个别的艺术作品，而是关注市场、赞助人和赞助商，以及诸如行会、流派、运动、团体和先锋艺术等构成的问题。文学作品不应被视为对象，而应被视为"符号"，根据特定的惯例加以不同的解释；这些惯例在整个社会关系中有着深刻的根源。换句话说，艺术的接受必须与它的生产一起被检验。如果没有这个历史语境，我们就只剩下"赤裸的读者面对赤裸的文本"（WS，p. 189）。

随着文学产品市场的发展，文学和其他任何商品一样成为一种商品，我们可以称之为文学生产方式与一般的物质生产相融合。这引起了艺术家的反应，他们发现自己面对的观众已经变成了无名之辈，他们的作品似乎降到了衬衫和炖锅的水平。创造性想象力现在受制于机械化过程，而它曾自认为优越于机械化过程。这种反应有一个名字叫浪漫主义，它通常没有考虑到大规模

生产的好处，即读者数量的大幅增加。然而，在前现代时期，文学　302
生产的形式更加多样：在公共场合吟诵诗歌的部落诗人，修道院
抄写员，兜售民谣和小册子的小贩，宫廷假面剧的作者，国家赞助
的戏剧，宫廷小圈子里的手抄本，专为俱乐部和咖啡屋写作的文
学记者，献给贵族赞助人的诗歌，在"高档"杂志上连载的小说。
即使文学主要是由市场力量驱动的，替代性实践和社会关系也会
出现：小型出版社、工人作家协会、广播和电视剧、读书会、文学
节、业余剧团、公共诗歌朗诵等。关注这一切并不是简单地考察
文化的社会学支撑，因为它有助于塑造文学作品本身的形式和技
巧。例如，W. B. 叶芝背后有着爱尔兰面向公众的政治诗歌的传
统，所以他的大部分诗歌的创作方式都有利于被人朗诵，而 T. S.
艾略特则不然。

　　文化唯物主义是对当时流行的结构主义和后结构主义的反
击，在威廉斯看来，它们是破坏性的形式主义和非历史主义的东
西。事实上，他对这些理论日益增长的影响的反应可能有助于他
进一步左倾，而此时，许多昔日的马克思主义者正争先恐后地朝
相反的方向转移。他对理论有一种相当英国式的不信任，他觉得
这些理论太脱离实际经验了。作为一个激进的历史决定论者，他
也反对他所认为的那种封闭、静态、绝对的体系。相反，他更喜欢　303
变化、多样化和开放式的状况。这种倾向需要受到质疑。变化本
身没有价值。法西斯政党的多样性也不值得称赞。无原则的慷
慨并不是一种美德。你不会被活埋的保证不应该是开放式的。

静态和稳定可能是非常可取的：人们希望拥有投票权的女性永远不会变异为被剥夺投票权的女性。体系本身不是拒绝的理由：以一种严谨的精神去思考事物之间的联系可能是一种解放而不是禁锢。威廉斯和他的新左派同事 E. P. 汤普森（E. P. Thompson）以及斯图尔特·霍尔（Stuart Hall）[1]对系统性思维十分警惕，这一定程度上是对斯大林主义的反感。而绝对也没有什么错。在传统的道德思想中，"绝对"（absolute）仅仅意味着人们想不出任何一种情况可以证明某种行为是合理的：例如，在火上烤婴儿。

目前尚不清楚文化唯物主义与传统的文化社会学有何不同，后者也研究诸如阅读大众和艺术形式等问题；除了威廉斯的文化社会学比大多数人都更具有马克思主义色彩这一事实之外，似乎没有现成的答案。然而，如果不是从文化本身，而是从文化的生产和接受条件来研究文化，那么人们是不是就有忽视文化作为社会批判的功能的危险了呢？文本的愉悦——即它乌托邦的一面，以及它带给读者洞察力和乐趣的能力，到哪里去了？难道要把这些放在一边，用来叙述作家的社会出身，或者戏剧形式的变化性质吗？威廉斯还忽略了一个事实，那就是对艺术的历史或社会学研究并不总是激进的。从埃德蒙·伯克开始，历史化至少已经成为政治右翼和左翼的典型手法。此外，仅仅将《汤姆·琼斯》

---

[1]   E. P. 汤普森（E. P. Thompson，1924—1993），英国历史学家；斯图尔特·霍尔（Stuart Hall，1932—2014），英国批评家。——译注

（*Tom Jones*）①置于历史语境下，即使在冲突的语境下，或通过调查其生产手段，你也无法对其进行颠覆性的解读。尽管如此，从文本到制度的转变仍有重要的政治含义。正如我们所知，这使得威廉斯能够以一种理查兹或《细察》从未做过的方式提出文化产业转型的具体建议。

有人可能会说，威廉斯一开始就高估了文学批评的重要性，这是他从利维斯那里继承来的错误，但最终却低估了它。如我们所知，《从易卜生到艾略特的戏剧》主要将其研究对象作为一组孤立的文本，而不是作为一种制度的戏剧，而威廉斯的后期作品，尽管他坚持"各种细读……在我看来肯定是不可缺少的"（WS, p. 215），却把笔锋转向相反的方向。人们不禁要想，这一定程度上是因为对文本的深入分析，尤其是对诗歌的分析，从来不是他的强项。像利维斯的《伟大的传统》一样，《从狄更斯到劳伦斯的英国小说》从小说文本中引用了很长的段落，却没有对它们进行任何细节的审视，而《乡村与城市》则把文学纯粹当作社会记录。书中一度引用了 19 世纪二流作家詹姆斯·汤姆森（James Thomson）②的诗句，却没有提及最明显的事实，即这些诗句是多么残暴。事实上，威廉斯对文学评价越来越敌视，他将文学评价与他想要抛弃的传统批评联系在一起。和利维斯一样，他对美学概念

---

① 英国小说家亨利·菲尔丁（Henry Fielding，1707—1754）的作品。——译注

② 詹姆斯·汤姆森（James Thomson，1834—1882），英国诗人。——译注

持怀疑态度,拒绝将它作为一个抽象的范畴,但承认有一些具体的、变化的经验可以归类在这个标题下。他认为,这些经验代表了主导性社会秩序试图压制的一系列价值观。它们还反对将人的生命减少到纯粹的效用。所以,如果说有些时候威廉斯认为美学概念过于抽象和具有普遍主义色彩,那么在其他时候,他也会并不情愿地承认美学的力量。和许多现代批评家一样,威廉斯和利维斯都倾向于将美学概念缩小到一种特殊的、封闭的经验形式,以及美的问题,这样就更容易被一笔勾销。但古典美学要比这宽广得多。

对抽象观念的不信任是威廉斯继承的利维斯遗产的一部分。但"阶级""文化"和"平等"都是抽象的概念,不能因此而被抛弃。不断吸引他注意的是具体的和历史上确实存在的东西;然而,他以一种抽象的风格来讨论这些问题,这往往让人难以理解。就拿《从狄更斯到劳伦斯的英国小说》中关于《呼啸山庄》的这段话来说:

> 在天赋与意志之间,在必然的世界与看似可分离的似是而非的世界之间,行动促使其结束。在这些特殊的困难中,人的一种必要体验——那种生活欲望,那种被赋予的关系——是受挫、流离失所、迷失;但是,当它从现在只存在于精神上的地方,以一种深刻而令人信服的方式——只是因为它是必要的——呼应和反射回来;必然之物的形象超越了平

306

静的、重新安排的生活；现实的需要，人的需要，萦绕着这个有限而缩小的世界。（EN，p. 68）

这段话在语境中略显易懂，但也只是勉为其难。威廉斯的文章有很多清晰的段落，但也有一些晦涩难懂的部分。总的来说，他的文字生硬、沉重、复杂。他的思想是坚定的，深刻的，稳重的，但它没有燕卜荪的那种灵活多变的品质。这是他的典型的风格，正如上面引文所表明的，它设法将抽象与情感结合起来，或者从情感中抽象出来，而不完全消除抽象。从某种意义上说，私人的、特殊的语言被塑造成一种引起公众共鸣的、公开的、权威的话语形式，有时是一种过于自觉的圣人式的方式。他的话语如此具有权威性，以至于他几乎从不费心借助资料来源或引用同行的评论。社会学家迈克尔·沃尔泽（Michael Walzer）①告诉我们，"《塔木德》(Talmud)②中有句话，当一个学者承认了他所有的资料来源，他就把救赎的日子提前了一点"，在这种情况下，威廉斯成功地无限期推迟了弥赛亚（Messiah）的到来。⁹ 并不是说他总是有那么多资料可以引用。有许多重要的思想家他从来没有读过；虽然这反映了他的独创性和独立思想，以及他深入地利用自己的

————————

① 迈克尔·沃尔泽（Michael Walzer，1935— ），美国政治哲学家。——译注
② 《塔木德》是犹太教口传律法的汇编，是以色列仅次于《圣经》的典籍。——译注

307　资源的方式,但这也暴露了某种骄傲和冷漠,拒绝对他的知识分子同胞有所感激,这与他的政治主张不太相符。这是他个人的风格,他不断地代表别人说话——代表他自己国家的人民,代表全体劳动人民,甚至代表整个人类——但同时又奇怪地超然和自我孤立。一些与他关系密切的人在他的个人生活中发现了这些品质,奇怪的是,这些品质与一种温暖和亲切相结合,而这种温暖和亲切在剑桥大学晚宴厅(Cambridge Senior Combination Rooms)并不总是很明显。

　　威廉斯作品最显著的特点之一是其人性的深度。在一个见证了文化生产的形式和技术发生了一些最根本的变化的时期,他是劳动人民在这一领域的主要代言人,是给予他们充分尊重的社会秩序的倡导者。他写道:"从我的教育经历来看,我属于有文化的人和有文学修养的人。但就遗传和从属关系而言,我属于文盲和相当于文盲的大多数人"(WS,p. 212)。然而,如果说威廉斯非常关心文化,他也不会以牺牲自然为代价。就像他最喜欢的诗人威廉·华兹华斯一样,他在农村和山区长大。正是从他那里,我第一次知道了"生态"(ecology)这个词的含义,这是他自己从他儿子的生物学作业中得到的。早在生态学这个词广为流传之前,他就是一位生态学家。《文化与社会》最后几句不祥的话,早在人们意识到生态灾难之前就已经出现了,而且还提到了大规模杀伤性武器;但不难将它们解读为我们现在面临的全球性灾难的预言:"有些想法和思维方式含有生命的种子,而有些想法和思维方

308

式也许在我们的内心深处,含有普遍死亡的种子。我们能否成功地识别出这些类型,能否为它们命名,从而使它们能够被普遍识别,这或许就是我们未来的衡量标准"(CS, p. 442)。

注释

导言

1　I. A. Richards, 'Our lost leaders', in *I. A. Richards: Collected Shorter Writings 1919—1938*, ed. John Constable (London: Routledge, 2001), p. 337.

2　Raymond Williams, 'Realism and non-naturalism', in Jim McGuigan (ed.), *Raymond Williams on Culture and Society* (London: Sage, 2014), p. 200.

3　我无法在本书中讨论这些批评家的创造性写作，否则本书至少要比现在的篇幅长一倍。无论如何，艾略特已经被分析得死气沉沉的了，理查兹的诗歌最好在仁慈的沉默中被忽略，而威廉斯的小说在我看来也不是他作品中最有价值的部分。燕卜荪的优秀诗歌肯定值得进一步研究，但不是在这里，还可以举行一场比赛，让候选人提交利维斯可能写过的小说的某个版本。

1 T.S.艾略特

1 本章所引用的艾略特作品及其引文后所用的缩写如下：*The Sacred Wood* (London: Faber & Faber, 1920, reprinted London: Faber & Faber, 1997), SW; *For Lancelot Andrewes* (London: Faber & Gwyer, 1928, reprinted London: Faber & Faber, 1970), FLA; *Selected Essays* (London: Faber & Faber, 1932, reprinted London: Faber & Faber, 1963), SE; *The Use of Poetry and the Use of Criticism* (London: Faber & Faber, 1933, reprinted London: Faber & Faber, 1964), UPUC; *After Strange Gods* (London: Faber & Faber, 1934), ASG; *Essays Ancient and Modern* (London: Faber & Faber, 1936), EAM; *The Idea of a Christian Society* (London: Faber & Faber, 1939), ICS; *Notes Towards a Definition of Culture* (London: Faber & Faber, 1948), NDC; *On Poetry and Poets* (London: Faber & Faber, 1957, reprinted New York: Farrar, Straus & Giroux, 2009), OPP; *To Criticize the Critic* (London: Faber & Faber, 1965, reprinted London: Faber & Faber 1978), TCC.

2 对该杂志的精彩记述，见 Jason Harding, *The 'Criterion': Cultural Politics and Periodical Networks in Interwar Britain* (Oxford: Oxford University Press, 2002).

3 引自 Stefan Collini, *Absent Minds* (Oxford: Oxford University Press, 2006), p.314.

4 有关这一文化遗产，见 Francis Mulhern, *Culture-MetaCulture* (London: Routledge, 2000).

5 Raymond Williams, *Culture and Society 1780—1950* (London:

Chatto & Windus, 1958, reprinted London: Vintage Classics, 2017), p.
334.

6　Raymond Williams, *The Long Revolution* (London: Chatto &
Windus, 1961), p.52.

7　Graham Martin, 'Introduction', in Graham Martin (ed.), *Eliot
in Perspective* (London: Macmillan, 1970), p.22.

8　Lachlan Mackinnon, 'Aesthetic certainty', *Times Literary
Supplement* (31 January 2020), p.30.

9　Stefan Collini, *The Nostalgic Imagination* (Oxford: Oxford U-
niversity Press, 2019), p.186.

10　引自 Collini, *The Nostalgic Imagination*, p.187.

11　I. A. Richards, 'Nineteen hundred and now', in *Collected
Shorter Writings 1919—1938*, ed. John Constable (London: Routledge,
2001), p.178.

12　Barry Cullen, 'The impersonal objective', in Ian MacKillop and
Richard Storer (eds), *F. R. Leavis: Essays and Documents* (London:
Continuum, 2005), p.161.

2　I. A. 理查兹

1　在本章中，我引用了 *I. A. Richards: Selected Works 1919—
1938*，此文集由 John Constable 精心编辑，包括以下几卷，全部由 Rout-
ledge 于 2001 年出版：vol. 1, co-authored with C. K. Ogden and James
Wood, *The Foundations of Aesthetics* (1922), FA; vol. 2, co-authored
with C. K. Ogden, *The Meaning of Meaning* (1923); vol. 3, *Principles
of Literary Criticism* (1924), PLC; vol. 4, *Practical Criticism*, PC;

vol. 5, *Mencius on the Mind* (1932), MM; vol. 6, *Coleridge on Imagination* (1934), CI; vol. 7, *The Philosophy of Rhetoric* (1936), PR; vol. 8, *Interpretation in Teaching* (1938), IT; vol. 9, *Collected Shorter Writings 1919—1938*, CSW; vol. 10, *I. A. Richards and his Critics*, RC. 我还使用了 I. A. Richards, *Speculative Instruments* (London: Routledge & Kegan Paul, 1955), SI. 其中一些书名后面的缩写与本书引文后面使用的缩写相同。对理查兹最详尽的研究见 John Paul Russo (ed.), *I. A. Richards: His Life and Work* (Baltimore: Johns Hopkins University Press, 1989). 在众多相关的学术研究中，最有启发性的是 W. H. N. Hotopf, *Language, Thought and Comprehension: A Case Study of the Writings of I. A. Richards* (London: Routledge & Kegan Paul, 1965).

2 引自 Stefan Collini, *Absent Minds: Intellectuals in Britain* (Oxford: Oxford University Press, 2006), p. 303.

3 Emile Durkheim, *The Division of Labour in Society* (London: Palgrave Macmillan, 2013), p. 43.

4 见 Basil Willey, 'I. A. Richards and Coleridge', in Reuben Brower, Helen Vendler and John Hollander (eds), *I. A. Richards: Essays in his Honor* (New York: Oxford University Press, 1973), p. 232.

5 见 Justus Buchler (ed.), *Philosophical Writings of Peirce* (New York: Dover Publications, 1955), p. 99.

6 Ken Hirschkop, *Linguistic Turns 1890—1950* (Oxford: Oxford University Press, 2019), p. 167.

7 Joseph North, *Literary Criticism: A Concise Political History* (Cambridge, MA: Harvard University Press, 2017), p. 51.

8 Geoffrey Hartman, 'The dream of communication', in Brower et al., *I. A. Richards*, p. 167.

9 Michael Moriarty, 'The longest cultural journey', in Christopher Prendergast (ed.), *Cultural Materialism: On Raymond Williams* (Minneapolis: University of Minnesota Press, 1995), p.100.

10 我在此表达的是理查兹本人对孟子和汉语的看法,我没有能力评估他的判断是否正确。

11 I. A. Richards, 'Semantic frontiersman', in Roma Gill (ed.), *William Empson: The Man and His Work* (London: Routledge, 1974), p.100.

3 威廉·燕卜荪

1 引自 John Paul Russo (ed.), *I. A. Richards: His Life and Work* (Baltimore: Johns Hopkins University Press, 1989), p.526. 本章所引用的燕卜荪著作及其引文后所用的缩写如下: *Seven Types of Ambiguity* (London: Chatto & Windus, 1930, reprinted London: Penguin, 1961), STA; *Some Versions of Pastoral* (London: Chatto & Windus, 1935, reprinted London: Penguin, 1966), SVP; *The Structure of Complex Words* (London: Chatto & Windus, 1951, reprinted London: Penguin, 1985), SCW; *Milton's God* (London: Chatto & Windus, 1961), MG; *Using Biography* (Cambridge, MA: Harvard University Press, 1984), UB; *Argufying: Essays on Literature and Culture*, ed. John Haffenden (London: Hogarth Press, 1988), A.

2 见 Haffenden, 'Introduction' to *Argufying*, p.60.

3 William Empson, *The Face of the Buddha*, ed. Rupert Arrowsmith (Oxford: Oxford University Press, 2016).

4 Paul Fry 'Empson's Satan: an ambiguous character of the sev-

enth type', in Christopher Norris and Nigel Mapp (eds), *William Empson: The Critical Achievement* (Cambridge: Cambridge University Press, 1993), p. 156.

5　Norris and Mapp, *William Empson*, 'Introduction'.

6　John Haffenden, *William Empson: vol. 1, Among the Mandarins* (Oxford: Oxford University Press, 2005), p. 215,

7　Haffenden, *William Empson: vol. 1*, p. 204.

8　Michael Wood, *On Empson* (Princeton: Princeton University Press, 2017), p. 94.

9　Haffenden, *William Empson: vol. 1*, p. 4.

10　见 Helen Thaventhiran and Stefan Collini (eds), 'Introduction' to William Empson, *The Structure of Complex Words* (Oxford: Oxford University Press, 2020).

11　引自 Wood, *On Empson*, p. 145.

12　F. R. Leavis, *Revaluation: Tradition and Development in English Poetry* (London: Chatto & Windus, 1936), p. 80.

13　我希望我关于牺牲的描述不那么粗糙: Terry Eagleton, *Radical Sacrifice* (New Haven and London: Yale University Press, 2018).

14　参见 Stefan Collini, *The Nostalgic Imagination* (Oxford: Oxford University Press, 2019), pp. 111—13.

15　见 Thaventhiran and Collini, 'Introduction'.

16　Christopher Norris, *William Empson and the Philosophy of Literary Criticism* (London: Bloomsbury, 2013), p. 86.

17　这是 Frank Kermode 在燕卜荪《使用传记》的封皮上的评论,见 Empson, *Using Biography* (London: Chatto & Windus, 1984).

4   F. R. 利维斯

1   引自 Ian MacKillop, *F. R. Leavis: A Life in Criticism* (London: Penguin, 1997), p.207.

2   本章所引用的利维斯的作品,以及引文后所用的缩写如下:*New Bearings in English Poetry* (London: Chatto & Windus, 1932, reprinted London: Chatto & Windus, 1961), NB; *For Continuity* (Cambridge: Minority Press, 1933), FC; *Revaluation: Tradition and Development in English Poetry* (London: Chatto & Windus, 1936, reprinted London: Chatto & Windus, 1969), R; *Education and the University* (London: Chatto & Windus, 1943), EU; *The Great Tradition* (London: Chatto & Windus, 1948, reprinted Harmondsworth: Penguin, 1962), GT; (ed.), *Mill on Bentham and Coleridge* (London: Chatto & Windus, 1950, reprinted Cambridge: Cambridge University Press, 1980), MBC; *The Common Pursuit* (London: Chatto & Windus, 1952, reprinted London: Faber & Faber, 2008), CP; *D. H. Lawrence: Novelist* (London Chatto & Windus, 1955, reprinted Harmondsworth: Penguin, 1978), DHL; *'Anna Karenina' and Other Essays* (London: Chatto & Windus, 1967), AK; with Q. D. Leavis, *Lectures in America* (London: Chatto & Windus, 1969, reprinted in *Nor Shall My Sword*), LA; with Q. D. Leavis, *Dickens the Novelist* (London: Chatto & Windus, 1970), DN; *Nor Shall My Sword* (London: Chatto & Windus, 1972), NSS; *The Living Principle* (London: Chatto & Windus, 1975), LP; *Two Cultures? The Significance of C. P. Snow* (Cambridge: Cambridge University Press, 2013), TC.

3　对利维斯著作中的这一理论和其他理论主题的出色阐述,见 Barry Cullen, 'The impersonal objective', in Ian MacKillop and Richard Storer (eds), *F. R. Leavis: Essays and Documents* (London: Continuum, 2005).

4　引自 Raymond Williams, *Culture and Society 1780 - 1950* (London: Vintage Classics, 2017), p. 265.

5　引自 MacKillop, *F. R. Leavis*, p. 169.

6　见 Michael Bell, *F. R. Leavis* (London: Routledge, 1988), p. 72.

7　这些话来自利维斯的合作者丹尼斯·汤普森,引自 Francis Mulhern, *The Moment of 'Scrutiny'* (London: New Left Books, 1979), p. 128.

8　引自 Mulhern, pp. 24 - 5.

9　涉及的著作包括 *Mass Civilisation and Minority Culture* (Cambridge: Minority Press, 1930), with Denys Thompson, *Culture and Environment* (London: Chatto & Windus, 1933), *For Continuity* (1933), *Education and the University* (1943) and *English Literature in Our Time and the University* (London: Chatto & Windus, 1969). Q. D. 利维斯的 *Fiction and the Reading Public* (London: Chatto & Windus, 1932) 是这一领域的又一部重要著作。

10　Q. D. Leavis, *Fiction and the Reading Public*, p. 270.

11　Jean-Luc Nancy, *The Inoperative Community* (Minneapolis: University of Minnesota Press, 1991), p. 10.

12　C. B. Macpherson, *The Political Theory of Possessive Individualism* (Oxford: Oxford University Press, 2011), p. 61.

13　Robert J. C. Young, *Postcolonialism: An Historical Introduction* (Oxford: Wiley-Blackwell, 2001), p. 109.

14 Denis Thompson, 引自 Mulhern, *The Moment of 'Scrutiny'*, p.102.

15 'Scrutiny: a retrospect', *Scrutiny*, vol.20 (Cambridge: Cambridge University Press, 1963), p.4.

16 在利维斯的一些关键的批评术语——生机勃勃的、理智的、强壮的、有活力的、强有力的等——中，可以看出他对自身的残疾状况的无意识弥补，这可能被认为是庸俗的弗洛伊德主义的一个例子。但也许有一定的道理。

17 Raymond Williams, *Politics and Letters* (London: New Left Books, 1979), p.66.

5 雷蒙德·威廉斯

1 威廉斯自己对我说的。

2 现在使用的术语是"继续教育"(continuing education)，因为普通大学生也是成年人。

3 见 Dai Smith, *Raymond Williams: A Warrior's Tale* (Cardigan: Parthian, 2008)，这是关于威廉斯在 1961 年之前的人生经历的一部传记。

4 本章所引用的威廉斯的作品及其引文后所用的缩写如下：*Drama from Ibsen to Eliot* (London: Chatto & Windus, 1952, reprinted London: Chatto & Windus, 1961), DIE; *Culture and Society 1780—1950* (London: Chatto & Windus, 1958, reprinted London: Vintage Classics, 2017), CS; *The Long Revolution* (London: Chatto & Windus, 1961), LR; *Modern Tragedy* (London: Chatto & Windus, 1966), MT; *Drama from Ibsen to Brecht* (London: Chatto & Windus, 1968, reprin-

ted London: Hogarth Press, 1996), DIB; *The English Novel from Dickens to Lawrence* (London: Chatto & Windus, 1970), EN; *The Country and the City* (London: Chatto & Windus, 1973), CC; *Keywords* (Oxford: Oxford University Press, 1976, reprinted Oxford: Oxford University Press, 2015), K; *Marxism and Literature* (Oxford: Oxford University Press, 1977), ML; *Politics and Letters* (London: New Left Books, 1979), PL; *Problems in Materialism and Culture* (London: New Left Books, 1980), PMC; *Writing in Society* (London: Verso, 1983), WS; *Resources of Hope*, ed. Robin Gable (London: Verso, 1989), RH; *The Politics of Modernism* (London: Verso, 1989), PM; *Raymond Williams on Culture and Society*, ed. Jim McGuigan (London: Sage, 2014), RWCS.

5　Michael Moriarty, 'The longest cultural journey', in Christopher Prendergast (ed.), *Cultural Materialism: On Raymond Williams* (Minneapolis: University of Minnesota Press, 1995), p. 92.

6　在大多数马克思主义者的思想中，霸权指的是统治阶级确保社会其他阶层同意被治理的所有方式，其中可能包括使用税收制度或授予公民权利等策略。意识形态是霸权的一部分，它涉及如何通过价值观、情感和信仰的传播来获得认同。就此而言，像威廉斯那样用霸权取代意识形态并没有意义，因为它已经包含了霸权。

7　威廉斯在这里主要想到的是马克思主义哲学家路易·阿尔都塞（Louis Althusser）①的作品，对他来说，意识形态在整个社会存在中无处不在，而且将永远如此。威廉斯错误地认为，这意味着所有的个人都被虚假或扭曲的社会观念所禁锢，而且这种情况永远不可能改变。但阿尔

---

①　路易·阿尔都塞（Louis Althusser, 1918—1990），法国哲学家。——译注

都塞所说的意识形态实际上指的是生活经验。作为一个定义，这可能没有多大用处，但它并不意味着虚假意识是普遍存在的，并且会一直存在下去。

8   见 Terry Eagleton and Brian Wicker (eds), *From Culture to Revolution* (London: Sheed & Ward, 1968), p.298.

9   见 Michael Walzer, *Spheres of Justice* (New York: Basic Books, 1983)，p. xvii. 关于威廉斯作品中的"话语"问题，见 David Simpson, 'Raymond Williams: feeling for structures, voicing "history" ', in Prendergast (ed.), *Cultural Materialism*.

索引 *

---

    * ［译按］页码为原著页码，对应于中译本的边码。

作者简介

特里·伊格尔顿,英国著名文学理论家、文化批评家。曾长期任教于牛津大学,现为英国兰卡斯特大学英国文学杰出教授。自1960年代至今,已出版著作数十种,涉及文学理论、后现代主义、政治、意识形态和宗教等领域。代表作有《二十世纪西方文学理论》《审美意识形态》《文学事件》《英国现代长篇小说导论》《马克思为什么是对的》等。

译者简介

唐建清,南京大学文学院退休教师,译有《一九八四》《在中国屏风上》《独抒己见》《夜色温柔》《冯内古特短篇小说全集》(合译)、《大转向》《现代信仰的诞生》《欲望之火》《安托南·阿尔托》《丑陋的文艺复兴》等。